天才成群而来

刘希彦讲唐诗

LIU XIYAN EXPLAINS
TANG POETRY

刘希彦　著

岳麓书社·长沙

前言

庄子说："道不可闻，闻而非也；道不可见，见而非也；道不可言，言而非也。"语言的传递是有限的，内心微妙的感受亦难用语言来表达，何况乎道？于是有了诗，诗能超脱于语言的实相之上，宗教典籍和高明的哲学常用诗化的语言来书写。如果不懂诗，阅读这些经典会有困难。

孔子云："不学《诗》，无以言。"古人如此重视诗教，如今全人类的交流和协作前所未有的密切和精微，诗教却日趋没落了。

如果给诗下一个简短的定义，当是音乐化的语言。

古时候的诗是用来歌唱的，诗乐原为一家。生命本就是无形频率之有形化现，亲近什么，久而久之自然就会与之同频。这大概是古人用诗教乐教来移风易俗的原因，遂有"风雅"之道：制定政令要依据民间的歌唱，此为采"风"；将诗歌编订为正音，推行下去以匡正人心，此为"雅"正。先秦之浪漫，我们所崇尚的政治和教化都是在风雅的诗歌中完成的。

广义的"乐"则为天地之律，"仰以观于天文，俯以察于地理"，律之以阴阳，载之以文理，应之于万有，这是华夏文明的精义。所谓"礼乐"并非只是精神追求，也是物质文明的理论基础。

文必秦汉，诗必盛唐。以汉唐之统一和强盛，天地间自然有此音声。文因心生，流传千百年的诗句之所以能出现在这个世上，盖因有至诚至真至大之人。生为中国人，幸运莫过于这几千年的道统文脉未断，无事翻出几句诗文，就当是旅游，在古往今来最通透的灵魂里旅游一番，亦是莫大的幸事。

目录

一 唐诗之绝唱

001 唐诗之绝唱
002 中国诗的长处在一个虚字
020 极简主义的本质是静心
024 心气太高必暗生忧伤
030 以宇宙之天，写小我寸心之悲
041 诗仙与诗圣的对决
051 只有宁静能通往神性

二 唐诗的开创

057 唐诗的开创
058 帝王的文艺改革
063 气化万物的盛世先声
074 真正的天才能发现所有人的优长
081 成为一个伟大的观察者

089 三 李白：他的诗是半个盛唐

109 四 杜甫：悲心入大千

135 五 王维：空性之美

159 六 盛唐诗之奇观
160 富贵与神仙，蹉跎成两失
173 在没有敬虔的时代，已无真正的天才可看
194 超越于有形和生死之上的浪漫
202 世上几人识得你的本真
210 盛唐之风度
244 功亏一篑才是智者
222 每个人都有机会触碰的证悟边缘

七 白居易：诗歌的风雅之道

227

八 《琵琶行》：感同身受便是慈悲

251

九 中唐诗之传奇

267

268　这不是一个诗意的时代

275　几人识得一个『中』字

282　天才常有，伯乐难有

290　好诗是一个民族的共同记忆

296　患难之时才能看出一个人真正的品德

十 音声中见天地众生
303

十一 唐诗之落日
319
320 一个画面胜过多少高论
327 虚无里藏着一切问题的答案
334 通向觉悟的唯美
342 只有诗歌保存了大唐的全貌

352 后记

一 唐诗之绝唱

中国诗的长处在一个虚字

对于我们的文化,历来有很多误解。比如认为西方人是浪漫的,能歌善舞的,而中国人则枯燥乏味且务实。这并不中肯,以诗词为例,从前的诗词是用来唱的,从诗词的普及程度就知道我们自古就是最热爱歌唱的。岂止艺人,有文人的地方就有歌唱。甚至帝王、官员同时也是大诗人的情况都很多,不可胜数。

有三位唐朝的官员在一个酒楼喝酒,席间有乐工在演唱。于是三人私下里约定,以演唱谁的诗最多来定胜负。一个乐工唱了两首王昌龄的诗,另一个乐工唱了高适的诗,这两人就在座中。王之涣赌气说，如果再唱不到我的，我就终身避席。再唱，果然是王之涣的《凉州词》。可见这三位官员在当时的音乐界是非常走红的。

这首《凉州词》可以说是唐诗的压卷之作：

黄河远上白云间，一片孤城万仞山。
羌笛何须怨杨柳，春风不度玉门关。

这是一首绝句。绝句简短，亮相便是结束，妙处在于留下无尽的回响和余韵。如同茫茫云海，忽然一声鹤鸣从云中传出，虽不见山，亦不见鹤，但山之高谷之深便尽在眼前了。绝句难写，有登天之路，却不让你走，只能纵身一跃，若能摩天便是好诗。

"君不见黄河之水天上来"，以调门高著称的李白写黄河，黄河是从天上倾泻下来的。王之涣手一扬，黄河便向天上流去，直入了白云。有唐一世，能和李白交手者少，此二句比较，李白胜在豪放，王之涣胜在高远，算是平手。

黄河已入白云，第二句便是云端俯瞰——群山万仞之间一座孤城。设色之妙自必言。如此大的场景，读来却又如此轻盈而不着力，这才是神妙之处。春风吹不过玉门关，羌笛却还在吹奏《折杨柳》。尾联的妙处在于不落实处，其中的意蕴苍茫无尽。

凉州词

王之涣

黄河远上白云间,
一片孤城万仞山。
羌笛何须怨杨柳,
春风不度玉门关。

中国诗的长处在一个"虚"字。写征战之惨苦,却不提及战争,这便是虚。从具体的文学技法上来说,从至大处和至小处着手都是虚的手法。大风起于青萍之末,以浮萍细微的颤动来写大风,这是微言大义;以黄河、白云、万仞、孤城来写胸中的离愁别绪,这是大言微义。究其实,都是虚晃一枪。庄子便是此法的集大成者,《庄子》一书不是言及六合之外,便是言及鱼虾屎溺,甚少如实说事,反倒将天地万物的道理尽显笔下。

有一位国君在读圣贤留下来的书,恰好修车轮的从殿下经过,竟发出笑声。国君怒,要降罪于这个工匠。工匠辩解道,我家世世代代修车轮,能用语言传递的只是基本的方法,而重要的心法,我没办法教给我儿子,修车轮尚且如此,那么大道又岂是用语言可以传递的?国君听了便赦免了这个工匠。这是《庄子》里的故事。

庄子又说"唯道集虚",意思是真正的大道在虚无之中。文字为实相,自然难以传达虚无的东西,幸好文学有以虚致虚之一法,方可企及一二。此法尤为诗歌所擅长,好的诗歌是感通,而非以逻辑来抵达,伟大的哲学亦是,往往具有诗的特质。《老子》《庄子》都极有诗意。诗歌不能是头脑的东西,真理亦不是从头脑中得来,而是要清空头脑方可照见,《圣经》里这么说:"清心的人有福了,因为他们必得见神。"

再来读一首诗。关于唐诗的压卷之作，历来有不同的意见，有人认为当选王昌龄的《出塞》：

> 秦时明月汉时关，万里长征人未还。
> 但使龙城飞将在，不教胡马度阴山。

岂有秦时之明月？关隘自是古今之关隘。看似无理之言，可非此一句不能出此雄浑的意境。这是时间上的虚化，"黄河远上"是空间上的虚化，如此方能有包涵古今的气象。此二诗首句的妙处可谓异曲同工，但去路却大相径庭。"春风不度"是以虚致虚，以致余韵无穷；"龙城飞将""胡马阴山"，一句比一句凿实，虽胜在气势，却输在了气韵。

王昌龄在唐代诗名之高，被誉为诗家天子，七绝圣手。他的诗长处便是气韵，但不在边塞诗这一格。

> 寒雨连江夜入吴，平明送客楚山孤。
> 洛阳亲友如相问，一片冰心在玉壶。
> ——《芙蓉楼送辛渐》

这是王昌龄出任江宁（今江苏南京）县丞时所作。不说自

出塞

王昌龄

秦时明月汉时关,
万里长征人未还。
但使龙城飞将在,
不教胡马度阴山。

己顺江入吴,而说寒雨连江入吴;不说孤客去楚地,而说楚地之孤山。话皆是虚话,道出的却是实情。若照实说来,便情味尽失。以玉壶(酒壶)、冰心委婉地道出自己此刻的处境和心境,更是妙绝。这样的诗仿佛能直入内心深处,细体会心里又空无一物,竟无可描摹,不能形容。这才是诗的本事。

> 沅水通波接武冈,送君不觉有离伤。
> 青山一道同云雨,明月何曾是两乡。
> ——《送柴侍御》

又是一首送别诗。首联是平常话,如实说出事情之来由。绝句统共就两联,敢这样出手,尾联必定能一言入云——云和雨共着一道青山,明月也不分此乡彼乡。这不是废话吗?妙处不在于语言本身的无意义,而在于虚空一指激荡起来的云气。古往今来多少送别的诗,竟再找不出一句比这更入心的。李白的"桃花潭水深千尺,不及汪伦送我情"和这两句相比直白得简直不像诗。王维的"春草明年绿,王孙归不归"太过于高冷。李煜的"离恨恰如春草,更行更远还生"又过于含蓄。新冠肺炎疫情暴发,日本赠送武汉的支援物资上就印着王昌龄的这两句诗,一千多年之后依然能打动两国亿万人民的心。

王昌龄之所以在唐代就倾倒世人无数，诗名远在杜甫之上，是因为他创造了一种典雅含蓄而又蕴藉无穷的美，可谓古典诗词的美学典范。然而这样的诗虽然能入心，却不能被评为压卷之作，是因为不够有力量，镇不住唐诗的汪洋大海。

能将七绝写得妙绝古今的，历代认为除了王昌龄，还有李白。李白的诗是壮美的，随举一首都能镇纸，他的《下江陵》也曾入评压卷之作。

朝辞白帝彩云间，千里江陵一日还。
两岸猿声啼不住，轻舟已过万重山。

此诗胜在既壮阔又轻盈，缺点是过于简白，一眼就看到了底，少有回味的空间。论余韵无穷而又壮阔则推李益的《夜上受降城闻笛》：

回乐峰前沙似雪，受降城外月如霜。
不知何处吹芦管，一夜征人尽望乡。

这首诗在手法上和《凉州词》类同，都是将宏大的命题纳于极微细处，也都是以乐声作为诗眼。前者的长处在于起得高，

送柴侍御

王昌龄

沅水通波接武冈,
送君不觉有离伤。
青山一道同云雨,
明月何曾是两乡。

下江陵

李白

朝辞白帝彩云间,
千里江陵一日还。
两岸猿声啼不住,
轻舟已过万重山。

这一首的长处在于入得深。此芦管之声竟将千千万万将士的心汇在了一处，而思乡之情又岂是个个相同？这才足见绝句的精妙，测之无端，思之无尽，玩之无穷。

王之涣胜在韵高，李太白胜在气盛，王昌龄胜在意深，若论此三者兼具，当推王维的《送元二使安西》：

渭城朝雨浥轻尘，客舍青青柳色新。
劝君更尽一杯酒，西出阳关无故人。

这首诗又名《渭城曲》。唐朝人是天生的歌唱家和冒险家，当时流行去西域和塞外探险，很多人再也回不来。在这样的生离死别面前，诗人的所见所感又是什么呢？

早晨是不是下过雨？地上的灰尘像被湿毛巾浥过一般团了起来。一点点小雨，空气变得不一样了，透进客舍的日光泛起了青色，外面的柳树变新了，是不易察觉的嫩芽。——是怎样平静的内心才能觉察如此精微，这和西出阳关的情绪形成了巨大的反差。或许在巨大的刺激和悲伤面前，人的内心往往是出奇平静的。王维是在示现出离，从当事人变成一个观察者，观察着此刻的一切，包括此刻的自己。这是解脱的功夫。王维号称"诗佛"，他的高明是不谈佛法，而是将佛家的功夫化现在诗里。

元二也察觉到了什么，说道，再喝一杯吧，出了阳关就不会再有老朋友了。又或许，是王维回过神来说的这句话。这是中国人最熟悉的一句劝酒词，伟大的作品往往能道出一个时代的心声。二十世纪四十年代，田纳西·威廉斯在戏剧《玻璃动物园》里有这样的台词："当前世界用闪电照明的，把你的蜡烛吹灭吧！"成为一代美国人的心声。"劝君更尽一杯酒，西出阳关无故人"两句，有酒，有远方，有友情，似乎能听到唐朝人共同的心跳，直到今日仍然余音不绝。"西出阳关"独立于这首诗，至今仍是频繁使用的词语，是豪迈与悲壮的象征。

极简主义的本质是静心

唐诗里关于七言绝句的压卷之作，争议最多。对五言绝句的评定较统一，公认有两首，其一是王之涣的《登鹳雀楼》：

> 白日依山尽，黄河入海流。
> 欲穷千里目，更上一层楼。

格律诗分为绝句和律诗，盛于唐。所谓诗必盛唐，如果一首格律诗在唐代夺冠，那就意味着亦是此格的千古之冠。王之涣在《旧唐书》《新唐书》里均无传，存诗也仅六首，却有两首诗冠绝古今，不可谓不奇。其余四首并不见佳。就凭这两首诗短短的四十八个字，他成为了唐代一流的大诗人，与岑参、高适、王昌龄齐名，可见话不在多，多说亦是枉然。

四言诗简短，首尾相连，无须身段，索性省了事。七言诗有转折有间构，腾挪得开，耍出身段来容易。五言诗于首尾之外只有一字之连，立锥之地，又必须要有回旋和铺排，谈何容易，所以五言最难。

五言诗里绝句最短，只有四句，又不像《诗经》可以一阕一阕地重复，想写出气势和格局，更是难上加难，便是力大如李白、杜甫者，也难有气势恢宏的五绝作品。唯有这首《登鹳雀楼》写出了盛唐之气象，不输那些鸿篇巨制。

唯一可与之争锋的是柳宗元的《江雪》：

千山鸟飞绝，万径人踪灭。
孤舟蓑笠翁，独钓寒江雪。

王之涣是高亢而热烈的，柳宗元则冷而清，清至无尘。二人之间隔着安史之乱，分出了盛唐和中唐。在盛世里，怎样骄纵都不过分，怎样高调都不刺耳，人人以为歌舞可以千载，高楼可以万丈。谁能够相信，冬天可以一夜来临。人心还在无止境地膨胀，天地的巨掌猝不及防地一收，大雪铺天盖地地来了，此时是最绝望的，空荡荡的一个世界，千山万径都没有了声响。这首《江雪》表现的寂灭可谓无边无际。只有等冬天久了，寒冷更深了，人们才会将目光放到细微之处，这就容易看到生机了。

　　单就艺术而言，《江雪》是更精绝的，因为没有一首诗的意象如此损之又损，几近于无，忽又出一钓翁，仿佛万物即将重生，清正之气贯通了天地——简直是《道德经》里的插图。但这不是人们心目中的盛唐，满足不了人们对盛世的亢奋和幻想，所以历来多以《登鹳雀楼》为五绝之冠。

　　宏大毕竟不是五绝的分内之事，话少亦不是盛唐诗人所擅长的，他们的长处是嘘气成云。幸好有一个王维，将五绝的短小清雅写到了极处，再也无人超越。

人闲桂花落，夜静春山空。
月出惊山鸟，时鸣春涧中。
　　　　——《鸟鸣涧》

木末芙蓉花，山中发红萼。

> 涧户寂无人，纷纷开且落。
> ——《辛夷坞》

太简洁了，简洁得像水里的白石子，连气韵都是多余的。心一闲，桂花就落了，人心和桂花之间难道有着某种神秘的连接？你看，那么清净的月光也能惊动山鸟。山中的花，哪怕寂寂无人，也在热闹地开了又谢……其中的诗意非但言语不能道破，便是稍一思想也会失去。

王维创造了一种极简主义美学。极简的本质是一种静心，通过去除芜杂的信息来达到制心一处。这种方法在绘画和摄影上常用，当镜头聚焦于一处的时候，画面就显得格外宁静，所以影像里的寺庙和山谷要比现实中的宁静得多。王维的美学很受现代人的欢迎，大概是因为内心的平静对我们来说是太难得的事情。

中国几千年历史，日本人唯独喜欢唐朝，更喜欢唐诗。他们喜欢白居易，却学不走白居易，遑论李杜，甚至连古琴都学不走。他们弹的古琴，气息局狭得像犯了喘病。可他们学走了王维的绝句，一变而为俳句，即不成章的断句，大概是因为他们习惯于在狭小的空间里做事情。比如松尾芭蕉的"古池塘，青蛙跳入水中央，一声响"的确有王维的神韵，却不及王维的静而不寂，清而不远。

心气太高 必暗生忧伤

. . .

唐诗的缺点是情感容易失去节制，而流于叫嚣。尤其是那些篇幅巨大的古体和长律，稍有不慎便口沫横飞。五律一句只有五字，却有四联八句，精巧而不短小，适度地节制，反而格外地有精神，声音不大却能八方响应。唐诗里优秀的五律太多，哪首最好，历来没有确切的说法。或可推王勃的《送杜少府之任蜀州》：

城阙辅三秦，风烟望五津。
与君离别意，同是宦游人。

> 海内存知己，天涯若比邻。
> 无为在歧路，儿女共沾巾。

能将离愁别绪写得如此雄壮的，也只有唐人。若论诗里的少年意气，千古之下以曹植和王勃为最。中国的诗人，哪怕是年轻时写的诗，也像是上了岁数的人在说话。李白是自诩年轻的放纵中年；杜甫是"老夫聊发少年狂"；王维虽有少年诗，比如"红豆生南国"，可惜太克制，人未老心先老了。

曹植的"利剑不在掌，结友何须多""飞飞摩苍天，来下谢少年"，心气何其之高。心气太高必暗生忧伤，所以年少时读曹植，字字句句皆是自己的心声。

王勃不同，字字方阔，字字镇纸，如同书法里的颜体柳体，写此诗的时候他还那么年轻，十七八岁。后人说起王勃，初唐四杰之一，儒学大家。如果没有李白，他大概是唐代最具天才的人物，一篇即席之作《滕王阁序》，日星朗曜，光照千古，李白在场恐怕也未必写得出来。

王勃擅长创造流传千古的语言，比如"物华天宝""人杰地灵""萍水相逢""渔舟唱晚""老当益壮""青云之志"，这些至今仍在频繁使用的成语，都出自《滕王阁序》。这是他在一个宴会上即兴写的，如此之捷才，也只有曹植的七步成诗可以相比了。

　　颈联"海内存知己,天涯若比邻"至今仍是毕业留言簿上最常引用的话,因其能触发人类情感的共通之处。几千年来,也只有《论语》里的"四海之内皆兄弟也"可与之相仿佛。

　　杜甫有两首诗也常被推为五律最佳。《望岳》是他二十四岁时的作品:

> 岱宗夫如何,齐鲁青未了。
> 造化钟神秀,阴阳割昏晓。
> 荡胸生层云,决眦入归鸟。
> 会当凌绝顶,一览众山小。

　　杜甫崇拜初唐四杰,称他们的诗是"不废江河万古流",所以他年轻时候的诗高起高落,开口便是初唐的声音。不同的是炼字更精,尤其是动词,"割""荡""决""凌"字字棱角锋利,削铁如泥,这是四杰难敌的功夫。末尾一句有王之涣"欲穷千里目"的神采,只是气机更敛,含在嘴里也更有嚼劲。

　　《登岳阳楼》是杜甫晚年的诗:

> 昔闻洞庭水,今上岳阳楼。

　　　　　吴楚东南坼，乾坤日夜浮。
　　　　　亲朋无一字，老病有孤舟。
　　　　　戎马关山北，凭轩涕泗流。

　　上一首的"齐鲁青未了"出手太阔绰，夺了颔联的神采。而这里的首联平平道来，并不逞才。到颔联神光一放，霎时雄跨古今，吞吐宇宙。

　　再看颈联，从万里云霄一个倒栽葱，直砸回地面，眼前只见孤舟病叟——这是杜老之绝技，以乾坤大手笔来抒写小我之悲苦，犹如一人唱起楚歌，万军闻之而不能西行，再铁石心肠的人闻之也要下泪。

　　尾联再兴家国之叹，同体大悲，小我又转换成大我。

　　典型的唐诗是清朗而简白的，以声高韵远取胜。杜甫反其道而行之，内外皆深，内外皆下力，只使气不求韵，所以爱之者多，厌之者亦多。

　　典型的唐诗是王维的五律：

　　　　　空山新雨后，天气晚来秋。
　　　　　明月松间照，清泉石上流。
　　　　　竹喧归浣女，莲动下渔舟。

> 随意春芳歇，王孙自可留。
> ——《山居秋暝》

不读摩诘诗，不知道山水田园诗亦可如此富贵。此等贵气是自心而生，无关外境。从格调来讲，山水田园诗可以有文人气，绝不可以有富贵气，亦不宜有粗野气，所以多宗陶渊明，文人一半农人一半，外面清寒，里面腴润。唯有王维以富贵气写山水田园而不落外道，旁人想学也是学不来的。

王维摹学陶渊明的诗也不少，有些句子简直可以乱真——"斜光照墟落，穷巷牛羊归"，"晚田始家食，余布成我衣"。但通篇通读下来，还是缺了个"化"字。陶公是整个化在了自然里，浑然忘我，不落工巧，他爱的是生活本身，哪怕是一缕清风，也要记录在诗里——"风来入房户，夜中枕席冷"。

王维爱的是生活中的自己，"独坐幽篁里，弹琴复长啸"，"我心素已闲，清川澹如此"。虽尽力淡化外在的色相，用情还是深了些，所以多少有些造作。律诗对法度的苛求恰好与这种造作形成了和谐，和谐了也就自然了。所以艺术不怕造作，不造作何来艺术，就怕内在的不自然。本质上来说，汉魏诗的真厚之风已不传，取而代之的是唐人的浮夸，所以诗歌才更需要格律的制约，如阴阳之制衡。

于田园诗一途，王维宗的是陶潜，他可以无限接近，却无法成为陶潜。所以将王维归入山水诗人更合适，不必说田园，以示与陶潜的区别。

以宇宙之大,写小我寸心之悲

号称古今七律第一的是杜甫的《登高》:

> 风急天高猿啸哀,渚清沙白鸟飞回。
> 无边落木萧萧下,不尽长江滚滚来。
> 万里悲秋常作客,百年多病独登台。
> 艰难苦恨繁霜鬓,潦倒新停浊酒杯。

古今七律第一是后人评的,这样的诗在唐朝并不被重视。

唐朝人喜欢李白的调子："凤凰台上凤凰游，凤去台空江自流。"朗朗上口而不走心，一听就能记住，一唱就能愉快。杜甫仙气不及李白，俗骨亦不及李白，他不写这样的流行歌，他写诗根本就不考虑传唱这回事，他要的是独立的文学作品，要的是力道、激情和深刻的无限压缩，压缩在狭小的语言空间里，以达到最大的爆破力——"风急""天高""猿啸""哀"，一句三转，七字四义，且豪横险绝，这样的诗你敢唱？不怕锁喉？不怕拗口？只能往深心里走，越深越舒坦，只能用你的内在去观照，自然识得乾坤之大。

第一句的冲击力如同一团浓墨泼在了宣纸上，不能再大笔涂抹了，这样不但成不了图画，还会把纸擦烂——只见笔尖入了细处，轻轻一勾，一只鸟从天际飞了回来，落在了白沙之上——"渚清沙白鸟飞回"。好空灵的意境，于是那横流的一团无须勾描，便分出了天地山水。

天地一开，秋风即至，无边无际的树木都在落叶，无穷无尽的长江奔涌而来。自有诗歌以来，不曾见过这么壮阔的秋风，亦不曾有过如此悲凉的景象，仿佛整个宇宙都充满了秋风撼动落木的声音。屈原的"袅袅兮秋风，洞庭波兮木叶下"太轻飘了，如同屏风上精妙的宣纸小品，如果不幸撞上杜甫的雄风，瞬间便会木折纸碎。

再往下又见杜甫的惯技，以宇宙之大，写小我寸心之悲，只是这一笔如何从无尽之时空收回——悲秋不说眼下，乃说万里；多病便是多病，偏说百年。这才是乾坤大挪移，一转身便是万里，一叹气便是百年。如此一回旋，他与天地苍生仿佛成为一体，苦则同苦，忧则同忧，此为同体之大悲，这是杜诗的至大之处，不枉后人尊他为诗圣。

至此杜甫的力气仿佛已经用尽，尾联在气势上稍显弱，也难怪，鸿鹄欲上青天，必定铩羽而回。当然，这样的收尾也有其不得已之处，通篇皆是无边、不尽、万里、百年这样的宏大叙事，没有结尾这一腔恨、一杯酒，读者的心悬在空中，如何着落？

无论如何，这样的招数也只有杜甫耍得来，别人举这样重的大刀必定会跌跌撞撞。可惜未必入得了时人的眼，李白似乎就对杜甫的诗不在意，他喜欢的是另一格。

据说李白到了黄鹤楼，见江天之美景，正要题诗，忽见壁上已经有诗，自愧不如，气得写下了这么几句："一拳捶碎黄鹤楼，一脚踢翻鹦鹉洲。眼前有景道不得，崔颢题诗在上头。"李白所见的便是这首《黄鹤楼》，这是唐朝人心目中好诗的样板，常被选为七律压卷：

昔人已乘黄鹤去，此地空余黄鹤楼。

> 黄鹤一去不复返，白云千载空悠悠。
> 晴川历历汉阳树，芳草萋萋鹦鹉洲。
> 日暮乡关何处是，烟波江上使人愁。

前两联只写了一件事，却一下击中了李白的心，因为是他最感兴趣的话题——寻仙。和杜甫的一句三折不同，这是两联里将"黄鹤"重复了三遍。重复的好处是有歌唱感，易上口，坏处是啰唆。除非意在笔先，否则会显得累赘。

颔联以"不复返"和"空悠悠"作结，足够远，也足够空，便有了无限的延伸感，这是唐诗之本事，李白的心自然也被引向了虚空——他瞬间生气了，因为太像他写的了。世俗的天才若看到赝品，看到遍地拙劣的模仿，是得意的。可眼下这首诗写得比真品还像真品，李白之外怎么能再有一个李白，简直是挑衅，他能不暴怒到拳打脚踢吗？

再来读诗。上一联神行虚空，意追天外，再一回来，晴天的河岸上，树历历在目，连芳草都清晰可见。直白历来为诗家所忌，为什么这一句直白至此，读来却不显突兀？这才是从梦幻回到了现实，世间的一切反而看得格外清晰。

从天到地的瞬间位移，杜甫用的是千钧之力，这里则轻巧得多，一个梦幻泡影便完成了，这才是仙家之诗。

黄鹤楼

崔颢

昔人已乘黄鹤去,此地空余黄鹤楼。
黄鹤一去不复返,白云千载空悠悠。
晴川历历汉阳树,芳草萋萋鹦鹉洲。
日暮乡关何处是,烟波江上使人愁。

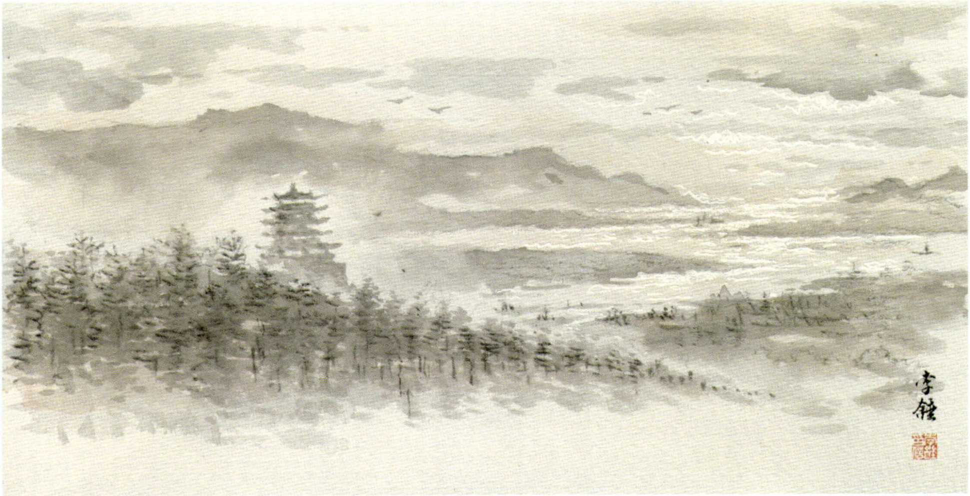

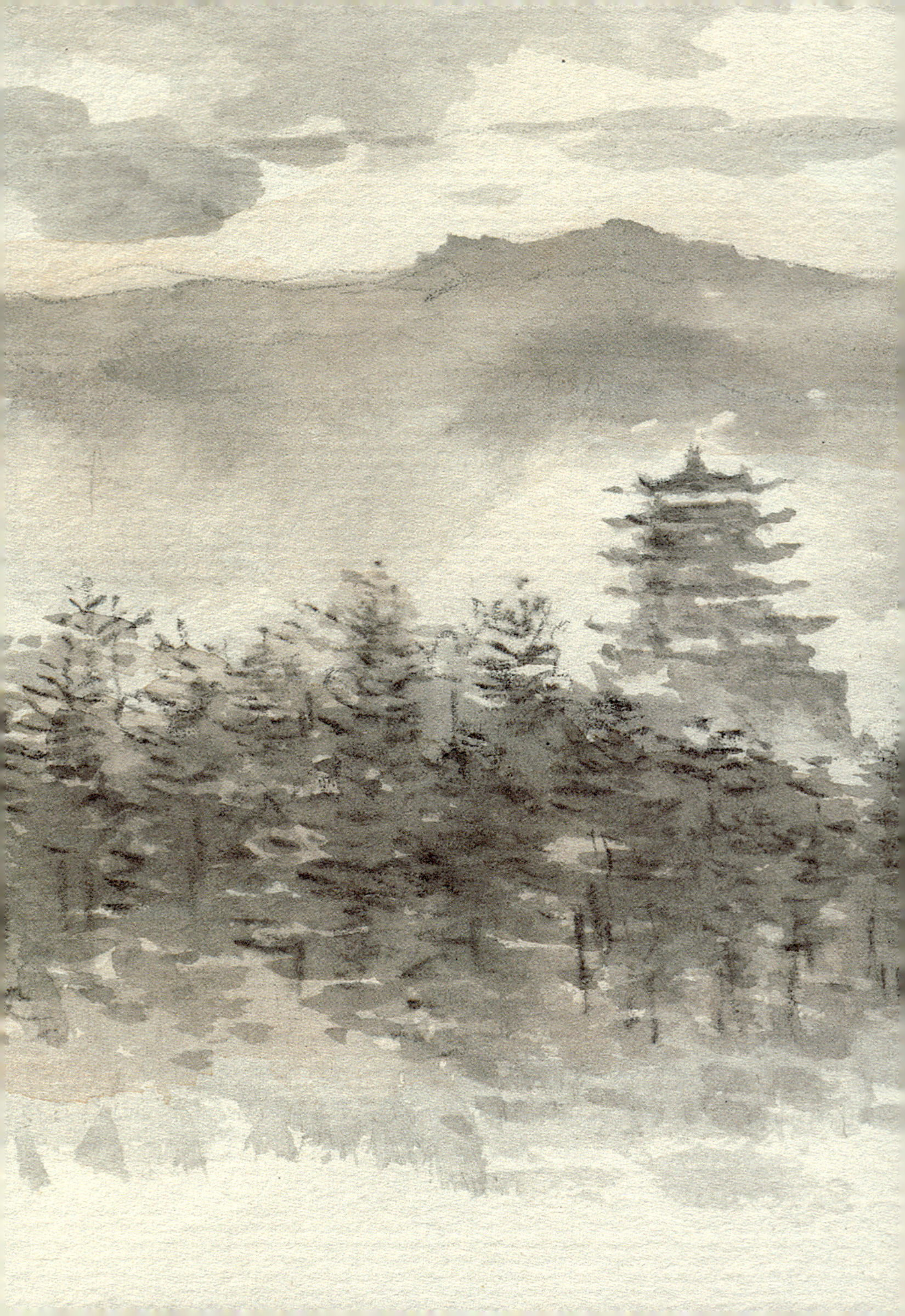

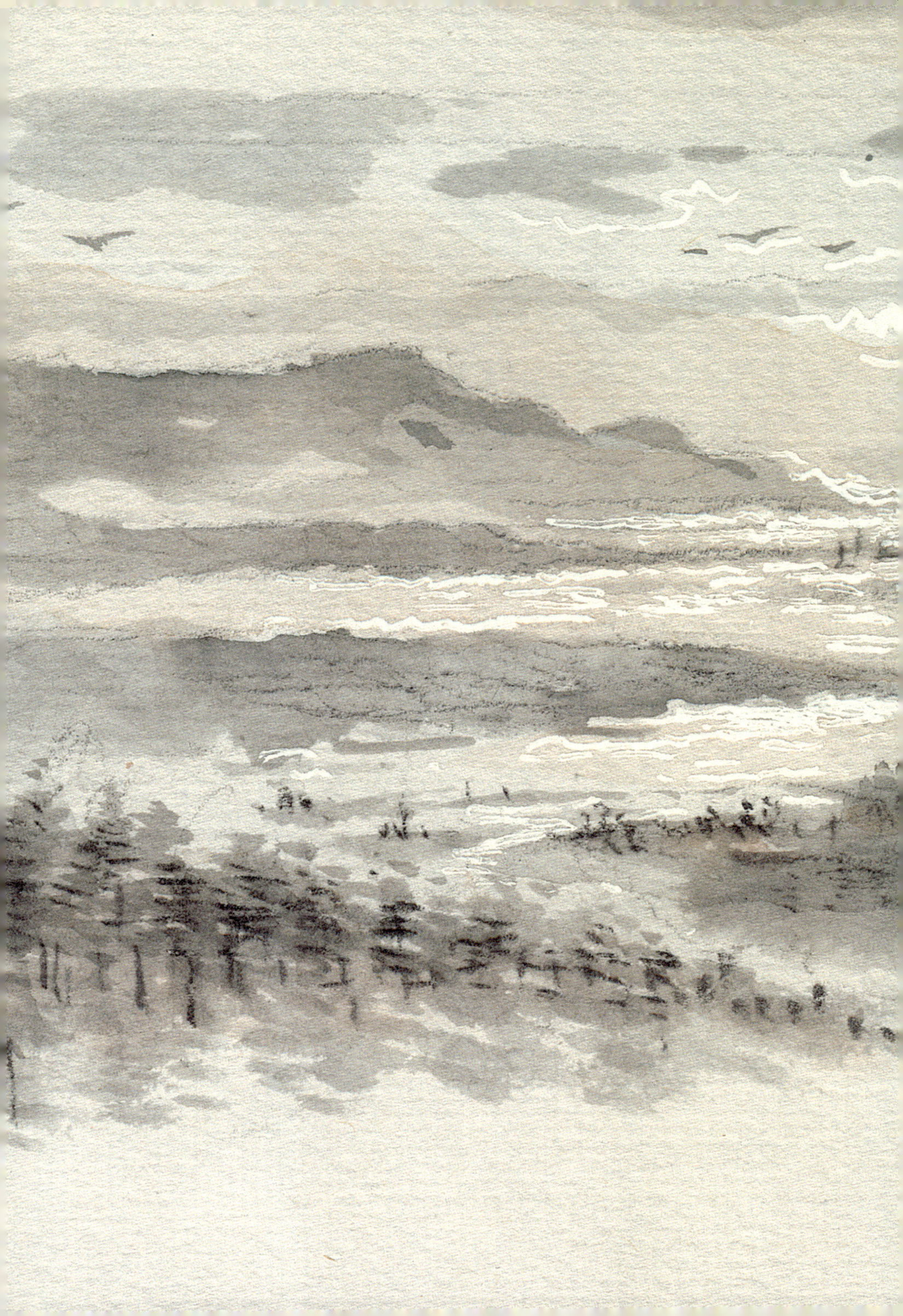

仙人已去，寻仙无果，开始想家了。已经是日暮时分，江上烟霭重重，望不到归乡的路，孤身一人，不知何去何从——此江此雾此情，多么的熟悉，人人都能感受。

李白还是写了一首《登金陵凤凰台》，格式和这首诗近似，大概有争胜之意：

> 凤凰台上凤凰游，凤去台空江自流。
> 吴宫花草埋幽径，晋代衣冠成古丘。
> 三山半落青天外，二水中分白鹭洲。
> 总为浮云能蔽日，长安不见使人愁。

首联是模仿，但不及崔颢高远——高远可是李白擅长的，气息畅达的歌唱感也是李白的特色，这里也明显不及。再看颔联，崔颢一把推出，覆压千载，腾出云外；李白刚起飞便挫了锐气，上翻已是不能，只好俯身下降——说吴说晋已是堆砌，况且也不是眼前必见之景，更失了真切。

再看颈联。三山二水两句可谓工绝，亦清绝，是唐诗里少见的佳句。如果尾联能别出心裁，哪怕只是多些真情，也有望险胜崔颢。可惜是遥望帝都，落了俗套，实属败笔。虽说如此，这首诗已是古今七律里少有的佳作了。

论七律的整体水平之高,杜甫无论如何是要排第一的。沈德潜认为老杜的七律有四个不可及之处:学之博,才之大,气之盛,格之变,但唯独少了这轻扬的仙气。杜甫是沉郁顿挫的,甚至连轻快都少见,只有一首《闻官军收河南河北》是少见的快诗,历来被认为是用律的典范:

> 剑外忽传收蓟北,初闻涕泪满衣裳。
> 却看妻子愁何在,漫卷诗书喜欲狂。
> 白日放歌须纵酒,青春作伴好还乡。
> 即从巴峡穿巫峡,便下襄阳向洛阳。

古人对诗歌的热爱到了什么程度?他们有将一切文字变成诗的雅好,请柬、日记、推荐信甚至便条都用诗歌来写。杜甫很多诗一看便是日记,比如这一首,是他听闻官军收复失地时的实录。

刚一听到的时候不喜反悲,涕泪齐下,再看老婆和孩子脸上都没有了愁容,又转为狂喜,迅速将书胡乱一卷准备回家。

"却看"一句明明是对仗,却毫无对仗的痕迹,如冲口而出的白话,气势汹汹势不可当地合乎自然。单凭技巧是写不成这样的,唯有胸中之真情汹涌方能使然。

收于"喜欲狂",按说情绪已到了顶点,再没有往上的余地。从七律的格式来讲,颈联是一个大转折,正好顺势回落。可杜甫偏要逆势而上,且看——"白日放歌须纵酒,青春作伴好还乡",好嘹亮的歌声,好高昂的情绪,听是狂喜,细想悲凉,虽腾空而起,字字句句又重如千斤,如泰山悬于顶上三寸飘飘欲飞。

白日放歌纵酒,夜晚放歌纵什么?"青春"指的又是什么?明媚的日光?老妻?还是瞬间年轻了不少的自己?必定要追问,必定没有答案,这才是诗。这是激情和力量完美的结合——已经冲破了云层,可速度还在加快,一气而下,巴峡、巫峡、襄阳、洛阳……这不是舟车,这是飞翔。杜甫的诗不以快见长,没承想却写出了唐诗里速度最快的一首,连李白的"轻舟已过万重山"都追不上。更不可思议的是用格律来写的,只稍加一变,格律的层层锁链竟飞舞得像风中的柳条一般好看。

诗仙与诗圣的对决

文无第一,武无第二,哪首诗写得好,按说难有定论。再者,诗意是无形的,各人的体会不一样,若一样了必不是好诗,如何评定?格律诗因有严格的律法,尚有下手处,所以历来在格律诗里评最优的多,也容易有定论。古体诗则评者少,定论也少。

所谓古体诗,是相对于近体诗而言的。近体诗便是格律诗,出现得晚,到唐代才流行起来,一出现便到达了鼎盛,古体诗则有漫长的发展过程。《古诗源》所选的第一首诗《击壤歌》,相传为帝尧时期的民歌,所以古体诗的高古之气是血脉里的,非人力所能强为。古体诗形式上的自由也很适合性格豪纵的唐朝人。唐诗虽以近体闻名，古体也蔚为大宗，论韵致之高，或不及近体，而气势之盛，则有过之而无不及。近体推杜甫为魁，以锤炼格律见长；古体举李白为尊，以激扬神思取胜。

噫吁嚱，危乎高哉！蜀道之难，难于上青天！

这是李白《蜀道难》的开篇，句式纵横，长短不拘，这就是古体诗的自由之处。与词不同，词的长短句有既定格式，而古体诗是随兴为之。若论随兴，没有人及得上李白。无非是说去四川的路难走，可诗仙一开口，仿佛蜀山万重也能一口气吹走，哪里见得到难字？李白好写忧愁，可读起来却是畅快；好写行路难，读起来却是飘逸，连叫个苦都叫不到位，还叫好诗人？这才是真正有生命境界的好诗人，岂是寻常文字匠可以度量的。

蚕丛及鱼凫，开国何茫然！
尔来四万八千岁，不与秦塞通人烟。
西当太白有鸟道，可以横绝峨眉巅。

蚕丛和鱼凫是蜀王始祖——飘飘一笔便去了远古。再从四万八千年前拉回来，只见笔尖一顿，墨汁飞溅，宣纸却完好无损，这哪是书写，这是纸上的飞翔。接着秦塞、鸟道、峨眉之巅……在时间和空间之中自由穿梭至此，这不是人间的凡鸟，而是凤凰。李白的伟大是不需要内涵的，就像苍鹰在白日里划出的印痕，瀑布在古潭里激起的巨响，这本身就是伟大，让一切语言和思想都相形见绌的伟大。

> 地崩山摧壮士死，然后天梯石栈相钩连。
> 上有六龙回日之高标，下有冲波逆折之回川。
> ……
> 问君西游何时还？畏途巉岩不可攀。
> 但见悲鸟号古木，雄飞雌从绕林间。
> 又闻子规啼夜月，愁空山。
> 蜀道之难，难于上青天，使人听此凋朱颜。
> ……

字字句句吞吐量惊人，真如长鲸吸百川一般，忽又一个摆尾，潜入了海底，又像是在深山之中，只觉满眼清幽空寂，一句"愁空山"便顶得上一个王维。

九天沧溟的盘旋够了，再唱再叹蜀道难，这才能"凋朱颜"，悲心若到深处便可一夜白头。这样的诗可谓高潮迭起，真敢把心放进去，让诗仙的大翅载着你天上地下地飞，心脏是受不了的。所以李白之外必须有一个杜甫，看见了杜甫就知道重回了人间。杜甫的古体诗虽少仙气，却也千门万户，大海扬沙，为人间奇观。

> 忆昔开元全盛日，小邑犹藏万家室。
> 稻米流脂粟米白，公私仓廪俱丰实。
> 九州道路无豺虎，远行不劳吉日出。
> 齐纨鲁缟车班班，男耕女桑不相失。
> 宫中圣人奏云门，天下朋友皆胶漆。

这是杜甫的《忆昔》，回忆开元盛世由盛转衰，寥寥数语，写尽盛唐。李白是宇宙装不下他，杜甫是胸中装得下宇宙。

> 百余年间未灾变，叔孙礼乐萧何律。
> 岂闻一绢直万钱，有田种谷今流血。
> 洛阳宫殿烧焚尽，宗庙新除狐兔穴。
> 伤心不忍问耆旧，复恐初从乱离说。

"百余年"三字收束的是昔日的繁华，紧接"灾变"二字，如何过得去？中间只隔了一个"未"字。此字看似平常，内藏千斤之力——论笔力重而又运腕轻这样实打实的功夫，老杜完胜太白。

灾变如何写？从一匹绢帛写起。何其之小，这便是大风起于青萍之末，小到极处也就大到了极处。"岂闻"二字亦是平中见奇，有此一笔，百年的烟云一把扫去，顿入眼前：宫殿的大门这才轰隆隆推开，茫茫望去，田园流血，城池焚尽，生灵涂炭……

写完天下再写内心，且不说如何写，先说接榫，如何接？这就足以难倒一众诗人。以问来接，问的是"耆旧"（昔日的老人），而且是不忍问。虽说没问，如此便接也接了，写也写了，无问胜有问，何等之精妙。再写为何不问，是怕又说起乱离之事，笔下之隐忍已到极点。纵有广袤之心胸，出口也只是含恨吞声，声声掩抑，这就是杜甫的奇处。

古体诗到了李杜这里，可谓泰山紫垣，令人不敢仰视。文大诗小；文为阳，诗为阴。诗歌是轻灵之物，没有千钧之力，哪敢用诗歌碰这样的大题材，所以后人因袭此路的少。哪怕是写自身的感慨遭际，李杜二人写来亦神完气足，非后人所能企及，比如李白的《宣州谢朓楼饯别校书叔云》：

弃我去者昨日之日不可留，乱我心者今日之日多烦忧。

此句之奇，一言难尽。所谓喜则气开，忧则气闭，汉魏诗写忧写得好，字字句句真如严霜打了一般，一声短似一声。这里写忧却是如此广远悠长的气息，千古之下，只有太白。此为一奇。

两个十一字句叠在一起，在诗里已是奇观。开口读出来便知，这两句是不能断句的，断句必不舒服，一口气读完才觉过瘾。此为二奇。

长句长到这个地步，不仅不冗赘，反觉错落有致，清清爽爽。此为三奇。岂是清爽二字所能形容，简直仪态万方。杨贵妃的霓裳羽衣舞艳绝古今，惜今人无缘得见。见此句便等于见了此舞，皆是盛唐绝妙之姿。

长风万里送秋雁，对此可以酣高楼。

好一个"长风万里"，可以直接拿去形容唐诗。能见万里长风，该是多高的楼？何况还是高秋时节。高远至此，却落在一个送行的酒局上，无疑是饮酒诗中的最高格了。

蓬莱文章建安骨，中间小谢又清发。
俱怀逸兴壮思飞，欲上青天揽明月。

蓬莱为海中神山，为仙府，相传是幽经秘籍的收藏处。蓬莱文章自然是仙家文章。建安七子的诗文以刚健遒劲著称。如果一篇诗文有道家的仙气，又有建安的骨力，这是何等的壮美。这还不算，还要有谢朓的清发。"余霞散成绮，澄江静如练"；"天际识归舟，云中辨江树"。这是谢朓的诗，随举两联便知是何等的秀逸天然，这是人间之清气。

既世外又人间，既恢宏又幽微，世上哪有这样的诗？有了诗仙太白就有了这样的诗，虽未明说——还用明说？这不是自况是什么？亦是自家创作思想的阐述。诗人喝了酒胡思乱想还能有什么，总不离自己那点才华啊，逸兴啊，壮思啊，想兴奋了，便起了欲上九天揽月的狂心。等这股子狂性挥发完了，便重又跌入忧伤，而且是更深的忧伤——

抽刀断水水更流，举杯销愁愁更愁。

起手的一气二十二字是不是仙家之笔，世人不敢妄评，中间两联的清发之气无疑是胜了谢朓的。此一联是什么？是建安风骨。一剑刺来，仿佛能穿过铜盔铁甲直取人心。

将最有才华的古人戏耍一遍，李白还是李白，坐此高楼，送别同病相怜的友人，纵有盖世的才华，世上的大道也未必能为他们平坦起来。

> 人生在世不称意，明朝散发弄扁舟。

李白岂止惊才，摆一个姿态还能如此之绝艳，难怪贺知章见了他连呼"谪仙人"。真是一嗔百花谢，一笑万古春，难怪杨贵妃不能容他，唆使玄宗赶他出宫。竟被一个男人夺了颜色抢了风头，杨贵妃这口气受得也太窝囊了。

再来看杜甫如何写自家的遭际——《羌村三首·其一》：

> 峥嵘赤云西，日脚下平地。
> 柴门鸟雀噪，归客千里至。

"峥嵘"二字是描写山的，这里却用来写云，云难道还长角？还是红色的云，这是凶相。这是乱世之云，短短五个字，设色之大胆，简直是一幅西洋油画，有末日审判的气息。

开头如此用力，顺接"日脚下平地"，又放松到简直是村中闲步。再往下看，"柴门"一句俗之又俗，"归客"一句又太像诗了。老杜虽无太白的姿色，却也是跳舞的高手，跳大神跳傩戏，忽庄忽谐，李白来了也只能甘拜下风。

> 妻孥怪我在，惊定还拭泪。

诗的长处不是叙事，所以动词用得少。老杜以寻常事入诗，必须会用动词。"怪""惊""拭"，一句之中动词使用之密，少见。先怪后惊，再拭泪，真极。

> 世乱遭飘荡，生还偶然遂。

若省去前面一联，直接出这一联，老杜也只是平常。有了前文那真到极处的白描，再写到这里，乱世偶尔生还，才能让人感同身受，一语戳心。

> 邻人满墙头，感叹亦歔欷。

满墙的脑袋都是乱世之人，还在为他人感叹，此语细细品来，极悲又极暖。

> 夜阑更秉烛，相对如梦寐。

至此不再多一句话，诗就结束了，更是妙极。这种诗纯是白描，貌似好学，可惜学来学去，一千多年来也无人能望老杜的项背。

只有宁静能通往神性

《全唐诗》录诗近五万首,诗人两千多位。一千四百多年前建立的王朝,单是诗的遗产就留下了这么多,这是任何一个文明都无法想象的。我们在诗歌里风雅了几千年,历代都不乏大诗人,但诗在唐代仿佛已被写尽,宋代只能以词名世,元代是曲,到了明清就是小说了。现在还能被口口相传的大诗家,唐朝几乎占据了半壁江山。所以想在唐诗里评出最佳,哪怕分门别类,也很难有统一的答案。

有一首诗,历代被誉为"孤篇盖全唐",也就是说,不分古体、近体、五言、七言，都是绝对的第一，怎样的旷世之作才能获此高誉？更奇的是，这首诗出自一位不那么有名的诗人之手——张若虚在唐朝算不得鼎鼎大名，大概是因为他存诗太少，只有两首，其一便是这首《春江花月夜》。

春江潮水连海平，海上明月共潮生。

好的诗开篇如同惊堂木，一声便能定场——这是寻常的好诗。绝世的好诗，起手一托，便能将人送出云外，瞬间神游八极。我们在唐诗里已经见过不少这样的起手：蜀道上青天，黄河入白云，海客谈瀛洲，仙人乘黄鹤，哀猿啸天高……哪个不是摩天的手段？又怎能分出高下？

到了这里，才知道他们都是浮云，是序曲，太叫嚣了，太炫技了，真正的主角不会这样，他一定要等全场安静下来才会出场——江海交接之处，江上的潮水到了入海口便渐渐平息了下来——"连海平"，一个"平"字胜过了多少风浪。何等博大的胸怀，才能写出如此宁静而广远的意境！

主角出现了——明月，海上的明月，在渐渐平息的潮水之中冉冉升起。从来没有暴风雨可以持久，欲望的放纵也从来不会将人引向幸福，只有宁静能通往神性。伟大的诗歌让人得见世间的奇观，而神性的诗歌让人沉入宁静。只有在宁静之中，神性之光才能像海上的明月一般升起，那是何等柔和而浩瀚的力量，已经平静的海面上，又泛起了滟滟的微波——

　　滟滟随波千万里，何处春江无月明。

　　神性一定没有语言，它是静默的，在静默中等待你内心的灵光一现——在等待中，微微的波浪竟然能绵延到千万里之外，这不可能是力量使然，这只能是心的感召——终于，一闪而过的念头：哪一条江上没有月亮呢？一千个，一万个，乃至亿万个月亮。那么多望月的人，他们看到月亮映在水里，又消失了，他们会伤感吗？如果他们知道亿万个月亮是同一个月亮的化身，他们还会伤感吗？为什么会有这样的念头？

　　念头忽然无影无踪，却在内心留下一个空间，仅仅是个空间，却无比广大，更大的生命观即将从这里诞生——如果所有的生命都来自同一个本源，那么我们定义的死亡将不复存在；如果生命的存在远比我们想象的丰富，那此生便不是结束……

　　不能再想下去了，海天之间的月亮有一种神秘的庄严，让人不能长久凝视。目光移向江边——

江流宛转绕芳甸，月照花林皆似霰。
空里流霜不觉飞，汀上白沙看不见。
江天一色无纤尘，皎皎空中孤月轮。
江畔何人初见月，江月何年初照人？
人生代代无穷已，江月年年望相似。

月光照在江边，花草树木都披上了如霜霰一般的暗银白；洲渚上的白沙与周围的分界消失了；空中的流霜也仿佛流动的月光。此时江天一色，不见纤尘，只有空中皎皎的一轮孤月。

日光下的万物异彩纷呈，在月光下却都混同为一色。日光是欲望，是进取，是极致的有；而月光将一切色相化为空无。空也好，有也好，都只是一种投射，一种幻化，好比日月的光都是同源的，不曾有过两样。若以变化观世界，万事万物皆不相同；若以不变观世界，美丑贫富高下对错何曾有过两样？——此时的心已经被引向了更远的所在，仿佛是时间的尽头，是何人第一次在江边见到月亮？江边的月亮又是何时第一次照见江边的人？也许所谓的生生世世只是一个幻象，有没有一个永恒不变的存在？

不知江月待何人，但见长江送流水。

一语收尽前文，回到眼前——不知道江月在等待谁，只看见长江送走了流水。这是宇宙般广远的惆怅，是站在觉醒边缘的空茫。

> 白云一片去悠悠，青枫浦上不胜愁。
> 谁家今夜扁舟子，何处相思明月楼？
> 可怜楼上月徘徊，应照离人妆镜台。
> 玉户帘中卷不去，捣衣砧上拂还来。
> 此时相望不相闻，愿逐月华流照君。

一半的神魂已经随着白云而去，一半留在了江面上，随着月光流来流去。一个看见了永恒的人，眼前的世界会有什么不一样？也许就像诗里的月光一般，无形无象，拂不走又卷不去。一切是真实的，但不会比梦更真实，如果我们从另一个梦中醒来，岂知今生不是一个梦呢？——大自然真是最伟大的上师，谁能想到，我们的心胸月光便能开启，哪怕是诗里的月光，何须世间万千的道理。

> 鸿雁长飞光不度，鱼龙潜跃水成文。
> 昨夜闲潭梦落花，可怜春半不还家。

江水流春去欲尽，江潭落月复西斜。
斜月沉沉藏海雾，碣石潇湘无限路。
不知乘月几人归，落月摇情满江树。

远飞的鸿雁，深潭的鱼龙，梦中的落花，还有远方的家……随着现实的浮现，思绪纷乱起来。还是看月亮吧——明月已经西斜，藏入了海雾。不知道世上有多少人望月而归，江浦之上望不尽这无限的路。

这样的诗才是诗，字字皆虚，又能抵达语言和思想所不能抵达的真实。更有一缕难言难解的神气一直缭绕不去，闭目如在眼前，看时便已消散。这是美学的巅峰，亦是语言的化境。真正深邃的思想是不能借助语言来表达的，而诗不是一般意义上的语言，它超越语言的有形属性之上，所以那些真正高明的哲学和宗教作品，文字都具有诗的特质。

古往今来，能真正超脱于实相之上的诗太少了，《春江花月夜》前半段已经抵达了，可惜只是一瞬间的瞥见，作者便收了手。作者看见了什么？是宇宙之外，或是自己的本心，总之是未知，永恒的神秘的未知，也许那是造物主的所在。

二 唐诗的开创

帝王的文艺改革

> 秦川雄帝宅，函谷壮皇居。
> 绮殿千寻起，离宫百雉余。
> 连甍遥接汉，飞观迥凌虚。
> 云日隐层阙，风烟出绮疏。
> ——唐太宗《帝京篇·其一》

将唐太宗的诗归入宫体一类是不公平的。比如这一首，气昂而声壮，除了两个颇显多余的"绮"字，已经没有了宫体诗的痕迹。以梁、陈、隋为代表的宫廷诗风,世称宫体诗,于唐朝立基之前,风行一两百年,以轻浮香艳为特色。所谓上行下效,宫中如此,世风可知,也催生了一个个短命的王朝。

唐初的诗人沿袭了这种诗风,"翡翠藻轻花,流苏媚浮影",这是上官仪的手笔。上官仪是替太宗起草诏书的大臣,明明是大丈夫,却偏偏要作媚态,可见诗坛积弊之深。

文艺改革势在必行,在《帝京篇十首》的序言里,唐太宗以帝王之尊公开了自己的创作理念:"追踪百王之末,驰心千载之下,慷慨怀古,想彼哲人。"这就为唐代的文艺定下了基调:追踪上古,回归古圣先贤的大道,以中正堂皇之音移风易俗,教化世人。这也为唐代如何成为盛世定下了基调。成为盛世首先要有伟大的文化,让社会和人心进步的是文化,金钱只是其物质基础而已。

先来看太宗的贴身侍女,后来的女皇武则天,是如何完成这一创作转型的——

> 看朱成碧思纷纷,憔悴支离为忆君。
> 不信比来常下泪,开箱验取石榴裙。
> ——《如意娘》

这一首还是宫体的样式,据说是武则天在尼姑庵里写给高宗的。狮虎一般的人物，偏作小女子的情态，真是难为她了。若不如此，高宗怎么会冒天下之大不韪，将她引入宫中？可见宫体诗也不是全无用处，这也坐实了宫体诗的罪状：秽乱宫闱，而且是乱伦。如果说武则天为高宗坐稳皇位征服了整个朝廷，而懦弱的高宗只是看准了自己该向谁臣服，便取了天下，这是极高明的黄老之术。

再看《九日游石淙》：

> 三山十洞光玄箓，玉峤金峦镇紫微。
> 均露均霜标胜壤，交风交雨列皇畿。
> 万仞高岩藏日色，千寻幽涧浴云衣。
> 且驻欢筵赏仁智，雕鞍薄晚杂尘飞。

"万仞高岩"之刚正，接一个"藏"字，便有了迂回含蓄之韵致；"千寻幽涧"里出云霞，于幽深处见漫天舒卷之胜景。"浴云衣"一语大有看头，彩云为衣，莫非神人？这里头又藏着人间女子的俗情和妩媚。真是神识通天，仪态万千，一代女皇的音容笑貌如在眼前。通观全篇，只有尾联稍显浅俗，前三联境界之大，设色之妙，出音之正，盛唐虽未至，已是盛唐的风范。

这首诗作于 700 年，武则天当时已称帝。后人对她的评价多为负面，因为她篡唐立周，又是妇人称帝，自然为正统史家所不容，至于民间野史感兴趣的是宫闱隐事，多有不堪之传闻。若以实际的事功论，她的身后是开元盛世，这是大唐最鼎盛的时期，没有她执政几十年的基础，恐难达到这样的全盛。建国的功臣集团难免权力过大，且手握兵权，容易造成国家的分裂，每一个王朝最大的风险莫过于创立之初的几十年间，若能安然度过，便有两三百年太平。这是中国历史的宿命，秦、隋、元之速亡，汉、唐、明、清之长治，莫不在此规律之中。武则天掌权正是这个时期，若没有她协助高宗清洗掉腐败专权的功臣集团，以及打压门阀贵族，如何能有日后的盛唐。当然，她也因此留下了嗜杀的骂名。诗中的"万仞高岩"正如她目光之高瞩，行事之凛然；"千寻幽涧"亦可见多伪善藏之权谋，没有这一体两面，恐怕难以成就大事。至于"均霜均露""交雨交风"是她施惠八方、普照大地的政治理想，所以她给自己新造一"曌"字为名，此字既有日月当空之王者气，亦暗藏佛法里万法皆空、自性光明之说，真是一字之间有无量义。

再看《开经偈》：

无上甚深微妙法，百千万劫难遭遇。
我今见闻得受持，愿解如来真实义。

这是武则天主持翻译《华严经》后所作。此时她已称帝,没说女皇之身份千古难遇,而说不知道要经过多少劫的轮回才有幸遇到这样的佛法,如此见地,从她口中说出来更有说服力。直到今天,佛经的卷首多冠以此诗。此诗哲思之深自不用说,驰心已不是千古,而是"百千万劫",可谓太宗文艺思想最好的践行者。可惜太宗生前没能得见此诗,若能得见,武则天的命运只怕要改写,唐朝的历史也将因此而不同。

"则天"二字是她晚年被迫退位后,继位的中宗为她上的尊号。当时她还在世,亦可看作是她对自己这一生的总结:"唯天为大,唯尧则之。"可见她的理想是效法天地,比肩圣王。从她还政李唐,避免了腥风血雨来看,是有几分圣王的姿态的。她不仅还政,还同意以皇后的身份葬于乾陵,并赦免了很多当初的宿敌,让他们的家人从流放的蛮荒之地回来。

她为世人所称道的功绩不少,比如她选拔培养的名臣很多,不输于任何一个明君,嗜杀只是她的一面,实则是能破能立之才。她开创了殿试、武举和试官制这样的人才选拔机制,所以在她掌握朝政的近半个世纪里,文教呈现出摧枯拉朽的生机。初唐最有名的诗人大多生活在她的统治下,有的还在她身边做过官,比如陈子昂、宋之问。可以说,初唐诗歌的风起云涌后面能清晰地看到她的一双翻云覆雨的手。

气化万物的盛世先声

在民间,千年的冰河早已解冻,一群龙腾虎跃的新人随着时代的浪潮汹涌而来:陈子昂、王勃、卢照龄、杨炯、骆宾王……那些床笫间的欢乐和幽暗处的情调已经引不起他们的兴趣,他们以"风""骚"自许,扬言要重起文坛百代之沉衰。

微月生西海,幽阳始化升。
圆光正东满,阴魄已朝凝。
太极生天地,三元更废兴。

> 至精谅斯在,三五谁能征。
> ——陈子昂《感遇·其一》

陈子昂此诗虽非骚体,却是楚辞之余绪,承自《天问》一脉。诗人眼中的月亮已不是审美意义上的月亮,而是哲学意义上的月亮,是阴阳化生、天道运行之显相。诗人对具体的世界兴趣不大,他要探究的是幻化出这个天地的所谓"太极"是怎样的存在,推动生灭兴废之"三元"时序又是如何运行的。文辞之直接,简直不文不诗——"三五"之说出自《易经》"参(通三)五以变,错综其数",将宇宙演化之数理直接入了诗。这不是我们惯常能见到的诗,这是昂首问天,其中有的只是庄严的宇宙观。

"无形"是唐诗的特点之一,以初唐和盛唐的诗歌尤为典型。这个时期的诗人,心之所接是万古,目之所见是万物,而非一时一物。他们的身心是气态的,纵横如野马,如洪水,如万年的沼泽涌出了龙蛇,任谁也驯服不了,在天地间冲撞得厉害——来看陈子昂的《登幽州台歌》:

> 前不见古人,后不见来者。
> 念天地之悠悠,独怆然而涕下。

多少人喜欢这首诗，可诗里说了什么，没人能说得清楚。作者只是将目光投向了无尽的时空，他被无尽时空下自我的渺小感动了，这种至深的孤独感是属于全人类的。谁会去追究这首诗的具体含义？这样的声音，如万古长风，本身就能打动人。陈子昂一定明白这不是他自己在发声，他只是天地的管道，积压了几百年的郁气，郁塞于天地间已经太久，终于在一代文宗陈子昂这里找到了出口，于是六朝的衰暗一冲即破，催生出了一个叫"大唐"的新世界。他只是一只得春气之先的鸟，被天地所鼓舞，发出了属于这个时代的鸣叫。

叫声回旋在天地间，空空荡荡，没有回响，太孤独了，四周的阴霾还没有散尽，所谓"前不见""后不见"，是真的看不见，他甚至不确定在这个时代有没有他的同类——如此高昂的歌声出现在天地间，上一次还是五百年前："东临碣石，以观沧海。"曹操在他的时代也没有同类，所以出口便是绝响。

但这是唐代，唐代的天才不可能孤独，这首诗写了河北的幽州台，大概是千年的幽暗要一朝打破，另一位幽州的大诗人卢照邻感天地之雄风，于是一出口便是浩瀚长歌，《长安古意》出现在初唐诗坛，直如一道金光撕破了阴霾，唤出了红日——

长安大道连狭斜，青牛白马七香车。

登幽州台歌

陈子昂

前不见古人,
后不见来者。
念天地之悠悠,
独怆然而涕下。

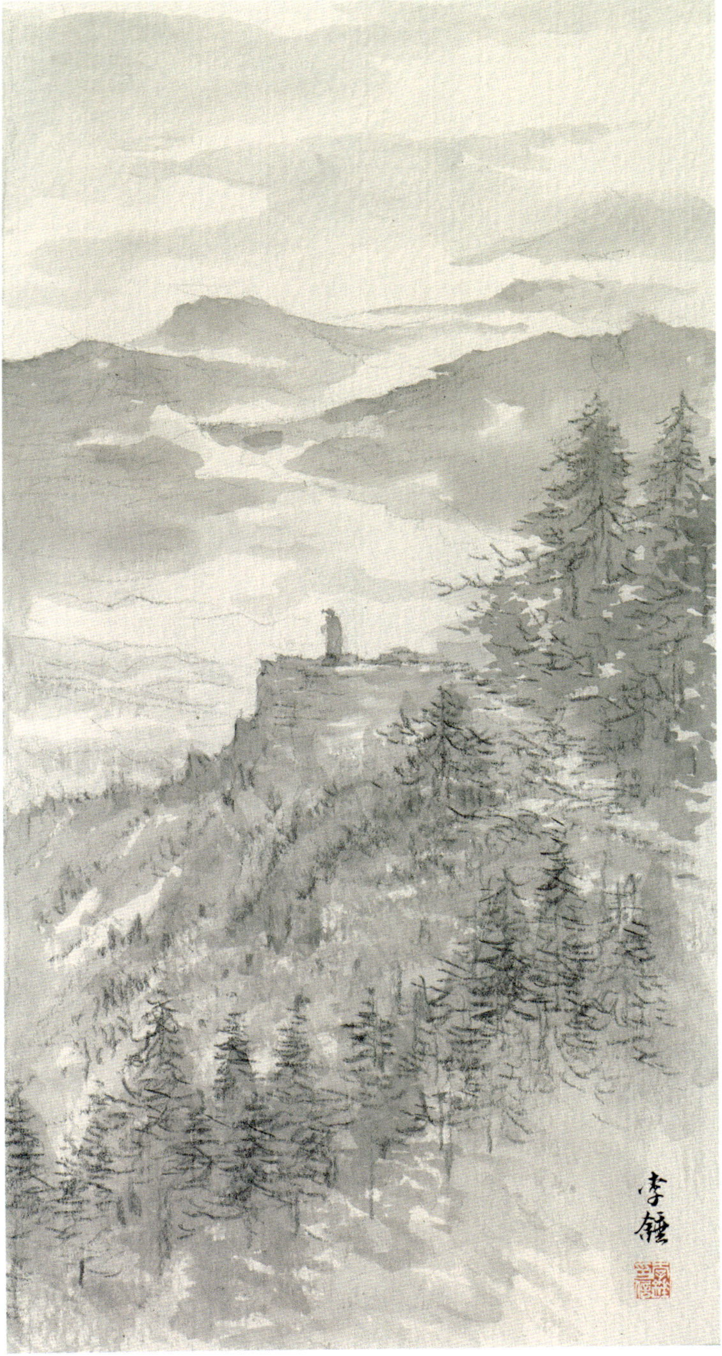
李鍾

> 玉辇纵横过主第，金鞭络绎向侯家。
> 龙衔宝盖承朝日，凤吐流苏带晚霞。
> 百丈游丝争绕树，一群娇鸟共啼花。
> 游蜂戏蝶千门侧，碧树银台万种色。
> 复道交窗作合欢，双阙连甍垂凤翼。
> 梁家画阁中天起，汉帝金茎云外直。

用今天的话说，就是长安城的交通很发达，路上跑的都是豪车，整个社会自上而下都在纵欲和炫富。"主第"指的是公主的府邸。唐代的公主可以当交际花，她们会客、饮宴、纵情声色，甚至秽及僧道。玄奘的高徒，《大唐西域记》的执笔者辩机，就因为和高阳公主私通，事发后被腰斩于市。

如此华丽的辞藻继承的是宫体诗，别看这字字句句都沾着六朝的金粉，带着宫体诗的原罪，但内在的气势却是丈二的金刚放开了粗粝的喉咙，肺活量太大了，金粉银屑被吹散成了漫天的烟尘。又仿佛瞬间长大的巨人，身上还穿着孩子的衣服，流苏花鸟金银龙凤的辞藻已经明显不合身了，可他不管，只是狂喜地踩踏着，还把珠玉抓起来堆在头上，模仿着那些香艳女子的口气——

> 楼前相望不相知，陌上相逢讵相识。
> 借问吹箫向紫烟，曾经学舞度芳年。
> 得成比目何辞死，愿作鸳鸯不羡仙。

闻一多在《唐诗杂论》里说宫体诗"人人眼角里是淫荡……人人心中怀着鬼胎"，在这里何尝不是如此，说什么相望不必相知，相逢不必相识，其实就是知道你是个荡子，我也就是个倡家，大家索性说开了。于是假惺惺的暧昧和矜持都没有了——"借问吹箫向紫烟，曾经学舞度芳年"，好大气的香艳，纵然是宫体诗也是前所未有，难道女子就不能勾引男子？难道调情就只能在阴暗处？青天白日之下那才是真浪漫。

接着是一句流传千古的表白，至今人人识得："得成比目何辞死，愿作鸳鸯不羡仙。"这哪是艳词，明明是燕赵悲歌，千百年来，就是男子嘴里也难有这般畅快淋漓的爱情宣言，何况出自女子之口，这才是大唐。

唐代的女子可以出游、宴客、露胸、骑马、着男装。女人的权利有专门的婚姻法规来保护，甚至包括改嫁的权利。一说到中国文化就是性压抑，这是不客观的。据记载，唐代表彰贞洁烈女总共才五十一人，根本构不成社会风气。宋朝也才两百六十七人，明朝忽然变成了三万六千人，清朝那就更多了。

关于女性地位的提升，现今也还是一个不落伍的命题，如何让女性的尊严得到足够保障，让女性拥有真正的自信，是一个国家进入盛世的基本要素。

再看看男人们在做什么——

> 挟弹飞鹰杜陵北，探丸借客渭桥西。
> 俱邀侠客芙蓉剑，共宿娼家桃李蹊。
> 娼家日暮紫罗裙，清歌一啭口氛氲。
> 北堂夜夜人如月，南陌朝朝骑似云。
> 南陌北堂连北里，五剧三条控三市。
> 弱柳青槐拂地垂，佳气红尘暗天起。
> 汉代金吾千骑来，翡翠屠苏鹦鹉杯。

依然是纸醉金迷的欢乐，却有着山呼海啸的力量，这不是对宫体诗的改革，也不是对旧时代的摧毁，真正大格局的大丈夫不会去破坏，他只会拉着你一起创造，一起共舞。新时代来得太快，快到新的不需要立，旧的来不及破，来不及分清谁是敌人谁是朋友，天下只有如胶似漆的朋友和即将成为朋友的敌人。

对欢场生活的描写显然不是作者的本意，这是在讴歌一群有生命力的新人，这是一种勇于打破旧世界的力量。这也是后代的中国人热爱大唐、崇拜大唐的原因。后代的中国人在精神上越来越保守和孱弱，尤其是到了明清。物极必反，否极泰来，我们今天又开始有了这样的野性和力量。

罗襦宝带为君解，燕歌赵舞为君开。

女人们也不甘示弱，明明是赤裸裸地宽衣解带，却不觉其淫荡，甚至看不见香艳。不是脱掉了衣服就是猥琐，豪气到了一定程度，所有的龌龊不堪都会隐退。消灭欲望是世上最暴力也最徒劳的事情，何不带着人性里的缺点一并提升，就像西洋的油画里全是裸体，看到的却是庄严。

《欲望号街车》里的布兰奇，美国南方的贵族淑女，被迫来到粗俗的工业文明的社会，登场的时候一句台词："我看不惯没罩的电灯，正像我受不了一句粗话……"其实她们不是不喜欢粗话，而是不喜欢不加遮掩的粗话。岂知遮掩只是表面的干净，却将里面弄得更脏，这正是宫体诗的原罪。眼下只有燕赵的歌舞能荡涤这一切，当女人都变得大气时，必将迎来真正的大时代。大唐盛世之所以大，是因为允许一个女皇的存在。所以不要害怕欲望，相比欲望，更要害怕不真实，真实是通往大气的路，而大气必将带来人性的升华。

一说到热烈的人性解放的艺术，好像是西方的专利。其实，这样的艺术我们在唐代就已经有了，这首诗便是明证。宋元明清，我们的艺术走向了宁静和低调，这是一个民族心智更成熟的体现。成熟之后便是衰老，衰老之后势必浴火重生，我们民族过去一百多年的苦难正是为了今天的重生——

自言歌舞长千载，自谓骄奢凌五公。
节物风光不相待，桑田碧海须臾改。
昔日金阶白玉堂，即今惟见青松在。
寂寂寥寥扬子居，年年岁岁一床书。
独有南山桂花发，飞来飞去袭人裾。

唐诗里从来不缺天才纵横的激情，更不缺体制恢宏的大篇章，《长安古意》的独特和伟大在于这个结尾——没有过程，直如当下证悟般的顿入清凉：冷冷的青松侵入了废弃的歌舞场，空山里飞来飞去的桂花，年复一年的寂寥——简直变成了另外一首诗，像是老僧的禅语：骄奢放纵从来不会带来真正的快乐，只能为更大的痛苦蓄积能量；金阶玉堂更不可能永葆，只能留下梦幻泡影般的惆怅。能留给后人的只能是生命之精神，无形之文化。这才是作者要说的主题，扫清浮华和放纵，归向圣贤的教化，只有文化能流传千古。

　　最后四句诗，作者本人出现了，他从六朝的脂粉堆里，从初唐的声色场中挺身而出，亦放下了顶天立地的姿态——"年年岁岁一床书"，这是何等的清净，只有清净能通向解脱，亦能照见永恒。卢照邻以一个低垂淡然的姿态完成了对自我的救赎，亦将唐诗引向了一个新的境界。

真正的天才能发现所有人的优长

初唐四杰指的是王勃、杨炯、卢照邻、骆宾王四人。他们冲破了六朝的浮华，使唐诗走上了刚健宏大之路，是唐诗的主要开创者。他们同样的才华横溢，却命运多舛，除杨炯外，皆不得善终。卢、骆二人擅长用宫体诗的华美辞藻来写史诗，尤其以七言的鸿篇巨制著称。

骆宾王一辈子爱干大事，著名的《讨武曌檄》就是出自他之手，将武则天骂成是残害亲生、祸乱国家、人神共愤的淫妇。武则天看完这篇文章居然赞赏不已，说："宰相安得失此人？"

意思是，这样的人才没有收罗到朝廷里来是宰相的失职。骆宾王的长诗《帝京篇》和卢照邻的《长安古意》齐名，是七言歌行的双璧。这首诗一出手便是帝王气，野心暴露无遗——

> 山河千里国，城阙九重门。
> 不睹皇居壮，安知天子尊。

骆宾王后来参与了徐敬业谋反，起兵讨武，又于军中写下了这首《在军登城楼》：

> 城上风威冷，江中水气寒。
> 戎衣何日定，歌舞入长安。

这已是真正的唐音，深沉而高昂、刚健而欢快，更有一语安天下的简断。可惜徐敬业兵败被杀，骆宾王也下落不明。如今能被后人记住的，除了那篇檄文，大概也就是他七岁的时候写的那首《咏鹅》了，至今仍是人人会唱的儿歌：

> 鹅，鹅，鹅，曲项向天歌。
> 白毛浮绿水，红掌拨清波。

王、杨比卢、骆晚生一二十年。到杨炯这里,宫体的痕迹已经没有了,取而代之的是唐音的雄健:

> 烽火照西京,心中自不平。
> 牙璋辞凤阙,铁骑绕龙城。
> 雪暗凋旗画,风多杂鼓声。
> 宁为百夫长,胜作一书生。
> ——杨炯《从军行》

这首诗是杨炯投笔从戎,奔赴边塞的时候写的。杨炯接武的是建安风骨,来看看建安七子之首曹操的风范:"对酒当歌,人生几何。譬如朝露,去日苦多。"(《短歌行》)和唐诗一样,开口便是大丈夫气。但建安诗是朴厚的,如隶书,磨圆了边角;唐诗则如章草,有腾蛟起凤之势。论气机,建安诗敛于内,唐诗盛于外。于手法上,建安诗继承了《诗经》的传统,少有实指,多借比兴;唐诗则一语道破,语不惊人死不休,所以唐诗多有流传千古的名句。

唐诗的迷人之处莫过于一泻千里之畅快,这首诗的前半段便是。"心中自不平",意气如洪水般喷涌而出,接着"辞凤阙""绕龙城",一气而下,浩浩荡荡,瞬间千里之外。

这样的视角是云端俯瞰，航拍的效果，千里河山尽收眼底。紧接着是地面上的仰拍，雪重而旗暗，风多而鼓频，仿佛能看见马蹄从镜头上踏过去，又能听见地下传出的闷响，虽然没有实写行军之惨状，却历历在目。"宁为百夫长，胜作一书生。"尾联拔地而起，一语如响箭，千古有余音。这已是标准的唐诗了，如果说还少了些什么的话，就是缺少唐诗特有的富丽和膏润。虽然杨炯反对龙朔初年"糅之金玉龙凤，乱之朱紫青黄"的靡丽，但又有矫枉过正之嫌。这一步将由初唐四杰里最后一个登场的王勃来完成——

> 滕王高阁临江渚，佩玉鸣鸾罢歌舞。
> 画栋朝飞南浦云，珠帘暮卷西山雨。
> 闲云潭影日悠悠，物换星移几度秋。
> 阁中帝子今何在？槛外长江空自流。
> ——《滕王阁》

历来评七律的压卷之作，王勃的这首诗常有入选。平心而论，此诗从章法而言只能算四平八稳，至于"佩玉""歌舞""画栋""珠帘"皆是些俗套，内容也没什么新意。长处是其富丽而舒展的气度，字字句句皆绵延无尽，每每在诗集里翻到此诗，顿觉眼前一开，连页面都变得敞亮起来。且对仗工稳，平仄上口，读来声调壮阔，这就开了盛唐之先声了。

这首诗是骈文《滕王阁序》的篇尾诗。《滕王阁序》是即兴之作，千古名句"落霞与孤鹜齐飞，秋水共长天一色"便出自其中。洋洋洒洒几百言，写到最后按说已是强弩之末，即将散去的烟云还能在空中结成如此壮观的龙门造像，可见其才气之盛。

王勃是文中子王通之孙，六岁能文，被誉为神童；不到十岁便已饱览六经，著书立说；十六岁撰写《乾元殿颂》，被高宗赞为"大唐奇才"，遂任职沛王府。又因沛王斗鸡之事，写了一篇《檄英王鸡》文，惹怒了高宗，被逐出长安；后又因私杀官奴获罪，连累父亲流放交趾（据考证为今越南北部）；王勃遇赦后，去交趾探望父亲，回来的途中溺死于海上，年仅二十七岁。

王勃的一生虽然短暂，成就却是四杰中公认最高的，因其诗文皆有难以逾越的佳作，更有"海内存知己，天涯若比邻"这样的千古名句。若天假以年，成就当不在李杜之下。

杜甫这样评价四杰的诗文：

王杨卢骆当时体，轻薄为文哂未休。
尔曹身与名俱灭，不废江河万古流。
——《戏为六绝句·其二》

一直到半个世纪以后的盛唐，批评四杰的声音就没有停止过，说他们是"轻薄为文"。从"文"字的后置来看，这个轻薄既可以指他们的文风，也可以指他们的为人。若论为人，这个批评倒也有几分在理，四人的生平都有劣迹；若论文风，他们恰好是轻薄文风的反对者。卢、骆之体尚有轻薄之残留，王、杨的气度已经很庄重。总之，没有他们这一番大火烧山般的革新，为唐诗探索出了新路，哪有后来的煌煌大观？从创作者自身而言，所谓的革新，其实革的都是自己的命，对自己下手是何其之难，须有大勇力者方可为，所以杜甫替他们骂了回去。他骂的是些当时的文坛名人，说他们的名气会随着肉身的死亡一起消灭，而四杰的声名将像长江黄河一样万古长流。骂人骂得如此气贯长虹，又如此狠毒，大概也就只有老杜了。如今一千多年过去，历史证明了杜甫的眼光，四杰依然是四杰，可那些骂他们的人已经无从考证了。

杜甫也是个天才，一个天才能看到别人的天才是不容易的。真正的天才能发现所有人的优长，由此客观地看到自己在时代中的位置，从而更笃定自己的天才。而那些误以为自己是天才的狂人，则善于发现别人的缺点，从而更迷恋于自己的高明。

当然，四杰的诗歌的确有气躁而声乱的缺点，杜甫自然也看得到，于是他赋予这种新的诗风以厚重的基石，于百丈高台之上振响了黄钟大吕之音,后来者无人能抗。李白则沿着四杰的路直冲云霄,在天上幻化出龙翔凤翥的云霞,独称大宗。而王昌龄、王维、孟浩然诸家,则抑其气焰,去其纹饰,走出了一条温柔敦厚、清素典雅的路。他们共同绘就了盛唐诗歌的云图。

成为一个伟大的观察者

若论雍容大度，初唐诗不及盛唐；若论哲思之深，初唐又有过之而无不及。

> 林居病时久，水木淡孤清。
> 闲卧观物化，悠悠念无生。
> 青春始萌达，朱火已满盈。
> 徂落方自此，感叹何时平。
> ——《感遇·其十三》

还是陈子昂的诗。病的时间久了,林中的流水和树木是多么地孤淡和冷清。以这种心境闲卧在床上,才能够观察到万物在大自然中的生灭转化,也才能觉知幻化出万物的虚无。

何为"无生"?《道德经》里说:"天下万物生于有,有生于无",此处的"无生"当作此解。在清净的境界里,方能觉知到这个世界"无"中生有的本质,方能看清"物化"之实相。

《易经》中有个讲法也能旁通:"寂然不动,感而遂通",这个"寂然"不单单指内心的清净,更是不带任何执见的超脱,这样才能感通万物,才有资格"仰以观于天文,俯以察于地理"。

《易经》是儒道二家共同的经典,简单地说,是关于如何成为一个伟大的观察者的学问。在这首诗里,作者便是这样一个观察者——诗里说,草木刚刚生发,还未至丰茂,其实春天(震木)的能量早已过去,夏天(离火)的能量即将到达顶点。这里说的应该是阳历的六月,生发得晚的叶子还带着新绿,而夏至已经快到了。到了夏至,天地的能量便已到达了顶点,草木的生长还未至全盛,而凋落的能量在无形中已经发端。——念及于此,诗人的心里感慨难平。

以有形知无形,以将至知未来,这正是儒道两家的功夫。草木的生发是可见的,而天地能量的转换是不可见的,以草木之微而知天地之大,还有比这样的观照更高级的诗意吗?论诗意，这首诗是胜过前面那首《感遇·其一》的，因为这里面有心境，有图画。托衷情之辞，说玄奥之理，这才是诗的况味。

陈子昂少年时期是个侠客，因为击剑伤了人，才弃武从文。数年之间便学遍了经史百家，又有过隐居山林、游仙学道的经历，后进士及第，在朝为官，颇得武则天赏识。陈子昂这样的人物在古代的文人士大夫中是常见的，他们大多能文能武，参过天地大道，也历练过人情世故，深山和朝堂都住过，出世和入世的学问都具备，创作的文学作品自然不是现今的职业文学家可比的。诗歌的不可替代之处是为古人亲笔所写、亲口所唱，是得见古人真面目最好的途径，亦是历史文化的第一手资料，所以我们的文化自古以来独重诗歌。

初唐是一个文教大发展的时代，不仅仅是诗歌。这些诗人同时也是大学者，很多大修行人也都出现了，比如六祖慧能、神秀、玄奘。如果没有初唐对圣贤文化的恢复，就不会有几乎影响了整个亚洲，乃至于世界的大唐文化。

"国朝盛文章，子昂始高蹈。"（《荐士》）这是韩愈对陈子昂的评价。"高蹈"二字恳切，其诗的确是高理多而俗情少，而四杰的诗是市井的、性情的，所以四杰里没有陈子昂的一席之地。

再来看陈子昂的《感遇·其二》：

> 兰若生春夏，芊蔚何青青。
> 幽独空林色，朱蕤冒紫茎。
> 迟迟白日晚，袅袅秋风生。
> 岁华尽摇落，芳意竟何成？

陈子昂的《感遇》诗共有三十八首，多涉及天人之理、幽哲之思，而诗之情味较少，所以传唱者也少。唯有这一首，有空谷幽兰摇曳随风之姿，又有美人行走于山间之态。兰草和杜若生在春夏之交，这样的花草喜欢独自生长，所以会让树林显得很空旷。到了秋天，它也就凋落了，它的美好究竟是为了什么呢？

没有一个字言及哲理，却又能让人得见造化之妙义。当一首诗足够精微，又足够天然的时候，天地大道便已经住在里面了，又何须再用哲理去填充它。我们总是不满足于单纯的美，总想附加一点哲理在上面，这对于文艺创作者来说是危险的，常常是哲理有了，美却消失了。东晋的玄言诗便是这样，大多"理过其辞，淡乎寡味"（《诗品序》），以至于后人编文集都避之不录。

《感遇·其二》这样晶莹而静谧的诗，不但陈子昂没再写出第二首，就是在整个初唐也很难找到同类。初唐诗坛的风气太浮华了，太喧嚣了，他们在张扬个性的同时也张扬了太多不堪入目的丑陋,砸碎桎梏的同时也砸碎了宁静。不知从什么时候开始,他们忽然意识到美和宁静并不是他们的敌人,烈日下的驰骋再过瘾,内心的渴望也永远是下一个清凉的树荫。——他们这才看见了刘希夷,这个不那么出名的诗人已经在洛阳城外的一棵桃花树下站了很久了——

洛阳城东桃李花,飞来飞去落谁家?
洛阳女儿惜颜色,行逢落花长叹息。

像是心里自然而然浮现出来的话,没有一个字是晦涩的。口语化的诗容易流于浅俗,但这首诗仿佛是从至深之处,从遥远的记忆里飘来的。洛阳城东的落花飞来飞去,落向了谁家?这一问已是千家万户,再问只能问向往来古今——

今年花落颜色改,明年花开复谁在?
已见松柏摧为薪,更闻桑田变成海。
古人无复洛城东,今人还对落花风。
年年岁岁花相似,岁岁年年人不同。

这哪里是伤春?万年松凋,沧海桑田,他的目光简直投向了整个宇宙，他心里装的是世世代代的人——古人已经不能再来城东赏花，而今人还要面对这满城的凋零——起手五行诗，三次提到洛阳城，刘希夷是多么热爱洛阳，又是多么热爱这个世界，可惜他只活了不到三十岁。再看这句如今人人熟悉的感叹，"年年岁岁花相似，岁岁年年人不同"，虽是哀音，气息之畅达，音节之高朗，你能说这只是一句伤感的话？很显然，伤感已经变得不重要了，已被广袤的时空观覆盖了，被庄严的无常观覆盖了。

天宝年间孙翌编了一部《正声集》，把刘希夷的这首诗选了进去，认为是全集中最好的诗。可见是不是正声，不在其意，而在其气，在于作者心胸的广度。伤春之词，历来不知道多少，"无可奈何花落去，似曾相识燕归来"，这是北宋的宰相晏殊写的；"林花谢了春红，太匆匆，无奈朝来寒雨晚来风"，这是南唐后主李煜写的。纵然是宰相和君王之词，太感伤了，气也太浅，摇来荡去，终不及唐音。

寄言全盛红颜子，应怜半死白头翁。
此翁白头真可怜，伊昔红颜美少年。

这首诗题为《代悲白头翁》。代人拟诗，或者说借他人之名发自己的感叹,这是常有的题目。崔颢的《江畔老人愁》,张谓的《代北州老翁答》,都是代老人感叹世事。

所谓"寄言全盛红颜子",其实就是老年人对年轻人的告诫,这可不是个好话题,通常不受待见。这几句诗我年少的时候就很爱读,因为不是倚老卖老地教训人,而是要年轻人可怜自己,真是有智慧,垂老一叹,劝诫便在其中了。看看这个风姿绰约立在花前的老人,就知道唐诗的贵气,何为"贵"?高者肯居下是贵,感同身受是贵。如果说什么"一寸光阴一寸金",年轻人如何听得进去?

再者,伤春诗里极少有感伤男子容颜的,"伊昔红颜美少年"一句何其顺手,何其自然,情真意切地让你得见惊世骇俗。

公子王孙芳树下,清歌妙舞落花前。

一语重回当年,似仙境,似人间,不知是海上神仙岛,还是人间富贵家,此联可谓清绝也艳绝。

光禄池台文锦绣,将军楼阁画神仙。
一朝卧病无相识,三春行乐在谁边?
宛转蛾眉能几时?须臾鹤发乱如丝。

东汉光禄勋马防的池台,将军梁冀的画阁,这是用典。初唐的诗歌用典还算节制,到了晚唐就更密集了。有的典故有特别的含义,有的只是一种修饰,比如这里,无非是形容池台楼阁之富丽。但用典不等于堆砌,有时候是一种设色的需要。若改成"层层池台开锦绣,巍巍楼阁画神仙",意思没有变,却少了一种历史的纵深感,也无法归向这样的结尾——

但看古来歌舞地,惟有黄昏鸟雀悲。

三 李白：他的诗是半个盛唐

若说天才，古往今来，最没有争议的大概就数李白了。"绣口一吐，就是半个盛唐。"余光中此语评李白极传神。

如果唐诗是一座富丽神秘的宫殿，李白就是气势入云的穹顶，杜甫则是宽博沉稳的基石，余者皆是大殿里的摆设。初入大殿之人大多先是被穹顶迷住，久而久之则抬头者少。几人低头看基石？但缺了这雄厚的基础，整座大殿就气象一空。

唐朝人编诗集，不大重视杜甫的诗，甚至一篇不选，因为离得太近，再好的百年青砖，近看也只道平常。后人尊杜甫为诗圣，因为是远观，才能得见大殿全局。

再说余者。高适、岑参力雄而飞，是殿中之大梁；韩愈之稳健是殿中之柱石；王维是静室之佛影；王昌龄是重帘之青烟；四杰是东窗之红日；杜牧、李商隐是西窗之残月；李贺是怪石侵松；贾岛是后墙苔痕……若论能让人反复赏玩、流连驻足的往往是这些景致。

以李白的名气论，如果说唐朝是一部好莱坞大片，李白就是当之无愧的男主角；女主角武则天算一个，还有杨贵妃。这千古之天才与千古之美人的会面必须是高潮，他们之间若无暧昧，剧情不依，看客亦不依，无关历史事实。

据说李白失宠出宫，是因为写了这两句诗："借问汉宫谁得似，可怜飞燕倚新妆。"将今比古是最通用的恭维手段，何况比的是赵飞燕，如何能得罪贵妃？只怕别有原因，比如，万众瞩目的焦点只能有一，不能有二；比如，见宠于皇帝，自然有争宠之人。据说高力士和杨贵妃都不容他，谁让他写诗之前如此摆谱，让高力士替他脱靴，杨贵妃替他捧砚。况且，也只有他敢轻慢皇帝，"天子呼来不上船，自称臣是酒中仙。"这是杜甫写的李白。凡此种种，最终成就了一位"仙人"。李白一生修仙不得，却被封为"诗仙"，算是身后之哀荣。

先来一睹诗仙之风采：

> 君不见黄河之水天上来，奔流到海不复回。
> 世间行乐亦如此，古来万事东流水。
> 弃我去者昨日之日不可留，乱我心者今日之日多烦忧。

这样的诗，人人都能看见好，所以不必解释；这样的诗不可学，因其纯以气胜，气如何学？亦无法用语言来形容。苏东坡写文章追求行云流水，云水还有形态，故尚有可评说处，尚可摹学。这也是李白之后数得着的天才人物，若论长风万里的气势，还是距李白太远。

李白是扶摇九万里而上的鲲鹏，只有世人看得见他，他是看不见世人的。杜甫亦有鲲鹏之大，不然岂能有"大庇天下寒士俱欢颜"之豪情？可惜悲魔入心，总想翼护众生，离地太近，垂天大翼不免千疮百孔。

李白的知音是最有艺术天分的皇帝李隆基，是诗中之圣杜甫，是百代文宗韩愈，他们已经是人中极品了，岂有世间之人能让他们追随，所以李白只能是仙。

仙家之诗太过夺目，尤其那些恣肆汪洋的七言古体大篇章。所以先从五言说起。

> 花间一壶酒，独酌无相亲。
> 举杯邀明月，对影成三人。
> 月既不解饮，影徒随我身。
> 暂伴月将影，行乐须及春。
> 我歌月徘徊，我舞影零乱。
> 醒时同交欢，醉后各分散。
> 永结无情游，相期邈云汉。
> ——《月下独酌·其一》

写诗即写心。心无形无定，变化千端，瞬息万里，如何能写？于是有了赋比兴这样的表现手法。直写其事曰赋，类比取喻曰比，指东说西曰兴。评诗也一样，诗之妙在不可言说处，如何能评？

不能直取，那就比兴。

如果用时下流行的体式写这首诗，是什么景况？

月下
独自一人
独自举杯
邀请月亮
对着我的影子
起舞
歌唱

虽然已经尽量简洁和白描，不用形容词修饰，但还是矫情作态，很显然这不是一首好诗。为什么同样的内容，换了个文体结果完全不一样？因为白话文尚缺少古文的质地，或者说，我们在改革文体的时候丢失了精髓。

文字不仅是表意的，还是音乐的，画面的，尤其是汉语，文字本身就是一幅画，所以白话文不能是一白了之，需要重新建立足以垂范后世的样板。先秦诸子的文章，简洁而达意，自然而传神，建立的文言文样板沿用至今，以至于今天还能阅读两三千年前的典籍。这是其他只有口语的文字系统不可想象的。

月下独酌

其一

李白

花间一壶酒,独酌无相亲。
举杯邀明月,对影成三人。
月既不解饮,影徒随我身。
暂伴月将影,行乐须及春。
我歌月徘徊,我舞影零乱。
醒时同交欢,醉后各分散。
永结无情游,相期邈云汉。

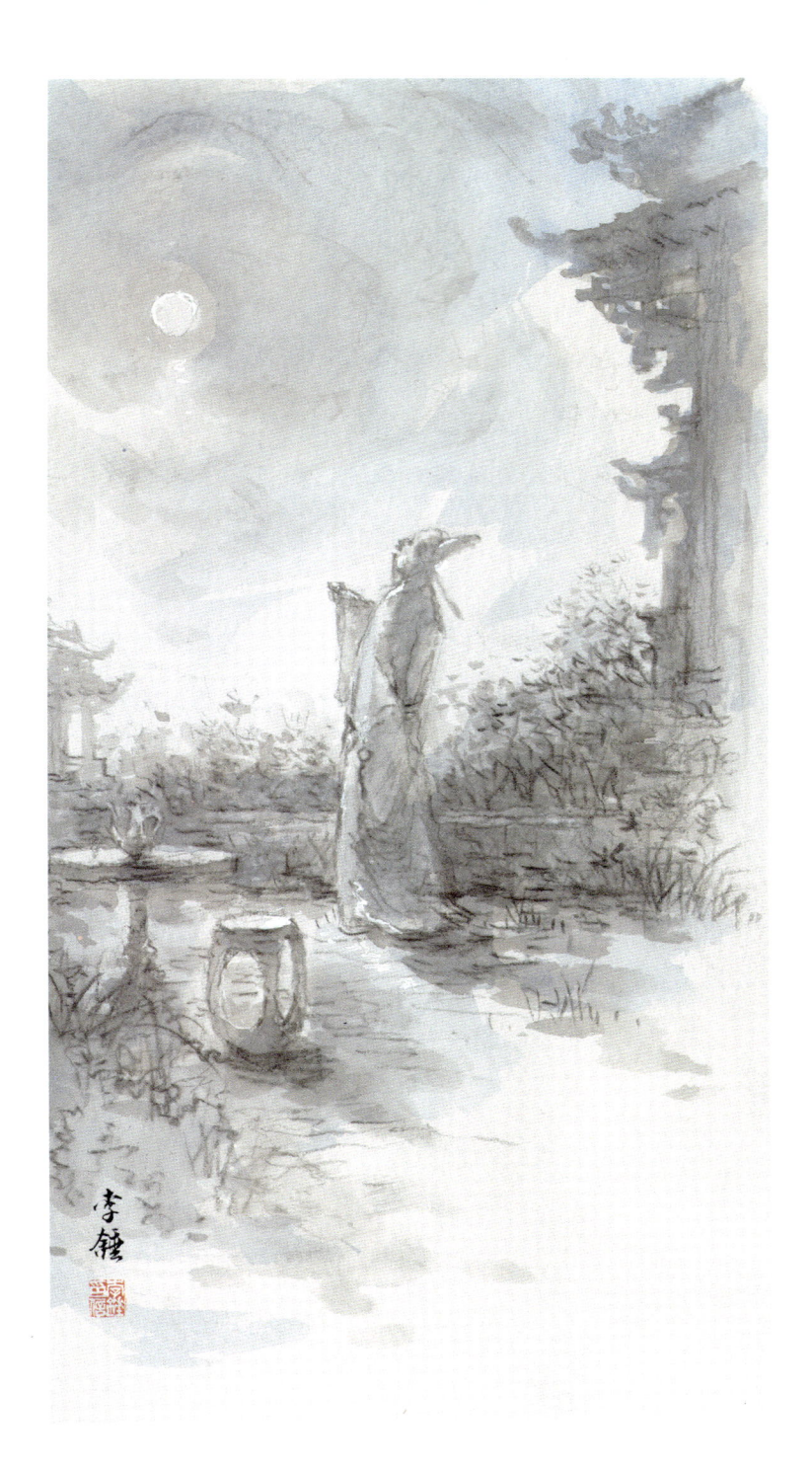
李鍾

口语是变化的，不宜作为知识传承的载体。比如外国人想要准确阅读一百年前的语言是很困难的。中华文明之所以是唯一不断绝的古文明，没有这一套稳定的文言文系统，如何实现？晦涩的经典不是人人都愿意学的，而诗歌人人可以传唱，所以只要还有人喜爱唐诗宋词，这套文言系统就不会彻底废去，文明也就不会彻底断绝。

这首诗转换成白话文就平庸了，还有一个原因，真正的好诗不可模仿，不能翻译。李白写的文字是李白的气息，此一转换，意思不变，气息尽失。李白是天才的演员，这首诗即是最造作的表演，但他做来仪态万方，平常人做来难免作呕。一个演员如果有人指摘你的表演不真实，说明你不够天才，天才的演员不需要真实，就像王熙凤，满嘴虚话假话，但大家就是爱听，听了还跟着她乐。

再来看李白写给杜甫的诗：

我来竟何事，高卧沙城丘。
城边有古树，日夕连秋声。
鲁酒不可醉，齐歌空复情。
思君若汶水，浩荡寄南征。
——《沙丘城下寄杜甫》

起手一句是太刻意的自拍。选好了时间——秋天的傍晚；找好了场景——城边古树下；摆好了姿势——高卧在一个沙丘上。只等导演喊开始，就可以表演思念杜甫了。这里面只有自导自演，没有杜甫，对杜甫的思念交给汶河水来负责，一流了之。这样的人见了能不烦吗？但一日不见还想。只因这样的姿势只有他摆得出来，就像那些大明星，人人都骂，却人人爱看。

这是杜甫思念李白的诗：

> 不见李生久，佯狂真可哀。
> 世人皆欲杀，吾意独怜才。
> 敏捷诗千首，飘零酒一杯。
> 匡山读书处，头白好归来。
> ——《不见》

在《梦李白二首》里，杜甫又说："江南瘴疠地，逐客无消息。故人入我梦，明我长相忆。""冠盖满京华，斯人独憔悴。"这样的诗句真是寸寸相思寸寸灰，可怜老杜的痴情。

再来看李白所作之《古风》——

> 登高望四海，天地何漫漫。

> 霜被群物秋，风飘大荒寒。
> 荣华东流水，万事皆波澜。

这组诗一共有五十九首，为拟古之作。这一首的风格颇似汉代无名氏所作的《饮马长城窟行》："青青河畔草，绵绵思远道。""枯桑知天风，海水知天寒。"

汉诗是静态的，就像千里沼泽，云气缭绕，气象虽广，内在却出奇地安静。从文风上来说，如泣如诉皆自然流出，混混沌沌，中无佳句可采。

到唐代，沼泽为之一开，其间龙蛇涌出，风起雷隐，"天地"显现了，"四海"也望见了，奇字佳句更是密不透风。霜不再是一叶之霜，而是万物之霜；风也不再是一水之风，而是来自大荒的浩荡之风。于是"万事皆波澜"，格局大了，眼界高了，再看万事万物，就像水中微微的波澜，没什么大不了的。

天地既开，洲渚出现了，桥岸出现了，花树鸟鸣也出现了，这就到了宋词了，一切过于清晰，过于具体，美则美矣，气象不大。

唐诗的不可及之处正在于回荡天地、无拘无束的神气：

> 长安一片月，万户捣衣声。

秋风吹不尽，总是玉关情。
何日平胡虏，良人罢远征。
——《子夜吴歌》

明月出天山，苍茫云海间。
长风几万里，吹度玉门关。
汉下白登道，胡窥青海湾。
由来征战地，不见有人还。
戍客望边色，思归多苦颜。
高楼当此夜，叹息未应闲。
——《关山月》

这也是李白，但是"我"消散了，只余一股清风、一团清气充斥天地，若还有眼能见，也是九天之外的大鹏之眼，俯瞰天地众生，一切悲欢离合，征伐兴废只是静穆。这才是"谪仙人"当有之风范。

有学者认为中国没有伟大的诗歌，因为诗里没有深刻的思想，李白便是这种不深刻倾向的代表人物。一盆兰花、一棵松树有没有深刻的思想？古人认为这是君子的象征。如果有人向你要深刻，说明你太平庸了。兰花的幽香，松树的奇姿，世间独此一份，最有操守和学问的君子也以与其品性相仿佛为荣，这本身就是伟大，亦是深刻。

伟大的事物一定深刻，但深刻的事物不一定伟大。你怎么能向李白要深刻？为什么《庄子》开篇要先出扶摇九万里的大鹏？只有把格局打开了，才装得进去更大的认知。明月天山，苍茫云海，长风万里，这是短短二十个字里出现的意象。有了这样的视野，天下之事还有什么好争的？不过蜗角虚名，刹那人生，又不知辜负了多少春风——这亦是庄子之词锋。

李白就是中国诗歌里的大鹏，他是极致的超脱，超脱于战争、深刻乃至智慧之上。中国的诗歌也有惯常表达的思想，比如清净无为，比如天人合一、万物一体，比如觉知和放下，这都是儒释道的境界，非宗教非哲学，却能将生命引向更高的层次。这样的诗不是深刻的，而是神性的。如果说在世俗谛上，艺术离宗教最近，哪怕是李白这样的仙才，一生当中接近这样的神性的时候也是屈指可数的。多数的时候，他的自我也是巨大的，所谓道高一尺，魔高一丈。因这一类的诗歌更近世人之情，也就更容易在世上流传，比如《将进酒》：

君不见黄河之水天上来，奔流到海不复回。
君不见高堂明镜悲白发，朝如青丝暮成雪。

> 人生得意须尽欢，莫使金樽空对月。
> 天生我材必有用，千金散尽还复来。

如黄河决堤一般冲口而出，一气而下，自有诗歌以来，未曾见过这么高的起手，也未曾听过这么大的口气。形式上亦不拘一格，似古体似乐府，既典雅又民歌。西洋美声唱法因有严格的发声技巧，唱来总有庙堂气，唯有帕瓦罗蒂一开口就是意大利民歌，所以他唱《我的太阳》格外有太阳的热力和生机。

> 烹羊宰牛且为乐，会须一饮三百杯。
> 岑夫子，丹丘生，
> 将进酒，杯莫停。
> 与君歌一曲，请君为我倾耳听。
> 钟鼓馔玉不足贵，但愿长醉不复醒。
> 古来圣贤皆寂寞，惟有饮者留其名。
> 陈王昔时宴平乐，斗酒十千恣欢谑。
> 主人何为言少钱，径须沽取对君酌。
> 五花马，千金裘，
> 呼儿将出换美酒，与尔同销万古愁。

这样的诗不可一句一句地体会，须大口囫囵吞下，任其在体内胡乱冲撞方知其妙；更不可一步一步评点，飓风过境，片瓦不留，哪还有脚跟立定处。这样的诗平时读不得，恐狂魔入心。逢友登高，酒后起兴之时自然会脱口而出。

劝人超脱世间名利，若能指向内在的解脱，这是神性，却又外求于酒，重堕魔道。时而入仙，时而入魔，这便是李白。何谓"谪仙人"？天仙堕落成魔，自有其高格，便成人间千年不遇的歌王。再来一睹仙魔一体之风姿：

> 弃我去者昨日之日不可留，
> 乱我心者今日之日多烦忧。
> 长风万里送秋雁，对此可以酣高楼。
> 蓬莱文章建安骨，中间小谢又清发。
> 俱怀逸兴壮思飞，欲上青天揽明月。
> 抽刀断水水更流，举杯销愁愁更愁。
> 人生在世不称意，明朝散发弄扁舟。
> ——《登宣州谢朓楼饯别校书叔云》

《将进酒》尚有泥沙俱下之感，此篇纯为纵逸之仙气。说是仙气，细听又句句都是人间的愁苦。天既不能上，人间又不能留，谪仙可怜，只能纵酒，只能弄舟。

李白此格，千古以来暗偷者有，无人明学。千古多少狂生，哪个不饮酒？哪个不自恋？见了李白，都知道自惭形秽，不敢东施效颦。若说明学，就便才如苏轼，也只敢学学问月之诗，毕竟那个小巧些，尚能使得圆活。

明月几时有，把酒问青天。不知天上宫阙，今夕是何年。我欲乘风归去，又恐琼楼玉宇，高处不胜寒。起舞弄清影，何似在人间。

转朱阁，低绮户，照无眠。不应有恨，何事长向别时圆？人有悲欢离合，月有阴晴圆缺，此事古难全。但愿人长久，千里共婵娟。

——苏轼《水调歌头·明月几时有》

若说能得着几分李白的仙气，放眼望去，也就此篇了。此篇字句间尚有斟酌；李白无有斟酌，只信手拈来。此篇有章法，虽然能飞，还须点地方能稳当；李白是步步随风，步步悬空，自然无须章法，更有一股丰腴的豪气，为宋人所无。

李白还有一首寻仙诗，亦无人敢学。所谓寻仙，就是想寻得仙药或仙人，以实现成仙之梦。寻仙诗首推《梦游天姥吟留别》，沈德潜评之为"想落天外","此殆天授,非人力也"。

> 海客谈瀛洲,烟涛微茫信难求。
> 越人语天姥,云霞明灭或可睹。
> 天姥连天向天横,势拔五岳掩赤城。
> 天台四万八千丈,对此欲倒东南倾。
> 我欲因之梦吴越,一夜飞渡镜湖月。

唐诗取象大,出口便是四海天地、万古八荒。后来者若是明白,自然知道不可强学,胸中无有纵横万里之大气量,学来便是造作,犹如小儿强说大人事。所以唐代以诗歌取士是有道理的,文如其人,胸怀气象就摆在这里,做不了假。

若才气更大,便不满足于写人间事了,写玄写梦写游仙,笔下方能上天入地,腾挪得开。此篇便是集大成者。笔锋一指先是海外仙山,继而海内之最高峰,一梦又去了吴越,而且是飞过去的。若不是写梦,这样的开阔如何能合理铺排?

> 湖月照我影,送我至剡溪。
> 谢公宿处今尚在,渌水荡漾清猿啼。
> 脚著谢公屐,身登青云梯。

> 半壁见海日，空中闻天鸡。
> 千岩万转路不定，迷花倚石忽已暝。
> 熊咆龙吟殷岩泉，栗深林兮惊层巅。
> 云青青兮欲雨，水澹澹兮生烟。
> 列缺霹雳，丘峦崩摧。
> 洞天石扉，訇然中开。
> 青冥浩荡不见底，日月照耀金银台。
> 霓为衣兮风为马，云之君兮纷纷而来下。
> 虎鼓瑟兮鸾回车，仙之人兮列如麻。
> 忽魂悸以魄动，恍惊起而长嗟。
> 惟觉时之枕席，失向来之烟霞。

一路上怪怪奇奇，仙人出场之前，常人写来一定排场大，可是"云青青"一句如此优美清澈，快成田园诗了，如此方见神思。若"熊咆龙吟"之后直接出仙人，这哪是仙人，分明是山大王。天为之清，地为之宁，方是仙人。

如果仙人是清净的，显平易相，恐怕是陶渊明笔下的仙人。李白心中的仙人还是要霹雳雷霆，天门中开才能出现，而且是以云为衣裳风为马。好一个"风为马"，笔尖一点便飞过了屈原的肩膀。屈原是神秘而阴柔的，如云梦之雾。李白学屈原，比屈原有力气，读来多了一份雄快之感。

> 世间行乐亦如此，古来万事东流水。
> 别君去兮何时还？
> 且放白鹿青崖间，须行即骑访名山。
> 安能摧眉折腰事权贵，使我不得开心颜。

梦醒之后，悟到人世间不过如梦一般，都是幻相，又想到世间万事皆如流水，稍纵即逝，不可暂留，这是悟道之语，可以去执。所谓去执，不是要弃世间而去，而是要去掉对世间一切的执着；亦无关世间，更要紧的是去掉对自我的执着。李白的姿态是弃世，他留下的话是不肯"摧眉折腰"。这才是李白的局限，他不是要放下自我，而是要塑造"大我"，甚至要通过寻仙修仙来寻求一个"神我"。

历来多少修行人落入这个坑中，岂独李白？李白至少是浪漫的、快乐的，通读他的诗集，仿佛他这一生都在旅行、喝酒、唱歌、说大话：

> 仰天大笑出门去，我辈岂是蓬蒿人。
> 黄金白璧买歌笑，一醉累月轻王侯。

西岳峥嵘何壮哉，黄河如丝天际来。
圣朝久弃青云士，他日谁怜张长公。

  他的诗歌是独一无二的，至少在"高逸"二字上无人能逾越他。杜甫于雄厚上虽胜，却不及其高远。屈原于奇思上更玄，却不及其超逸。他远取上古之玄思，中取魏晋之性灵，近取初唐之豪放，他将古今的才气尽收囊中，又不做三姓家奴跪地仰望，而是以超拔之姿，扶摇直上，将诗歌的境界引向了九天云外。他一生的表演是如此之畅快和出奇，让我们一千多年来百看不厌，让我们知道除了爬行之外，我们还可以飞翔。

四
杜甫・悲心
入大千

• • •

中国是如此重视诗词文章的国家，几千年文脉，文人何止亿万，诗圣却只有一个，就是杜甫。到了今天，喜欢杜甫的人越来越少，不像李白、苏轼，人人都读得来。多少人读古诗词，遇杜甫而不入。

读杜甫，身体要强壮，肺活量要大。

丹青不知老将至，富贵于我如浮云。(《丹青引赠曹将军霸》)
安得广厦千万间，大庇天下寒士俱欢颜。(《茅屋为秋风所破歌》)
王郎酒酣拔剑斫地歌莫哀，我能拔尔抑塞磊落之奇才。(《短歌行》)

寻常气量读不得，摸不着头脑，白受惊骇，不如读些"梧桐更兼细雨，到黄昏、点点滴滴"来得舒适。

读杜甫，情要炽，血要热。

朱门酒肉臭，路有冻死骨。(《自京赴奉先县咏怀五百字》)
眼枯即见骨，天地终无情。(《新安吏》)

冷淡之人读不得，有洁癖之人更读不得。

他在元气最饱满的盛唐时代写出了元气最饱满的诗歌,"李杜文章在,光焰万丈长"(韩愈),至今仍是绝响。

世人学文,若从文入手,必不能得精髓,须得学人,学成了杜甫这样的人,才有可能写出这样的诗。欲学其人,须得知道其人何以成为其人。杜甫之所以能成为杜甫,有一个人是不得不说的,就是公孙大娘。

这位擅舞剑器的女舞者,没有人封她为舞圣,但她的水准当不在任何一个行当的圣人之下。据记载,观看了她的剑器舞,画圣吴道子体悟到用笔之道,草书之圣张旭也书法大进。她的雄妙后人无缘得见,若不是杜甫,她险些成为一个空洞的历史名词。直到四岁(一说六岁)的杜甫见到了她,她才在五十年后被记录在了一首诗里。杜甫也成为了被她影响的第三位圣人,也很可能是影响最深的一位。

五十年后,久经丧乱的杜甫偶遇公孙大娘的弟子舞剑器,唏嘘感慨,回忆起当年在郾城亲见公孙大娘的情形,写下了这首《观公孙大娘弟子舞剑器行》:

昔有佳人公孙氏,一舞剑器动四方。
观者如山色沮丧,天地为之久低昂。
㸌如羿射九日落,矫如群帝骖龙翔。

来如雷霆收震怒，罢如江海凝清光。
绛唇珠袖两寂寞，晚有弟子传芬芳。
临颍美人在白帝，妙舞此曲神扬扬。
与余问答既有以，感时抚事增惋伤。
先帝侍女八千人，公孙剑器初第一。
五十年间似反掌，风尘澒洞昏王室。
梨园弟子散如烟，女乐余姿映寒日。
金粟堆南木已拱，瞿塘石城草萧瑟。
玳筵急管曲复终，乐极哀来月东出。
老夫不知其所往，足茧荒山转愁疾。

试举几位几千年来气象大的诗人，屈原胜在灵幻，李白胜在超逸，韩愈胜在沉雄。杜甫则兼而有之。若无此手段，怎敢正面迎敌描写公孙大娘的舞剑现场？设想屈子和太白措手，只怕也是四两拨千斤地轻轻缭绕一番，绝不敢硬生生拿肉肩膀扛此巨鼎。且看起手："四方""山""天地"，如此大的开阖，如此重的用色，就为描写一个舞姿。尤其"低昂"二字，天为之低，地为之昂，神乎其力。

"一舞剑器动四方""天地为之久低昂"，此二句想落天外，是太白之风。接着羿射日落，帝出龙翔，奇幻难测，是屈子之笔意。从"临颖美人在白帝"至结尾如老生之念白，稳稳当当，顿挫之间见凛凛风神，是韩公之手腕。

哪里是杜老的本来面目？"来如雷霆收震怒，罢如江海凝清光"便是。说实又虚，虚中裹实，缥缈中现雄奇，奇幻里藏力气。再续上"绛唇珠袖两寂寞，晚有弟子传芬芳"两句，既真且厚，余韵不绝。读杜诗，于真厚中求之，方得其本色。因其真厚，所有的力量被蓄积了起来，愈发地势不可当，每个字都仿佛挟着浩浩长风横扫过天地。

他的诗首先不是意境，而是力量，这是中国诗人里稀有的。总之，在他之前，没有人的歌喉有这么粗壮雄阔，之后也没再有过。

公孙大娘本在玄宗御前侍奉，年幼的杜甫能在郾城这么个小地方见到她的表演，不能不说是奇缘，也许是冥冥中的安排。小孩子对事物的接受不是头脑的，而是能量的直通，如此的高能量进入了他的身体，自然成了他生命的标杆，亦是底色，有这碗水垫底，他成为日后的杜甫才有了可能。

今天的孩子如果还能去读这首诗，便是见识了杜甫，亦间接地见到了公孙大娘，这便和当年的杜甫一样幸运了。这就是为什么要读这些名篇，因为要趁年纪小的时候见过。一旦年纪大了，头脑复杂了，见字是字，字字考究，接收能量就难了。

记得我小时候读这首诗，瞬间进入了另一个天地，只觉得被一团云气裹挟着遨游了一番，回过神来，字面上却不是很懂，亦不关心，大概这也是所谓的得意忘言吧。

杜甫云"吾祖诗冠古"，他的祖父杜审言是有名的大诗人，唐代近体诗的奠基人，与李峤、崔融、苏味道合称"文章四友"。他的先祖杜预是西晋的大将军。他的伯父杜并是为父报仇而死的大名鼎鼎的孝子。他的母族亦是大族，亦多孝悌之士。但是，对杜甫影响更大的，恐怕还是他的姑母。

杜甫的母亲早逝，他从小寄养在姑母家。姑母是一个时时处处替别人着想的人。有一年时疫，杜甫和姑母的儿子双双染病。有巫医说，病人须睡在东南方才有活下去的希望，姑母把这个位置留给了杜甫，自己的儿子却因疏于照护去世了。这样一位姑母帮他奠定的人格基础，应当大过那些伟大而虚幻的先祖，更大过那些教诗书礼仪的先生。公孙大娘影响了三位圣人，也未必与他们交过一言，天下唯不言之教最不可及。

后人习惯以李白为浪漫主义，而杜甫是现实主义，这个说法对李白公平，对杜甫不公平。

得非玄圃裂，无乃潇湘翻。
悄然坐我天姥下，耳边已似闻清猿。

> 反思前夜风雨急，乃是蒲城鬼神入。
> 元气淋漓障犹湿，真宰上诉天应泣。
> ——《奉先刘少府新画山水障歌》

这几句惊雷引电的诗，居然不是出自李白之手。按说李白几千年来只此一家，别无分号，如果还有第二个诗人能写出这样的诗句，也就是杜甫了，这几句便是足以乱真的赝品。杜甫崇拜李白，赞他"笔落惊风雨，诗成泣鬼神"，其实杜诗也当得起这句话。

有两种作家，一种擅长描写人生的伟大面，一种擅长描写平凡面，杜甫在这两方面都是高手。博大者有胸怀和格局，却容易目中无人，外不见人，内不见己，常堕入以盲引盲的歧途，唯有"致广大而尽精微"者才能见天地众生。精微靠的是心性，没有虚灵之心性是办不到的。论杜老体物之精微，这首《春夜喜雨》可反复赏玩：

> 好雨知时节，当春乃发生。

好一个"知"字，道尽了雨的灵性。雨知道时节，到了春天该有雨的时候就有了雨；鸟也知道时节，到了该鸣叫的时候就有了鸟鸣；蛰虫也知道时节，到了惊蛰这一天便有了蛙噪，去过南方的乡下便知道，真是一天不差。万物都能感应，人是万物之灵，为什么感应不到？因为人有文字，时节记录在历书里。文字原本是记录人对天地的感应的，因为依赖文字，反而废掉了我们的灵明。好在有诗，一句"好雨知时节"让我们知道万物还有一个灵明在。

写雨的诗古往今来何止万千，但凡能想得到的词都用成了俗套，比如杜牧的千古名句"清明时节雨纷纷"，"纷纷"二字就俗得厉害。想要脱俗谈何容易，"发生"二字便精精神神地脱了俗。发也好，生也好，皆有从下向上之意，雨是从空中落下来的，如何发生？须看后面：

随风潜入夜，润物细无声。

江南的毛毛细雨是空气中的水雾凝结成的，而非高空落下，又是夜晚随风而至，非"发生"二字不能贴切。可见想要脱俗，不能附雅，一旦有了雅的相，就成了另一种更不容易打破的俗气。能洗俗的唯有一个"真"字。"潜"字也极真，春夜的细雨于暗室中静静听来，如蚁爬，如蚕食，如泉咽，皆是悄悄冥冥。

> 野径云俱黑，江船火独明。
> 晓看红湿处，花重锦官城。

一个"重"字用来形容花，这是老杜之胆识。雨后的清晨，到处湿黑一片，花饱浸了雨水自然是重垂之态，非此字不能写出此花，非此花不能写出蜀地。末尾"锦官城"三字一把推开，蜀中天地尽收眼底。

如何成为一位伟大的诗人？杜甫分析过自己的秘诀："为人性僻耽佳句，语不惊人死不休。"其实，这也是杜诗的毛病之所在，故作惊人之语，用力过度。

杜甫还分析过李白的秘诀："白也诗无敌，飘然思不群。"无敌而不群，读起来便不亲切，总让人仰视，仰久了脖子会酸，所以李白不能反复读，因为不能一直在高潮上。可见了解世界容易，了解自己太难，诗人也一样，其伟大之处，也许诗人自己也不能完全知道。

才气纵横的诗，第一次读劈面惊艳，叹为观止，多读几次便会生厌。能反复吟诵，常读常新的才是真正的好诗，比如杜甫的《赠卫八处士》，每次读来都有不一样的感动。

> 人生不相见，动如参与商。

> 今夕复何夕，共此灯烛光。

安史之乱是大动荡，据记载，生民十余其三，有些州县万室皆空，杜甫一直在逃难，"有弟皆分散，无家问死生"，这个时候见到阔别多年的老友是怎样的心情？"今夕复何夕"是汉魏声口，汉魏诗好在用词极简，且不落字义，只留语气，超越文字之上才是诗的本事。劫后余生，二人无须言语，只是共看一豆烛光。

> 少壮能几时？鬓发各已苍。
> 访旧半为鬼，惊呼热中肠。
> 焉知二十载，重上君子堂。

寻访老朋友，已经一半做了鬼，忽然听到你叫我一声，吓得我肠子都热了。好一个"惊呼热中肠"，若非亲历乱世，凭空如何想得出来。

"访旧半为鬼"听着奇，倒也不奇。还在上学的时候，父母饭桌上常有的一个话题，就是他们的某某同学或朋友去世了，年龄不大啊，身体挺好的，怎么说走就走了？如今我也快到这个年纪了——下面这句诗更是真切。

> 昔别君未婚，儿女忽成行。

　　生活中也是这样，当初想跟她谈恋爱，还顾虑着她年纪太小，没过多久，再遇到都牵着两个孩子了，这样的景况也是"儿女忽成行"。过于复杂的感受，正面描写是费力不讨好的，死缠烂打更是下策，杜甫只用了一个"忽"字便道尽了时光与内心的错位感，可谓一字之真，千古不易。

> 怡然敬父执，问我来何方。
> 问答未及已，儿女罗酒浆。

　　一路娓娓道来，字字句句愈发真切。因为是父亲的挚友，孩子们殷勤地敬酒，问我从哪里来。还没说完，他们便又举杯张罗起来了。喝了酒的人自然是啰唆的，况且孩子们也不是真想听，谁让你拿年轻人的客气当了真。此时杜甫的心情如何，只怕他自己也难以抓捞，纵然抓得住，言语也难以形容，这才是文学的绝壁，舟楫不通，飞鸟不度——

> 夜雨剪春韭，新炊间黄粱。

夜雨中的韭菜长得真快啊，能听到刷刷的声音，就像是雨水在剪着这些细嫩的叶子，新煮出来的米饭里星星点点地夹杂着黄粱米——为何能察觉到这些，因为他的心已经移开了，在这样的热闹里他忽然觉着孤独，当众的孤独，眼之所见却又无不充满着温暖和生机，尤其是那热腾腾的白米饭里点缀着的灿灿的明黄色。

此二语轻如羽毛，却夺了全功，再一回首，苍茫长江已在身后，可以鸣金收兵了——

> 主称会面难，一举累十觞。
> 十觞亦不醉，感子故意长。
> 明日隔山岳，世事两茫茫。

杜甫的不可及之处是一切都能入诗，皆出好诗，无论美丑善恶，无论达官显贵、贩夫走卒，无论宏大琐细，他大笔一抹无不成章，就连日常小事也能写成鸿篇巨制，且看《醉时歌》：

> 诸公衮衮登台省，广文先生官独冷。
> 甲第纷纷厌粱肉，广文先生饭不足。
> 先生有道出羲皇，先生有才过屈宋。

德尊一代常坎坷，名垂万古知何用。
杜陵野客人更嗤，被褐短窄鬓如丝。
日籴太仓五升米，时赴郑老同襟期。
得钱即相觅，沽酒不复疑。
忘形到尔汝，痛饮真吾师。

写一个有才华有道德，却又不得志的老朋友，这样的题材，寻常手法也就是某某二三事，最为无聊，听他道来却有着龙腾虎跃般的气势。没有惯常所谓的诗意，吃不起饭、买不起米、衣不蔽体这样的内容皆粗暴塞入，读起来却畅快淋漓，极富音乐美。这只能靠天才的语言驾驭能力和全然的真挚。所以诗人想要戏路宽只能靠一个真字，真则无相，无诗人相，则无处不是好诗。

忽然画风一转，极为幽秀的两句诗兀然挺出：

清夜沉沉动春酌，灯前细雨檐花落。

夜深了，酒沉了，苍苍莽莽中，细微而美好的事物出现了，檐下的细雨被灯光捉住，闪闪烁烁像落花一样，或许真是落花也未可知。从极宏观的全景跳入极微观的特写，这是老杜之惯技。此时的休歇不是消沉，而是在诗意的回旋里潜入内心深处，暂时的忘我只为荡起更大的激情——

但觉高歌有鬼神，焉知饿死填沟壑。

这才是天才歌手的声口，极端的浪漫主义和极端的现实主义缠绕在一起，最高亢和最低沉的声音瞬间转换，他以一股真气将一切不和谐的音符统一成和谐，他的声音是艰涩的，但他的生命是气态的，他以气态的生命掠过铅云铁网一般的人生。

他气化万物的能量来自哪里？像别的天才那样，亢奋、敞开、放任，让外界的能量进入他的体内？不，亢奋从来不会带来持久的能量。想要源源不断，首先要是个真实的人。一个人敢真实，说明欲求少；能真实，内外便是合一的。最消耗能量的是人性的撕扯和掩饰，诗也一样，虚假作态的诗都是其气不扬的。杜甫太真实了，一切都是冲口而出，一腔真气，一团郁火，一口老血，虽然他有那么多的苦痛和挣扎，至少是一条完整的生命在挣扎，不是四分五裂的一堆皮肉，所以他才有万人不及的力量，他的歌声才能如此雄健，才能在以气象盛大著称的唐代唱出属于那个时代的最强音。有了他的诗，盛唐诗歌的万千气象才有了铜浇铁铸的根基。

唐诗的特点有二：一为开阔，有吞吐宇宙的气度；二为畅达，有沛然涌动的韵律。诗歌诗歌，诗和歌是不分的，唐诗的好处是音乐性强，所以格律诗在这个时代很盛行。格律的本质是音律，好的诗人往往并不严格遵守格律，因为出口就能动听，无须计较旋律节拍，普通的歌者老老实实依着格律走也不至于难听。这个时代的人天生就会唱歌，宋齐梁陈隋，软靡浮淫的两三百年刚刚过去，随着李唐王朝的建立，加之胡族和汉族的融合，一群刚健奔放的新人出现了。盛唐是诗的时代，天上的文曲星仿佛在这个时代集中下凡了。

随着安史之乱的到来，这些文曲星都黯淡了，因为他们擅长的高调随着时代的急转直下，显得格格不入；他们为才华而才华的精彩炫技也失去了观众。他们也勉力写几首属于当下的诗，却找不到合适的调门，又重弹起老调。这是因为他们放不下自己的才华，才华是诗人的全部，放下才华就等于放下自我，这个太难了，杜甫却做到了，此时他即将走向新的创作高峰。

> 老妻卧路啼，岁暮衣裳单。
> 孰知是死别，且复伤其寒。
> 此去必不归，还闻劝加餐。
> ——《垂老别》

垂老别

杜甫

老妻卧路啼,岁暮衣裳单。
孰知是死别,且复伤其寒。
此去必不归,还闻劝加餐。

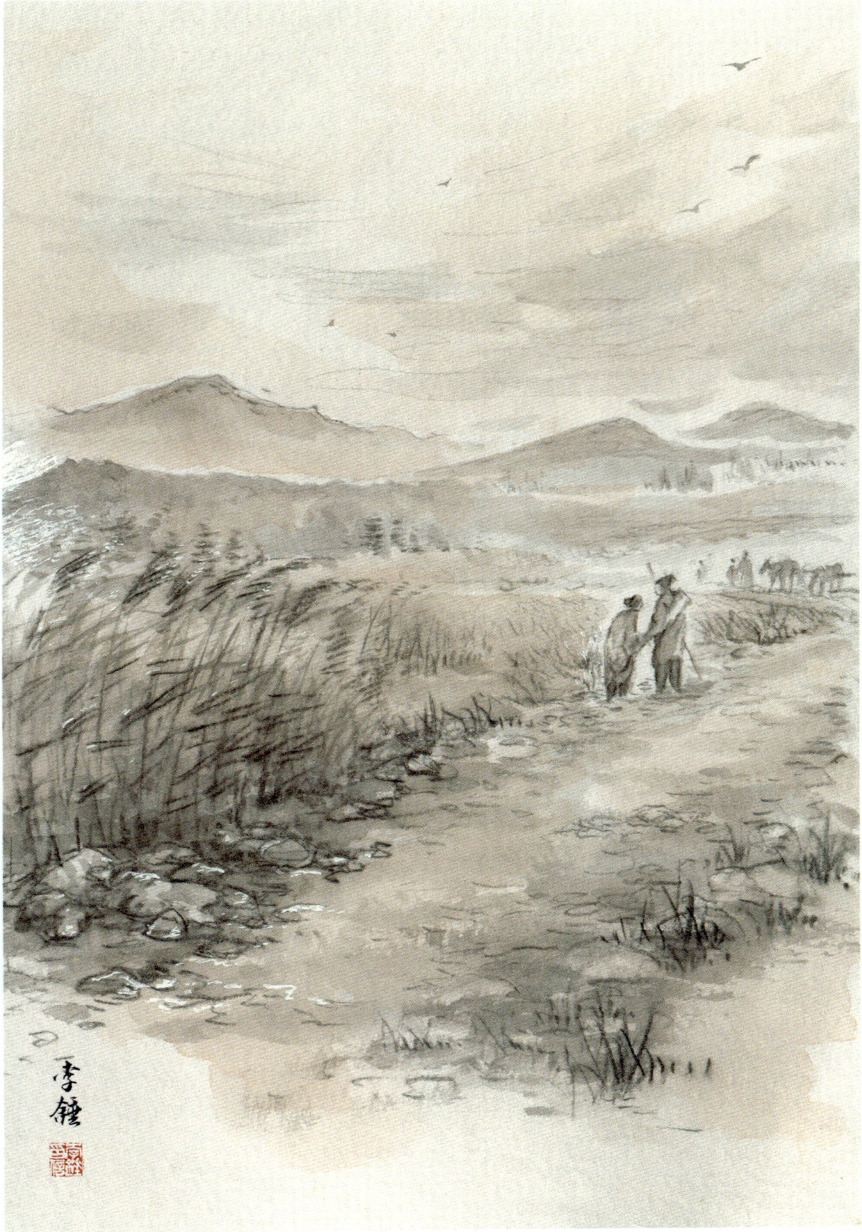
李鍾

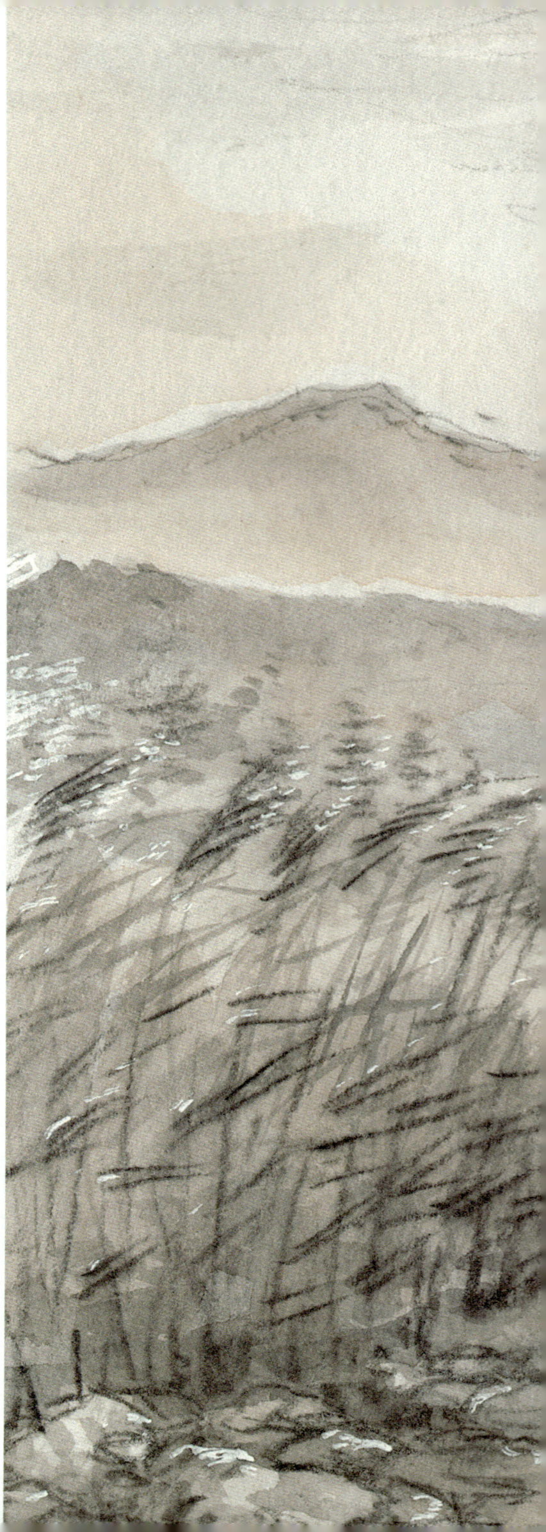

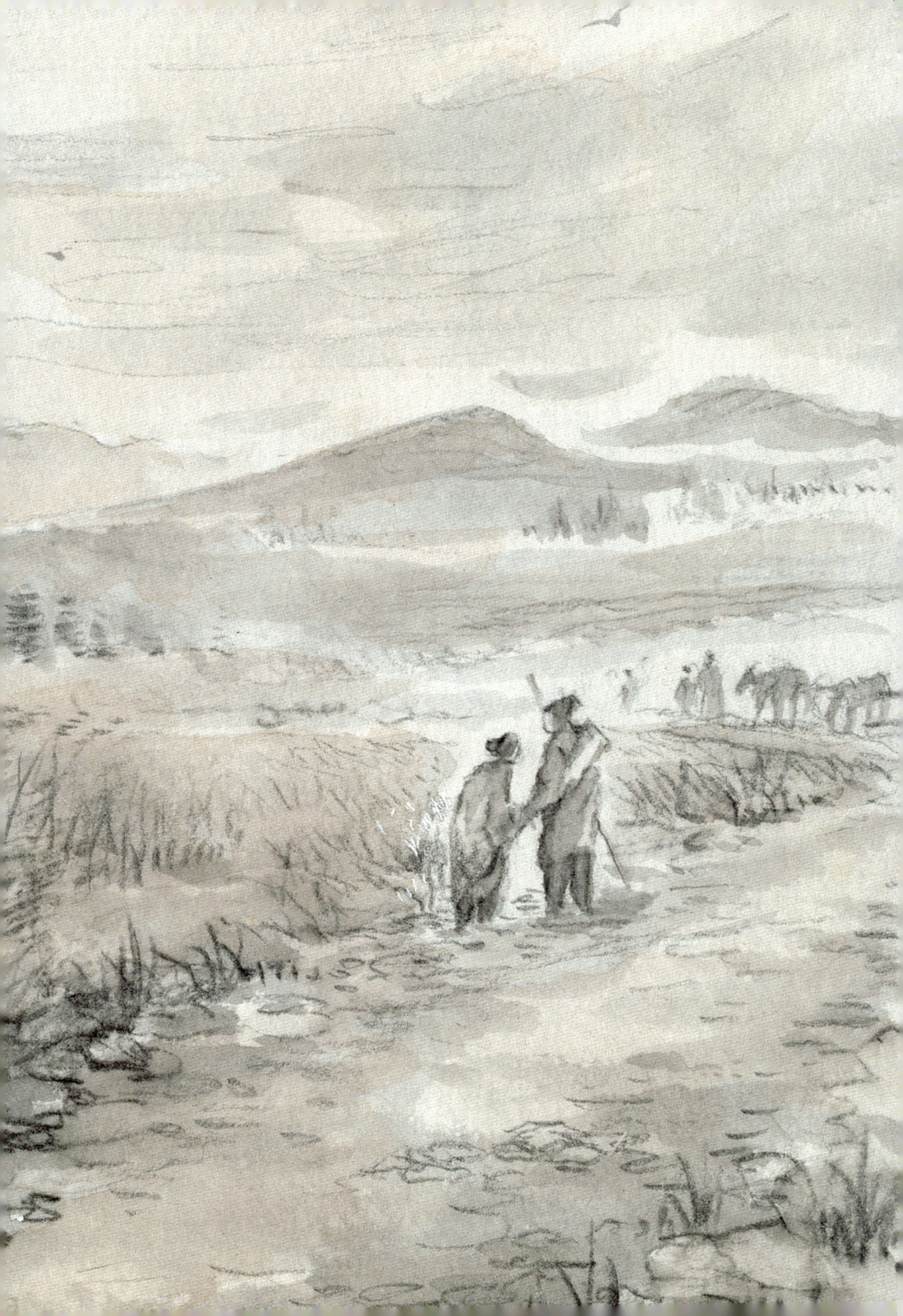

> 肥男有母送，瘦男独伶俜。
> 白水暮东流，青山犹哭声。
> 莫自使眼枯，收汝泪纵横。
> 眼枯即见骨，天地终无情。
> ——《新安吏》

老汉从军老妇送，明知已是死别，心中却还是平常念头，只想着她的衣服太单薄了——连自己都诧异，这一走，她也活不下去了，为什么还要担心这个？老妇嘴里也是平常话，居然劝老汉多吃点。他们都是太平凡的人，在巨大的灾难面前，连做出正确反应的能力都没有，可命运却偏偏要将他们推向悬崖。

杜甫亦放弃了他的伟大，化作了平凡人，这是一个老汉在看另一个老汉，客观到几乎无情，这正是大慈悲心的萌生处。他劝那些被迫送未成年的儿子出征的父母不要哭，纵然哭到眼枯见骨，天地也不会变得有情。这是何等深沉的笔力，这已经不是当年"会当凌绝顶，一览众山小"，"读书破万卷，下笔如有神"的杜甫了，他从前的诗读起来满是密密麻麻的才华，却也弥漫着密密麻麻的焦躁和不安。一个人一旦执着上了自己的才华，一定是紧张的，既害怕失去，又害怕不被看见不被认同。现在他放下了，也就等于放下了自我，他便有了更大的慈悲，无我而慈悲，这个层次是远远超越真实的，所以他的诗力量越来越大，早在安史之乱的前夕，就写下了这首震古烁今的《兵车行》。

车辚辚，马萧萧。
行人弓箭各在腰。
耶娘妻子走相送，尘埃不见咸阳桥。
牵衣顿足拦道哭，哭声直上干云霄。
道旁过者问行人，行人但云点行频。
或从十五北防河，便至四十西营田。
去时里正与裹头，归来头白还戍边。
边庭流血成海水，武皇开边意未已。
君不闻汉家山东二百州，千村万落生荆杞。
纵有健妇把锄犁，禾生陇亩无东西。
况复秦兵耐苦战，被驱不异犬与鸡。
长者虽有问，役夫敢申恨？
且如今年冬，未休关西卒。
县官急索租，租税从何出？
信知生男恶，反是生女好。
生女犹得嫁比邻，生男埋没随百草。

> 君不见青海头，古来白骨无人收。
> 新鬼烦冤旧鬼哭，天阴雨湿声啾啾。

这里面没有一个字是为炫耀他自己而设，没有高亢，没有呐喊，只有悲悯，只有陈述。他只是记录历史，实实在在地写下眼中所见：路人的打听，老兵的隐忍，里正的温情，荒芜的州县，边塞的白骨……诗人的"我"已不在其间，亦不聚焦任何情绪，那种排山倒海的气势是从诗里自己生长出来的，再加之自然而然的声调，森森如刃的笔触，悬空观照的气度，千古之下何人能及？

杜甫一生风光的时候是极其短暂的，向玄宗献赋被嘉奖，做了一个叫左拾遗的言官。后来就只有过几次短暂的做幕僚的经历。他绝大部分的时间都在穷、病、流亡之中度过。一个不满周岁的儿子被饿死，才过五十，他就聋了一只耳朵，一只胳膊因为风痹不能动了，还常年闹肺病和消渴病。也许是因为他对这个世界的悲心，上天依然在源源不断地给他注入能量，让他以如此衰残之躯支撑起了唐诗的大厦。一直到五十九岁病故前，他都在创作的高峰期，好诗越来越密集地涌现。此时他既能写出"三吏三别"这样的现实主义杰作，也有《观公孙大娘弟子舞剑器行》这样富丽绚烂的篇章。都说天才稍纵即逝，他

的天才却到老弥新,而且歌喉越来越变幻莫测,越来越自由,自由到一封书信稍加拨弄都能变成好诗,比如这首《又呈吴郎》:

> 堂前扑枣任西邻,无食无儿一妇人。
> 不为困穷宁有此,只缘恐惧转须亲。
> 即防远客虽多事,便插疏篱却甚真。
> 已诉征求贫到骨,正思戎马泪盈巾。

这是一首七言律诗,圆转之自然就像说话一样,完全觉察不到格律的痕迹,细看又处处都是匠心。"西邻"与"堂前扑枣","妇人"与"无食无儿"一倒装,便变得节奏腾踔,诗味盎然。若写成"西邻堂前来扑枣,妇人无食又无儿",便成了口水话。白居易学杜甫,也以大白话入诗,却输在直白。

这位吴郎借住杜甫的房子,杜甫怕他阻止邻家的穷妇人来打枣,便写了此信。中间对仗的两联是劝说,这种家常话是不好入格律的,容易板正,老杜偏能一气而下,如静水涡纹,自旋自走——她若不是穷困怎么会这样,既然怕你,你可以对她亲热一点,防着你是她多事,你插上篱笆就是你太认真了。——野老声口似在耳边,两头说两头劝,既怕那妇人受了委屈,又怕伤了客人的面子,字字句句皆见悲心。

尾联声气一壮，针砭时事，字字敲来如生铁，悲天悯人之气直透纸背。

杜甫秉纵横古今之才情，肯为时代里微不足道的个体去呐喊，也为天下太平奔走呼号了一辈子，不知道算不算得上"为天地立心，为生民立命"？作为诗人，他把"致君尧舜上，再使风俗淳"的儒家理想变成了一首首可传唱的诗歌，化为一个个可歌可泣的文学形象。他的诗歌千百年来流传如此之广，这是很了不起的功绩；诗之一道，杜甫绝对是往圣绝学最优秀的继承者，所以历来为儒家所推崇，尊为诗圣。

在道家的传统里，圣人应该恬淡虚无。杜甫一生写了那么多诗，似乎太有为了，而且他活得太苦，现在的读者不喜欢杜甫的原因之一就是他的诗太苦，他似乎对自己不太慈悲。其实不然，他这一生几乎每天都在写诗，一个能在如此苦难的人生里发觉那么多诗意的人，一定是对自己温柔的，他也有温情脉脉的诗，比如《漫兴九首》，里面燕子、飞虫、笋根、沙鸟，都是日常散漫的图画。第四首尤其好：

二月已破三月来，渐老逢春能几回。
莫思身外无穷事，且尽生前有限杯。

若"无穷事"是人生里无穷无尽的烦恼,"有限杯"便是一个一个的当下。如果明白了人生只是一个个当下所构成,不思过往,不思将来,哪里还有苦呢?

他暮年流落成都写了一首《绝句》:

> 两个黄鹂鸣翠柳,一行白鹭上青天。
> 窗含西岭千秋雪,门泊东吴万里船。

这里面只有洁净,只有安宁,安宁到庄严肃穆的地步。他出世的修为不好揣测,但是,就凭他能让天地万物都形诸笔下,能让文字具有穿透古今、千载之下依然动人的力量,他一定是个了不起的修证者,他的心当十分静定,一定在一个安住的地方从不曾颠沛流离。

五 王维：空性之美

...

> 空山不见人，但闻人语响。
> 返景入深林，复照青苔上。
> ——《鹿柴》

王维一生尝试过写各种不同风格的诗，让他登上诗歌绝顶的是最简短的五言绝句，这一首五绝便是其中的佳作。山是空的，见不到人，却又听得到说话的声音。一束日光射进了密林，折射到幽暗处的一片青苔上。山和树木的层层遮蔽之下，只要太阳再移过去那么一点点，或者风摇动一下树枝，这束光便会消失……

一切都在微细里，仿佛无意义，又仿佛有意义：若说此山为空，真是空；若说有，又无所不有，有看不见的人，有雾，有山路，还有将出未出的日光，以及这说不清道不明的机缘。若不是如此简洁的表达，恐怕很难唤起这么多的联想。

> 独坐幽篁里，弹琴复长啸。
> 深林人不知，明月来相照。
> ——《竹里馆》

又是独坐，又是长啸，稍有些造作。人是天地间的造作者，以人为主体的诗想写得不造作是很难的，哪怕王维也难。下句好了,"人不知"三个字解了围,是外人不知我在深林,还是此处深林外人不知?都不重要,重要的是明月知道。明月岂能有知?殊不知此知非彼知,人心不到之处,万事万物自有其感通。此句妙就妙在从有人之境又转入了无人之境。

若将"人不知"换成"人不到",虽然只有一字之别,便成了俗作,因为"到"字太局限了,只有一个意思,而"知"字的内涵可以无限,可以任由读者去填补。

再来看一首:

> 吹箫凌极浦,日暮送夫君。
> 湖上一回首,青山卷白云。
> ——《欹湖》

若说是画,是幅极美的画;若说是诗,也是极有画面感的诗,如同电影里的航拍长镜头。难怪苏轼会说"味摩诘之诗,诗中有画;观摩诘之画,画中有诗",加之深情无尽,诚为奇作。缺点也在于造作,只因诗里全是人,吹箫是人,送行是人,回首的还是人,甚至连白云和青山都过于人格化。所谓景语即情语,本质上来讲,写诗即是写人,诗里怎么能没有人,没有人哪来的诗?可是人却有执我和无我的分别。高妙的诗如同高人,

鹿柴

王维

空山不见人,
但闻人语响。
返景入深林,
复照青苔上。

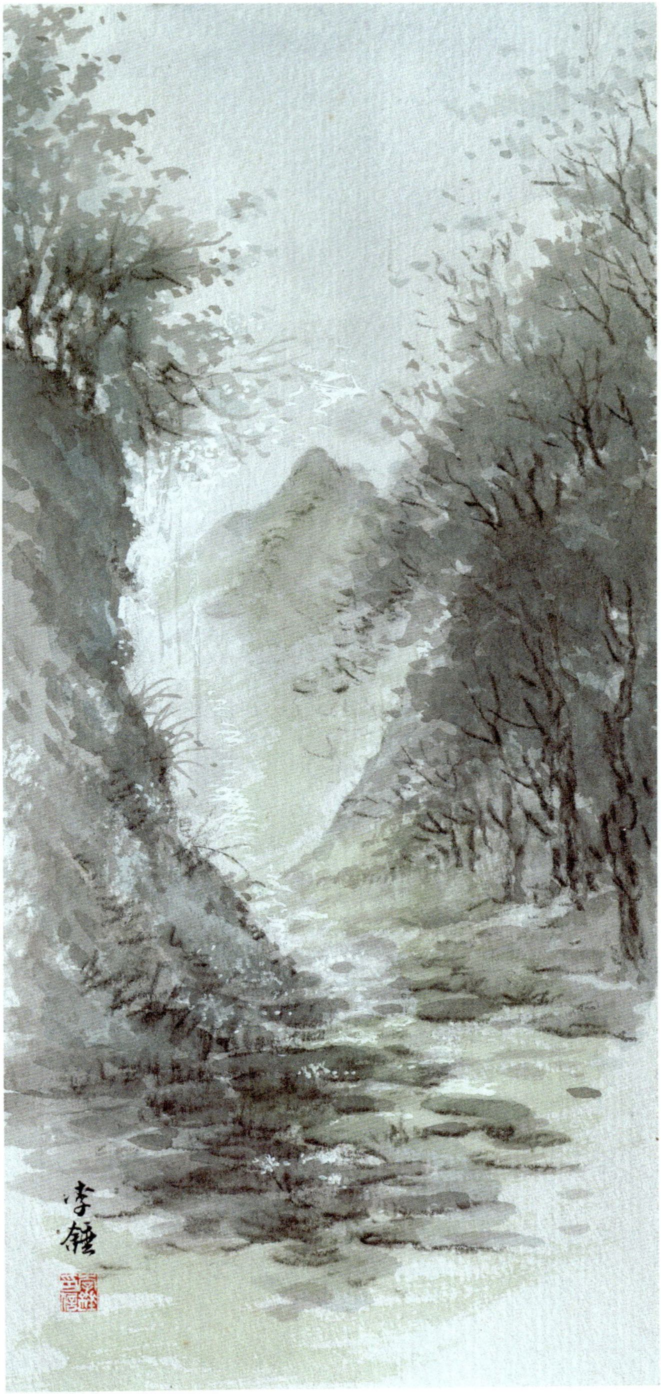
李鍾

皆在无我的境界上。

> 相送临高台，川原杳何极。
> 日暮飞鸟还，行人去不息。
> ——《临高台送黎拾遗》

同样是送行，一个在"极浦"，一个在"高台"，可谓类似。登高远望，河流和荒原都杳渺无尽，这里面的况味简直属于整个世界，岂止一个离愁。日暮时分，飞鸟回来了，而行人却一去不返，这里面有极浓郁的情感，却又极少主观。这个画面是此刻天地间的真实呈现。这是天地在作诗，王维只是将天地之诗转换成了人类的语言，此所谓"文章本天成，妙手偶得之"。

今人评王维，说他创造了一种极简主义的美学。严格意义上来讲，真正的美是不能被创造的，只能被发现。在文艺上，中国人历来贬低人为，谓之造作，终极的评判标准是合不合自然。王维最好的诗也是来自发现，而非苦心经营。

> 人闲桂花落，夜静春山空。
> 月出惊山鸟，时鸣春涧中。
> ——《鸟鸣涧》

他有着超常的觉知力，这是一个艺术家最难得的天赋。桂花小如米粒，落与不落，别说夜晚，白天也不易察觉，如何得知？想是心足够清净的缘故吧。山之空旷亦不是夜晚所能见到，可见此非山空，乃是心空。山和心都空了，人去了哪里？月光出来了，惊动了山鸟，不时鸣叫几声，这才知道自己还在。山鸟竟然能被月光惊动，这也太安静了。古往今来，写安静没有写得过这首诗的。有趣的是，花落和鸟惊都是动，却写出了极静的效果。

很难说这些诗里的景象是眼睛看到的，更像是深心之中的照见。只有沉入极度的宁静才能与万事万物连为一体，此时花是我，山是我，月光和鸟鸣都是我，亦都不是我。仿佛万物一体，又仿佛物我两忘。

王维，字摩诘。名和字连在一起便是维摩诘。维摩诘是古印度一位在家修行人，家资豪富，妻子众多，曾对佛陀的众弟子讲法，亦与文殊菩萨辩论，有《维摩诘经》传世，是佛教的重要经典。王维的名字是父母给的，他出身的高贵可谓世间少有。在唐代，论贵族首推五姓七族，他的父族太原王氏，母族博陵崔氏皆在其列。为了捍卫血统的高贵，这群贵族拒绝对外联姻，甚至连皇族都不买账，一直到晚唐都是如此。宰相郑覃就曾拒绝过皇太子，而将孙女嫁给了崔氏。文宗皇帝为此不悦，说："我家二百年天子，顾不及崔、卢耶？"这些几百年的贵族到底贵在何处？从王维的名字里透露出来的信息，绝非想象中的骄奢豪华那么简单。

王维一生的遭际可谓大起大落。他出身虽然高贵，却因为父亲早逝，十来岁就沦落到与母亲靠双手讨食，并养活一群弟妹。初到长安，便得到玉真公主和岐王的赏识，二十一岁得中进士，后被玄宗皇帝任命为太乐丞，掌管宫中礼乐。又因为却不过情面，越制给岐王看了只有皇帝才能看的黄狮子舞而被贬官。三十岁经历丧妻失子，从此一生不娶。晚年陷贼，被迫接受安禄山的伪职，后归唐室而下狱，身败名裂。幸而弟弟王缙平叛有功，加之有诗证明自己的不情愿，这才得到特赦。

诗歌是历史的第一手资料，比正史真实，只因皆为诗人生活中的点滴记录。比如杜甫就有"诗史"之称谓。王维一次次被命运推到峰顶，又甩入谷底，人生经历的丰富是超过杜甫的。可人世间的污秽和苦难在他的诗里几乎看不到，他甚至没有留下一首悼念亡妻的诗。放眼望去，他的诗歌是一片净土。如果还有一点个人的痕迹，就是他与生俱来的富贵气。可以说，不读王维不知唐诗之富贵，只因他的富贵气入得了山水田园，如"竹喧归浣女，莲动下渔舟"两句，明明是寻常的洗衣和采莲，读来像极了富贵排场。又如"青皋丽已净，绿树郁如浮"，其中光影之精美，设色之浮艳，亦不是寻常人所见之乡野。这样的险棋只有王维敢走，旁人一走必定流俗。

来看一首王维回家探亲路上写的诗：

> 泛舟大河里，积水穷天涯。
> 天波忽开坼，郡邑千万家。
> 行复见城市，宛然有桑麻。
> 回瞻旧乡国，淼漫连云霞。
> ——《渡河到清河作》

同样是地方官回家，同样要渡河，陶渊明是"舟遥遥以轻飏，风飘飘而吹衣""乃瞻衡宇，载欣载奔"，此为山野村夫之乐。而王维眼中之景是何等的开阔，尤其是颔联，舟行之处，天和波浪的交界处忽然分开了，千邑万户便浮现在了眼前。整首诗弥漫着大唐的云烟，吹着大唐的风，这是史诗级的电影场面。还有什么比心胸的浩瀚更高贵的？宋之问也擅长写富丽堂皇的诗，颇得武则天赏识，有名句"桂子月中落，天香云外飘"，此格富而不贵。

"行复见城市，宛然有桑麻"两句当是舟行所见，有画面感，又不是静止的画面，而是动态的印象。忽而城市，又见桑麻，正是从郊外进入城市的沿途风景。

王维是位大画家，为南宗鼻祖，董其昌评曰："文人之画，自王右丞始"，可见其在画史上地位之高。至今仍有《辋川图》《雪山行旅图》《伏生授经图》等多幅画作传世。文人画不重写实而重写意，写的是心胸和境界。这个观念也表现在王维的诗里，他是用文字在作画，诗中有画是他的不可企及之处。最有名的是那句"大漠孤烟直，长河落日圆"，被誉为独绝千古。《红楼梦》里的香菱是这样评的："想来烟如何直？日自然是圆的。这'直'字似无理，'圆'字似太俗。合上书一想，倒像是见了这景的。"的确，这样的画面若说是眼中所见，似又不似，更像是诗人心中所绘之景。只用了两笔，一条直线，一个圆圈，就将大漠边塞的奇观画了出来，美学构图之现代，放到今天亦是典范。若说领先，王维领先了一千多年。

> 楚塞三湘接，荆门九派通。
> 江流天地外，山色有无中。
> 郡邑浮前浦，波澜动远空。
> 襄阳好风日，留醉与山翁。
> ——《汉江临泛》

这首诗运用了两种绘画手段。首联是随身携带的手绘地图，除了几座山几条河，就是地名的标示，正因其简，反倒有苍远之感。诗歌之妙确如绘画，不在文辞的古奥新异，而在如何摆放得体，哪怕是最平常的字眼，放对了位置便能妙绝。比如这两句，地名而已，诗意靠的是"接""通"二字的后置，如果改成"楚塞接三湘，荆门通九派"便诗意大失。王勃的"城阙辅三秦，风烟望五津"则反之，如果将动词后置为"城阙三秦辅，风烟五津望"便不成气象。其中无规律可循，全靠诗人的手眼。

颔联和颈联是典型的写意山水。江水如何能流到天地之外？只因有远山的映衬。远山已在有无中，江流更在远山外，自然就有了向天地之外流去的印象。又说眼前的城市浮在江浦之上，波澜之壮阔，撼动了远处的天空。能得象外之意才是诗歌的本事，此二联正是因为打破了表象的合理性，才有如此雄阔而缥缈的意境。

最后才说题旨：这里的山翁应该指的是山简。晋时四方寇乱，天下分崩，山简任征南将军，却每日在襄阳优游饮酒。诗里是称颂其潇洒与旷达。如果是命题作画，《山简醉游图》如何画？画人画酒画车马自然是下乘。此诗中间二联每一句都是一幅绝妙的《山简醉游图》，虽然画上没有人物，但这样的江景分明是从醉眼中得之，还须得是山简的醉眼方能如此。

清代的黄培芳评"江流天地外，山色有无中"为"气格雄浑，盛唐本色"。盛唐的诗歌里,类似的诗句有太白的"山随平野尽,江入大荒流",少陵的"星垂平野阔,月涌大江流"。同样高旷的意境,太白接的是世外,发幽古之思;少陵是一星照地,山河壮丽;摩诘则既清且幻,神游天地。

后人以"诗中有画,画中有诗"为王维的定评,大约是因为后人听不到他的音乐,如果能听到,是不是会改评为"诗中有乐,乐中有诗"?王维还是一位音乐天才,通音律,擅奏琵琶和古琴,初到长安便以琵琶曲《郁轮袍》倾倒了包括玉真公主和岐王在内的一干王公贵族。他做的第一个官是专管宫中礼乐的太乐丞。

诗歌和音乐是什么关系?如果给诗歌下一个最简短的定义,当是音律化的文字。音乐是很难经由头脑来接收的,更适合用身心来直接感应,所以听音乐的时候要放松放空。放松身体是为了便于同频共振,放空头脑才能更好地感应。这也是为什么诗歌通常会缺少逻辑和合理性的原因,这样才能直入身心。

每一个时代最流行的必定是音乐,只有一首歌能传遍大街小巷,而一个高妙的道理,遇到几个能听懂的就算不错了。哲学永远是深奥的,充满分歧的,因为要借由天生喜欢复杂的头脑来理解。诗歌居两者之间,既有头脑的部分,亦有身心的部分,这大概就是古人崇尚诗教的原因。古人重诗乐亦重理,今人重理而轻诗乐。理也好，诗乐也好，其根本不是为了知识和技巧的累积，而在于提升生命的认知和境界，只要能透得过去，便可殊途同归。

关于诗歌的音乐性，可以读读这首《青溪》，这是王维于辞官入蜀途中写的：

> 言入黄花川，每逐青溪水。
> 随山将万转，趣途无百里。
> 声喧乱石中，色静深松里。
> 漾漾泛菱荇，澄澄映葭苇。
> 我心素已闲，清川澹如此。
> 请留磐石上，垂钓将已矣。

前四句如粼粼微波一般荡漾开来，写流水本是极平常的，况且连个形容词都没有，如何有这般诗意？只因为连用了四个虚词："言""每""随""趣"，便有了随风飘举之态。这就是诗歌的音乐性，妙处往往不在文字的意义上，也不仅仅在格律的规则里，而在文字的律动中。如果只注重文义上的奥理，则容易流于僵硬和堆砌，为诗家之病。

同样写蜀道之曲折，李白是"青泥何盘盘，百步九折萦岩峦。扪参历井仰胁息,以手抚膺坐长叹"。以"何"字起,以"叹"字落,便有了仰天吁地之气势。再看一连串节奏密集的动词:"扪""历""仰""抚""坐",更见惊风密雨之状。所以读李白能得其激情,读王维则能得其清雅。生命本就是无形频率之有形化现,亲近什么,久而久之自然就会和什么同频,这大概是古人以诗教乐教来移风易俗的原因。

再往下看,"声喧乱石中"为音声,以动写静。不是寂静的山谷如何能听出乱石间溪水的喧闹?

"色静深松里"为绘画。何为色?日色?山色?云色?总之是松林让纷繁色相静了下来。"静"是动词,此为静中之动,不动不足以写出松林之静。

区区十个字,声色之丰富,对比之鲜明,感知之精微,用词之清简,真是三十二相,相相庄严,这正是王维的绝妙之处。

接下来"漾漾"一联的意象要简单得多。这是一首古体中掺杂着格律的诗,此格在唐朝多见,宋朝人用律更趋向于严苛,好诗反而少了。这一联是对仗,以格律论之,犯了合掌之病。所谓合掌,就是两句的内容太雷同了。但读来仍然觉得妥帖,大概是因为上一联太丰富了,这一联单调下来反而符合阅读者的接受节奏。况且,格律原为增强诗歌的音乐性而设,对音乐天才而言,出口就是极妙的音乐,无须循规蹈矩,反而更见其天才。

"我心素已闲,清川澹如此",他说,这里的山水如此澹然,我的心也久已清闲,那就留在这里垂钓终老吧。真是一句好感叹,让我坐在这里意识久久不愿意移开,真是一言便能忘机,何须万千道理。

此时的王维大约三十二岁,刚刚经历了丧妻之痛,且仕途不顺,所以辞官入蜀游历。此后,他虽然还是出来做了官,但一直保持着半隐居的生活,也才有了后面闲居终南山写成的《辋川集》,那里面有他更好的诗。唐朝人说初到长安的王维"妙年洁白,风姿郁美",诗如其人,这首诗里就能看到这样的气质。此时十年过去了,他虽非妙年,但有了人生的阅历,风姿想来更胜当年。

《终南别业》是他中年隐居终南山所作:

中岁颇好道,晚家南山陲。
兴来每独往,胜事空自知。
行到水穷处,坐看云起时。
偶然值林叟,谈笑无还期。

一上来就是大实话,实实在在地说喜欢道,如同说喜欢大白菜,可见道已在日常,这是陶潜的文风。高兴了,便独自出去游玩,这更是陶潜的做派——"怀良辰以孤往"。王维学陶潜，到这里可谓神似，下一句便不是了。"胜事空自知"，"胜"字这样高昂的词，唐朝的诗人喜欢用，陶潜辈往往避之。一个"空"字更有玄机，世上再多的好事，知道就知道了，过耳即空，这是不再外求之意，的确是近道之语。

"行到水穷处，坐看云起时"，单拿出来便是横绝古今的名句。这是唐诗的强项，魏晋诗的好是通读下来才好，往往无名句可摘。此二句之妙，纯乎天籁，其中既有脱尘而去的大彻悟大撒手，亦是王维一生的写照，数度穷途末路，几近死地，终又迎来峰回路转。他的心得大概就是这个"坐"字，绝境之时，安然坐下，行无为，任自然，结果一定好过妄自折腾。

末一联从高远回归平凡，孤客野叟，山间闲话，更觉余音缭绕。沈德潜曰："穆如清风，右丞诗每从不着力处得之。"好一个"穆如清风"，这首诗的确一片化机，浑不着力。

> 晚年惟好静，万事不关心。
> 自顾无长策，空知返旧林。
> 松风吹解带，山月照弹琴。
> 君问穷通理，渔歌入浦深。
> ——《酬张少府》

上一首诗作于近二十年前，那时候的王维每出行总要走到山水穷尽之处，看风起云涌的胜景。现在他已经老了，只去那些去惯了的树林。此时离他去世只有一两年了。他说，老了只喜欢安静，已经万事不关心。

又是这个"空"字，出现的位置也大致相同。何谓"空知"？他真是做到了心空身空，虽然官至尚书右丞，他晚年居住的房舍只有一挂绳床，一张经案，每日茹素独坐。

万事皆空，风姿不空，且看松风吹带，山月照琴，真应了刘希夷那句"依昔红颜美少年"。这首诗是写给来访者的，他说，至于你想问的那些世上穷通祸福的道理，你听听江上的渔歌吧。好高妙的禅机，悠然自在，一空了之。沈德潜说："诗贵有禅理禅趣，不贵有禅语。""坐看云起时"和"渔歌入浦深"便是入了禅趣，而非禅语。

这里的"渔歌"当是化用屈原《渔父》里的典故："沧浪之水清兮，可以濯吾缨；沧浪之水浊兮，可以濯吾足。"这是说世上哪有什么穷通祸福，好坏都是人心造作出来的，水清就用来洗帽子上的缨穗，水浊就用来洗脚，各是各用。骷髅对庄子说："脱离了这个肉身要自在多了，就是让我再回人世间做君王也不想去。"生难道就是好？死难道就是坏？这是庄子的破二元论。不如听听江上的渔歌吧，也就不会再将世上的穷通祸福挂在心上了。

评王维的诗，莫过于"清空"二字。此诗正得此二字，如今广为传颂的也多是这一类诗作。王维去世后，唐代宗问其弟王缙，还保存了多少他的诗歌，可否带来一阅？王缙说，开元年间的还有不少，天宝年间的已经十不存一了。王维在天宝年间诗名最盛，可惜这些诗作大多佚失了。比如写格调高健的诗，王维也是高手，留下来的却不多，有一首《观猎》堪称绝唱：

> 风劲角弓鸣，将军猎渭城。
> 草枯鹰眼疾，雪尽马蹄轻。
> 忽过新丰市，还归细柳营。
> 回看射雕处，千里暮云平。

简劲轻捷至此，如同一支响箭穿云而去，字法、章法、气势俱臻绝顶。这里面是不一样的王维，有豪情有气概，一生行走险地，从未有过真正的安宁，却能心平气静如千里暮云。

他这一生所拥有的，常人绝难拥有；所舍弃的，常人也绝难舍弃。但他几乎不将这些请进诗里。他流传最广的诗里多有一个"空"字："空山新雨后""空山不见人""夜静春山空""胜事空自知""空知返旧林""不向空门何处销""空悲昔人有"……

甚至一句之中有两个"空"字:"欲问义心义,遥知空病空。"何为"空病空"?既知这个世界的本质是空性的,又何来一个空让你执着?他的心是空的,所以什么都可以放进去。操得贱业,做得高官;出得塞外,住得深山;伴得君王,坐得牢房。也正因为心是空的,里面什么都挂不住留不住,所以他的诗才能如此洁净精微,一片空明。

还有一首《送别》亦是孤篇:

下马饮君酒,问君何所之。
君言不得意,归卧南山陲。
但去莫复问,白云无尽时。

且看这抬手即来无拘无束,挥手即去再不多言的姿态,颇有太白之风,又似乎和太白不一样,如同一缕笛音划过天空,只此一声,就像他那些极简短的诗,千载之后仍然嗡嗡震响。

观猎

王维

风劲角弓鸣,将军猎渭城。
草枯鹰眼疾,雪尽马蹄轻。
忽过新丰市,还归细柳营。
回看射雕处,千里暮云平。

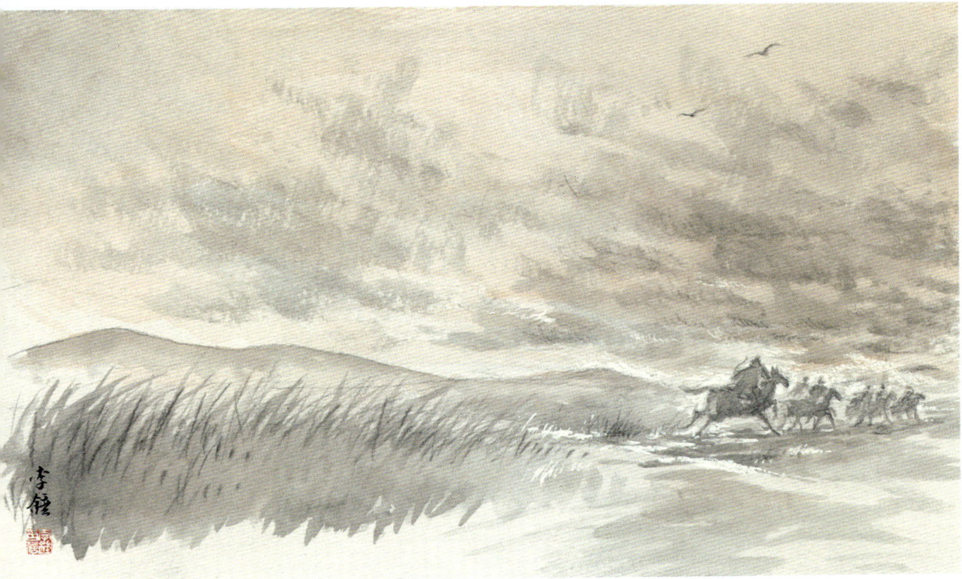

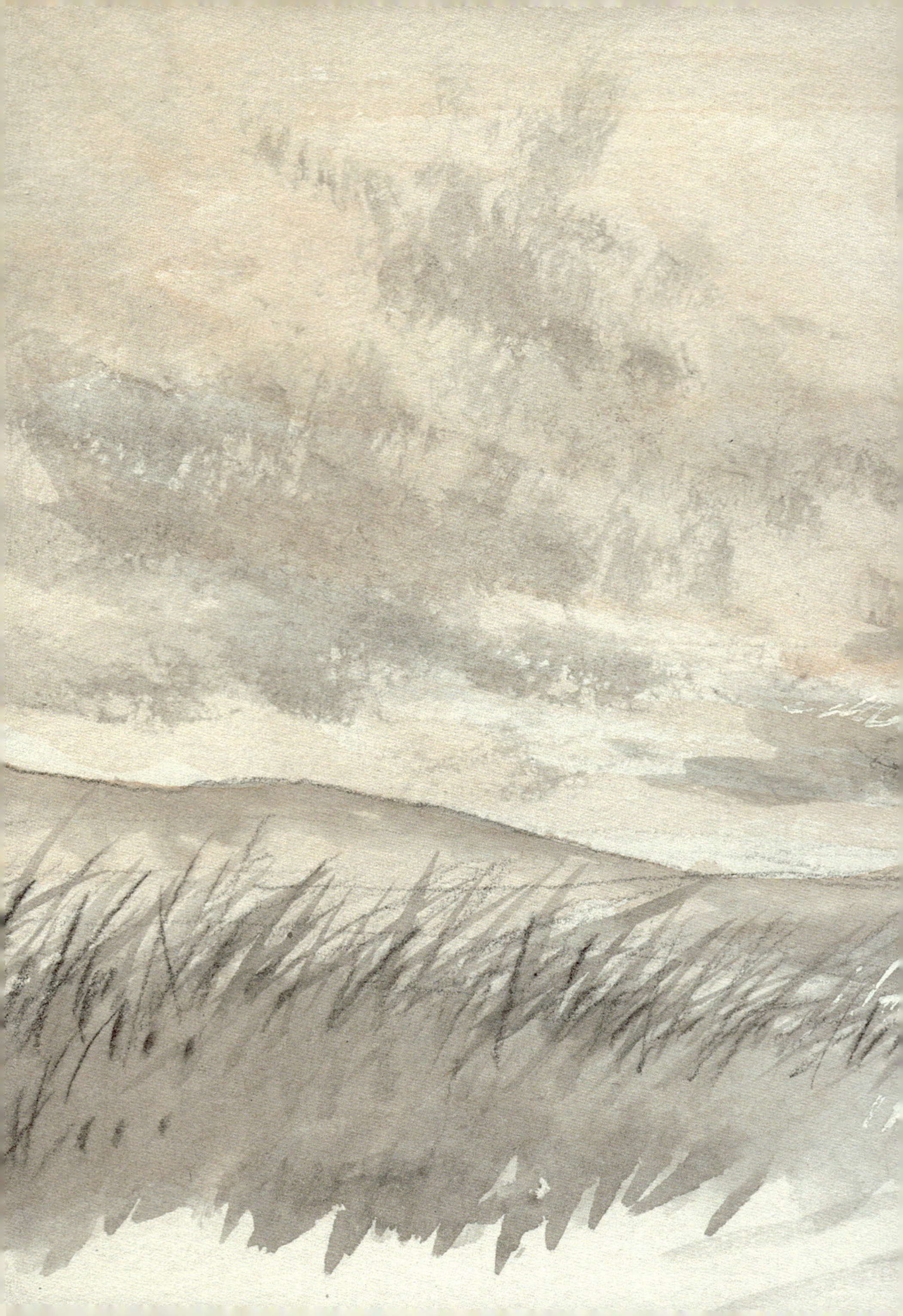

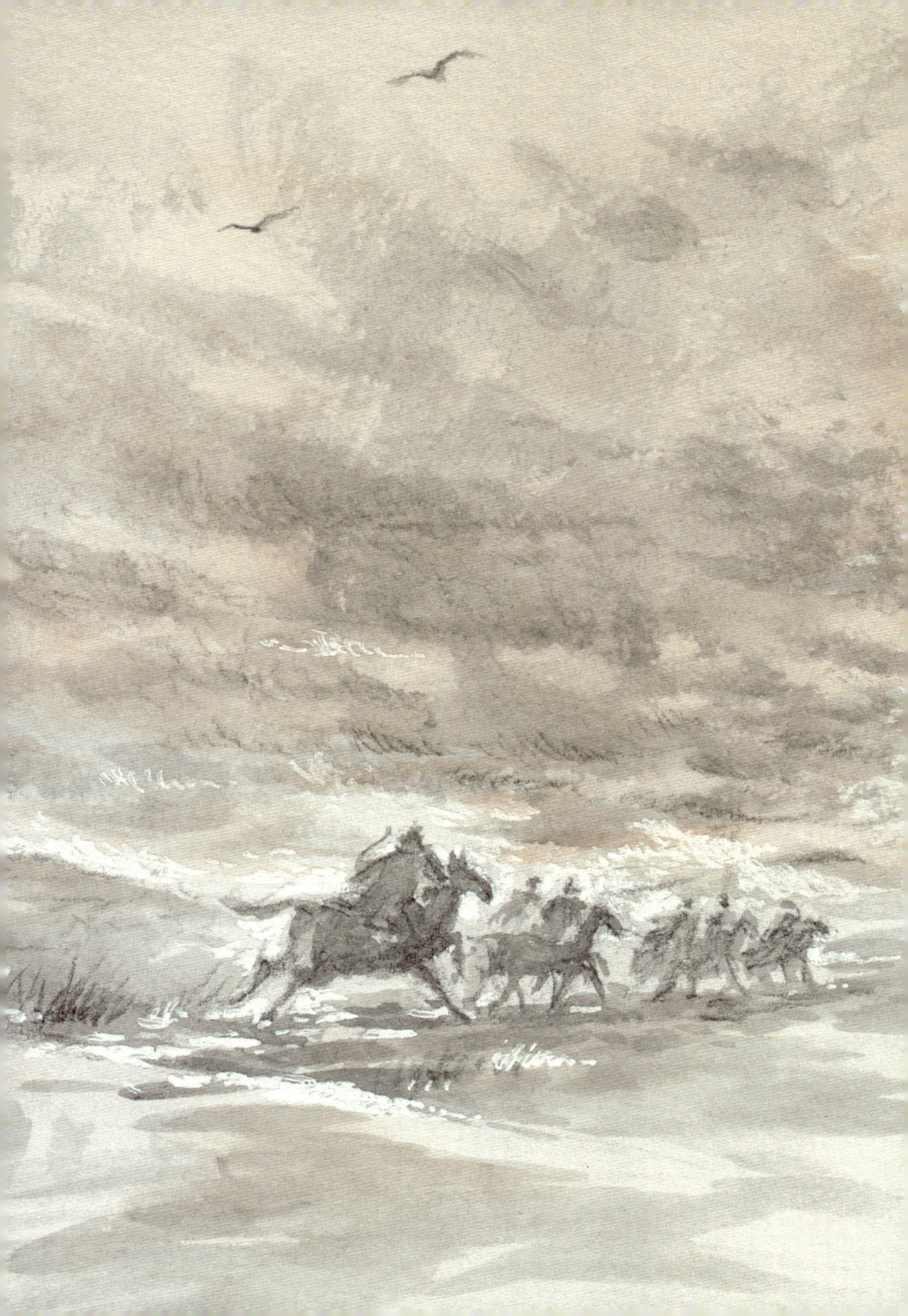

六 盛唐诗之奇观

富贵与神仙，蹉跎成两失

．．．

盛唐之盛，为海纳百川，万国来朝。盛唐之诗，为日月同辉，星河灿烂。同辉的双曜是李白和杜甫。太阳和月亮若同时出现在天上，此时还可见的星星，那将是何等的耀眼。盛唐岂止诗盛，更是一个文教大兴的时代，且不说诗，说说当时的三个大舞蹈家。

公孙大娘的剑器舞，寻常眼目识不得，虽然被吴道子、张旭、杜甫这三位艺道上的圣人推崇，也在玄宗御前侍奉，寥寥的记载里，她只是一个寂寞的身影。杜甫的诗如同公孙大娘的舞，在唐代虽不受重视，唐人编诗集甚至不选，却"不废江河万古流"，后代的宗师巨匠纷纷仿效。

　　杨贵妃的霓裳羽衣舞,由唐玄宗亲自编曲,煌煌大观,倾国倾城。这是盛唐诗之本色,诸体大备,光华极胜,可雅可俗,如李白、王昌龄、张九龄,他们的诗为时人所重,天下传唱。

　　胡旋舞,一种以旋转为能事的胡人舞蹈,据说体重三百斤的安禄山擅长此舞,那将是怎样气吞山河的气势。杨贵妃亦好此舞,因此宠爱安禄山。李杜的古体长歌和边塞诗可比拟此舞,岑参和高适是边塞诗中舞姿最矫健者。

　　李白生于异域,扬名于中土,其诗有不可直视之夺目,无可名状之壮美,可谓集霓裳羽衣舞和胡旋舞之所长,是唐诗里最耀眼的一道风景。

> 金樽清酒斗十千,玉盘珍羞直万钱。
> 停杯投箸不能食,拔剑四顾心茫然。
> 欲渡黄河冰塞川,将登太行雪暗天。
> 闲来垂钓碧溪上,忽复乘舟梦日边。
> 行路难,行路难!多歧路,今安在?
> 长风破浪会有时,直挂云帆济沧海。
> 　　　　——《行路难·其一》

此诗是天宝三载李白被玄宗赐金放还,离开长安时所作。写诗不比说白话,诗是有限制的语言,如同戴枷而行。平常人说话就好,千万别写诗,写诗也可以,写得自然得像说话便可遮丑。走路都费力,偏要跳舞,怎能不造作?这正是诗的惹人厌之处。

诗这件事天生就是为李白而设的,没有千斤的枷锁显不出他的轻盈。鲸本是最大的动物,又能沉入极深的海底,所以冲出海面才能如此壮观;方天画戟是祭坛上的巨型摆设,一旦有人挥舞起来,岂不要将天捅个窟窿?鲸鱼碧海、巨刃摩天正是李白的诗才。李白写了一辈子不得志的诗,好像世上大路千条,没有一条是他的。世上纵有大道通天,他又岂肯去走,若真肯去走,又怎肯得罪了高力士和杨贵妃?他是为歌唱降生到这个世界的,有路也要走到没有路,才能唱《行路难》这样的歌。

十千的清酒,万钱的佳肴,好大的排场。这样的大话很多诗里都有,似乎这是他的日常,李白虽然出身于商人之家,也不至于如此富贵,何况后来还家道中落。贪欢之人永远在思春,聚敛之人永远在想钱,欲望越多,眼中所见便无处不是缺乏。李白眼中无处不是富贵,说明他潜意识里并不以富贵为意,所以筷子一扔不吃了。此一"投箸"正是太白,再大的富贵又能怎样,一言不合便可一把推开,抬腿便走。李白一辈子都在写求功名干富贵的诗,如此大张旗鼓地声张,可见心里未必真有,真有的未必真说,作为社会意义上的人,言语的第一属性往往是掩饰。

"拔剑四顾心茫然"——何曾见过如此刀光剑影的惆怅,又何曾有过如此威加四海的悲伤,此一拔剑,诗意腾空而起,就算是他所模仿的前人也只能瞠乎其后了——曹植的"归来宴平乐,美酒斗十千"已是输了侠气,鲍照的"对案不能食,拔剑击柱长叹息"更是输了雄壮。至于后世的诗人,不是少了性情,便是少了气力,面对这样的诗句,他们唯一能做的就是摆起香案。

"欲渡黄河冰塞川,将登太行雪暗天。"——《行路难》本是乐府旧题,古往今来写了不知多少,多是哀怜之词,能翻出如此雄阔的境界,堪称少见。就算在李白的诗里,这般深沉的句子也不多,他的诗飘忽的多,读来总觉气太盛而情太浅。

"雪暗天",一作"雪满山"。所谓"景语皆情语",还是"暗"字好,有心境在。再者,暗在此处作动词用,与前面"冰塞川"的"塞"相接,便有一种重重险阻的威压感。

后面的三句里有三个典故。"垂钓"指吕尚遇周文王前,曾在磻溪垂钓。"乘舟梦日"为伊尹事商汤前,曾梦见自己乘舟经过日月旁边。"长风破浪"是宗悫年少时,叔父问其志,答曰:"愿乘长风,破万里浪。"典故多的诗往往磕磕绊绊,多腐儒气，在这里却是纵横四海野战八方。你若知典，便是有典；若不知，也丝毫不见用典的痕迹。若说出处，此诗字字句句皆有出处，绝非无学养的狂言呓语，将这么多的学问塞入一个老套的旧题里，却能一个筋斗就入了云，真是千寻铁索也锁不住的齐天大圣。

秋来相顾尚飘蓬，未就丹砂愧葛洪。
痛饮狂歌空度日，飞扬跋扈为谁雄。

这是杜甫的《赠李白》，说一年又过去了，你还像飞蓬一样到处飘荡。既然人世间的事也做不好，要修仙就好好修，每天这样痛饮狂歌空耗日子有什么用？一副飞扬跋扈的样子又演给谁看？

难得有人这样讽劝李白。一个人如果太狂妄和自是，便听不到真话，因为说了也听不进去，反倒伤了感情，何必呢？杜甫比李白小十一岁，算是半个晚辈，这样说话是有冒犯的，是何等的爱之深痛之切，才肯如此直言。李白显然对杜甫没那么欣赏，从他很少有酬答杜甫的诗就能看出来，这当然不是因为杜甫不够有才，兴许这首诗就是原因。

这首诗是李白的真实画像，太狂了，狂歌、狂饮、狂行，再加上修仙这样的狂想，又有戏弄杨贵妃和高力士的狂事，说是古今第一狂人也不为过，可狂的背后是流浪，是失意，是如陌上飘蓬一般的凄凉。开头"秋来相顾"四个字，两人互相对望，都在漂泊的路上。为劝对方，将自己也放了进去，之委婉，之深情，再加上"飘蓬"这个意象，这是老杜的精细功夫。如今再大的狂风也早已吹得无影无踪，若不是他的狂言满坑满谷，无可推诿地记录在典籍里，我们恐怕很难相信有这样的一个人真实存在过——

> 天若不爱酒，酒星不在天。
> 地若不爱酒，地应无酒泉。
> 天地既爱酒，爱酒不愧天。
> 已闻清比圣，复道浊如贤。
> 贤圣既已饮，何必求神仙。
> 三杯通大道，一斗合自然。
> 但得醉中趣，勿为醒者传。
> ——《月下独酌·其二》

不知道崇尚酒神精神的希腊人有没有口气这么大的饮酒诗。天地是爱酒的，圣贤也是爱酒的，有理有据，言之凿凿，这是诡辩。既然达不到圣贤的境界，就把他们拉下来和自己平起平坐，于是圣贤也就成了酒肉穿肠过的普通人。李白是无害的，因为他写的是醉话，有害的是一本正经的虚妄，满脸庄严的自欺。

酒神精神在希腊早期是将个人的痛苦上升到宇宙生命的高度，从而获得悲剧性的美感和快感。诗歌的擅长也是将生命的无常诗化，乃至神圣化，从而获得美学上的慰藉和精神上的解脱，所以诗歌天生是具有"酒神"基因的。李白的诗多属于这一类。但李白的诗在中国诗歌里是稀有的，他的身体里原本也流着一半的胡人血液，据考证，他的母亲是异族人。中国诗歌的高格是出离式的白描，是清净的观照，是物我两忘和天人合一，这是通往大道的路。

"三杯通大道，一斗合自然"，李白认为饮酒也是能体悟大道和自然的。只要能将自我消融，哪怕只是片刻与外物合而为一，我们便能体会到巨大的快乐，这没什么稀奇。饮酒、恋爱乃至药物麻醉，本质上都是如此。如果由此体悟到生命的苦来自有我有私，从而走上"虚无"的路，去向无我无私，乃至万物合一的境界，大概就是李白所说的大道和自然。如果只是迷醉于这样的快乐，而一次次地通过酒精来获得，无异于将自己赎买出来，又转头卖给了魔鬼。

真正的神性是自生的，无须借由任何工具。《圣经》里说，上帝用自己的样子造了人。所以我们的身体里面原本就有神性在。李白大概是明白这一点的，就像一个赌徒明白赌博的不好。这也是杜甫的用意之所在，他劝李白真正走上修道的路，而非日日沉湎。

李白死于腐胁之疾，通俗地说就是胸胁化脓腐烂，这种病常由饮酒过度引起。大概后人不愿相信诗仙是这样的死法，便说他是酒后去水边游玩，入水捉月而死；又说他骑在一条鲸鱼的背上，消失在茫茫大海中。不管结局如何，李白这一生正如他在诗中所言："富贵与神仙，蹉跎成两失。"

李白的梦最终都没有实现，在追梦路上所唱的歌却千古流传，这大概就是所谓的过程即结果吧。其中最嘹亮的是他的古体长歌，惊风雨而泣鬼神，可谓唐诗的奇中之奇：《蜀道难》《将进酒》《梦游天姥吟留别》，这三首已经被长篇累牍地说得太多，另说几首：

> 我本楚狂人，凤歌笑孔丘。
> 手持绿玉杖，朝别黄鹤楼。
> 五岳寻仙不辞远，一生好入名山游。
> 庐山秀出南斗傍，屏风九叠云锦张，
> 影落明湖青黛光。

> 金阙前开二峰长,银河倒挂三石梁。
> 香炉瀑布遥相望,回崖沓嶂凌苍苍。
> 翠影红霞映朝日,鸟飞不到吴天长。
> 登高壮观天地间,大江茫茫去不还。
> ——《庐山谣寄卢侍御虚舟》

嘲笑孔圣人,在中国文化里是危险的事情,哪怕借"楚狂人"之名——这是春秋时期一位著名的隐士,不肯跟孔子说话,却对孔子唱过一首歌:"凤兮凤兮,何德之衰?往者不可谏,来者犹可追。已而,已而,今之从政者殆而。"说凤凰本来是政治清明的时候才出现的神鸟,如今世道昏乱也出现了。这是在嘲笑孔子不合时宜地到处奔走,有骂也有赞。李白总把自己比拟为隐士,其实这是他最做不到的事情,恐怕比戒酒还难,酒说到底只是这位伟大的行为艺术家的道具而已。

手里拿着绿玉做的拐杖离开了黄鹤楼,可以想象他的装束是何等惊世骇俗,恐怕只有屈原的"冠切云之崔嵬"可以相媲美了。"五岳寻仙不辞远,一生好入名山游",李白真是个大旅行家。当年出行主要靠徒步,走完五岳,那可是大半个中国的版图。这样的壮游当然需要个由头来做精神支撑,"寻仙"便是。李白晚年娶了个真修的老婆,苦苦劝他一同进山修行,他却不干了,要去参加永王李璘的叛乱,说到底还是喜欢热闹喜欢酒。纵观他的一生,最大的欲望是当演员,他的表演欲太强了,为了观众,他一直在旅途上,到处寻找掌声,收获粉丝。表演欲是人类本能的一种欲望,亦是每个人最热衷的游戏,谁不是这样呢?为了别人眼中的自己,为了所谓的面子和地位,消耗了最多的时间和生命。

再来看《鲁郡尧祠送窦明府薄华还西京》里的几句:

> 我歌白云倚窗牖,尔闻其声但挥手。
> 长风吹月度海来,遥劝仙人一杯酒。
> 酒中乐酣宵向分,举觞醉尧尧可闻?
> 何不令皋繇拥篲横八极,直上青天挥浮云?

何为想落天外?何为狂心泼天?这是《庄子》的皮相加上外道的狂想,简直是诗歌里的致幻剂。听听这口气之大,自比西王母——《穆天子传》里记载,西王母在瑶池宴会上歌《白云谣》以赠穆王——穆王自然比的就是窦薄华。不就是喝个酒吗,天大的帽子就这样互相戴上了,若不这样互吹互擂,又怎能从白天喝到半夜?

"长风吹月度海来",月中的仙人也专程为他而来,连海上的风都来护送。再看这位谪仙人的姿态,多么地傲骄,只是远远地劝了仙人一杯酒,一副无可无不可的样子。

　　这是在尧祠倚窗唱歌,尧是上古圣人,他又举杯邀请尧喝酒,还要给尧提建议:为什么不让皋繇拿个扫帚扫尽天上的浮云,让天地更清明些?这样的狂言亏他想得出来,只是里面的意思太老套,别人都是浮云,遮蔽了我这颗星星的光芒,说到底不过就是怀才不遇那点事。

　　"悲""笑"二字他用得频繁,经常密集地交错在一起。这是李白式的出离,哪怕写痛苦,也总有一个快乐的自我在高处俯视着,这就让他的诗歌有着寻常所不能及的超脱之美。

> 苍苍云松,落落绮皓。
> 春风尔来为阿谁?蝴蝶忽然满芳草。
> 秀眉霜雪桃花貌,骨青髓绿长美好。
> 称是秦时避世人,劝酒相欢不知老。
> 各守麋鹿志,耻随龙虎争。
> 　　　　　——《山人劝酒》

　　这里写的是商山四皓,四位著名的隐士,他们应吕后之请出山,助刘盈保住太子之位,安汉室之天下,事后又飘然回到商山,如无情之云弃世而去。这就是李白理想的人生，又要做隐士，又要建功立业；"秀眉霜雪""骨青髓绿"，还要修道成神仙；"劝酒相欢"，酒也不能少。他就是欲太多，欲多之人，入世则乱国，出世则乱法而不自知，所以那些和他喝喝酒作作诗，就是不重用他的官员是明智的。

李白随永王李璘造反的时候，肃宗已经称帝，安禄山也被儿子毒杀，天下将定。当时其他文化名人都没有去亲附，唯有李白去了。去了便去了，礼遇是有的，却没有给他任何的封号和官位，永王也不是个糊涂人。事败后，若不是郭子仪出手相救，李白连命都保不住，到头来落了个身败名裂，流放夜郎。他是随赵蕤学过纵横术的，自视有谋略，却如此误判形势，恐怕只有欲令智昏可以解释。

只有在写诗的时候，他有着神一般的清醒和明判。你看这手眼，"苍苍云松，落落绮皓"，古意盎然而又飘飘洒洒，你能想象写的是四个老人吗？以"皓"代指老人，已去其陈旧之气，又虚陪一个"绮"字，更添了云霞灿烂之色。写先贤容易写得刻板，这里却化之为松之风山之云，真是枯笔头里也能生出鲜花来。

往下笔法更奇——"春风尔来为阿谁？蝴蝶忽然满芳草"，简直如情诗一般天真烂漫，仿佛是写给一位妙龄少女的。细想又不对，先设一问，春风为谁而来？草上忽然飞满了蝴蝶，难道蝴蝶已经预感到鲜花即将盛开？这是写给即将返老还童，重又拥有美好桃花貌的四位耆老。想想那场景，四位鹤发童颜的老人行走在山间，无数蝴蝶翻飞在他们周围，真是仙家之吹嘘，此等奇思也只有太白心胸间才能化出，再无别家。

"各守麋鹿志，耻随龙虎争"，麋鹿代表隐逸，以隐逸为志向，以龙虎之争斗为耻辱，一语入了峥嵘高古，这才是惯常商山四皓的画风。

太白诗的奇处是说不完的，有的奇处人人可见，有的奇处唯有会心者得之，比如这一首《峨眉山月歌》：

峨眉山月半轮秋，影入平羌江水流。
夜发清溪向三峡，思君不见下渝州。

像山歌一般，几乎看不到任何修辞，形容词也不复存在。短短的二十八个字里有五个地名，占去了近一半的字数，却丝毫没有阻挡诗意的流动，甚至这些枯燥的地名也成为了诗意本身。是乘舟，又仿佛是乘云，如此之开阔，却偏偏是寻常的相思之词。写诗的最高境界就是看不到诗，在字里行间找不到诗是从哪里生长出来，也不知道这样的诗意到底该指向何处。

> 在没有敬虔的时代,已无真正的天才可看……

李白写诗如云气如飞龙,如三峡倒流横冲直撞,又如七宝楼台一拳粉碎,不是一字一句写来,自然也不可一字一句评说。且不能多看,真看进去了,兴许空空如也。这是李白的明智之处,霹雳只能一声,闪电只能一眼,看多了太累,也生厌心。单从气势而论,古往今来的诗人,大概只有杜甫能与李白比肩。杜甫有一点是李白所不能及的,他的诗字字句句皆有深意,皆有深情,可以玩味再三。

> 王郎酒酣拔剑斫地歌莫哀,
> 我能拔尔抑塞磊落之奇才。
> 豫章翻风白日动,鲸鱼跋浪沧溟开。
> 且脱佩剑休徘徊,西得诸侯棹锦水。
> 欲向何门趿珠履,仲宣楼头春色深。
> 青眼高歌望吾子,眼中之人吾老矣。
> ——《短歌行(赠王郎司直)》

首句二十二个字,这是奇格,前有太白的"弃我去者昨日之日不可留,乱我心者今日之日多烦忧"也是二十二字。字数多不是奇处,有足够的气息托得住才是。太白用的是重复的叠字,好比袖子延伸出一丈,天上地下缭绕一番,虽然也奇,尚可思量。少陵是束袖窄襟也舞出了风云浩荡之态。且看这斩钉截铁的节奏——"酒酣""拔剑""斫地""抑塞""磊落",一刀一痕,一脚一坑,都是重音,节奏在哪里?听在耳里却是那么畅快,明明扭绞如铁,稳扎如山,也一样飞得起来,寻常人如何敢写?如何敢唱?

再看里面的意思:你不要因为不得志而酒后哀歌,你的旷世才华我自然识得。少陵多见他人之苦他人之才,太白却只能看见自家之才,这是两重天地。

豫章是传说中的神树，其高千丈，这是形容才华。这首诗的标题后注有"赠王郎司直"，这位王郎有没有这样的高才不得而知，于诗之一道，李杜二人是担得起这个话的。这是杜甫见到有才华的年轻人而引发的同病相怜之叹，亦可视为自诩，老杜对自己的才华是有把握的。单论这气之盛力之厚，"豫章翻风""鲸鱼跋浪""且脱佩剑""西得诸侯"，这是不输太白的，将这几句诗署在太白名下估计可以乱真。

再看尾句："青眼高歌望吾子，眼中之人吾老矣。"酒后放歌，眼中所见皆是有才华的年轻人，再想想对方眼中的自己，于酒席之上苍颜白发，垂垂老矣——不管是自怜还是怜他，谦卑慈柔至此，岂是太白能有？太白想起自己远在家乡的一双儿女，"南风吹归心，飞堕酒楼前"，心随着南风往家乡飞，到了酒楼前便掉了下来。

再来看老杜的《戏为双松图歌》：

> 天下几人画古松，毕宏已老韦偃少。
> 绝笔长风起纤末，满堂动色嗟神妙。
> 两株惨裂苔藓皮，屈铁交错回高枝。
> 白摧朽骨龙虎死，黑入太阴雷雨垂。
> 松根胡僧憩寂寞，庞眉皓首无住著。

偏袒右肩露双脚，叶里松子僧前落。

韦侯韦侯数相见，我有一匹好东绢，

重之不减锦绣段。

已令拂拭光凌乱，请公放笔为直干。

又是这风雷激荡、颠倒顿挫的节奏，老杜也是能狂的，张口便要道断天下之人：天下多少人在画古松，其中精绝者，毕宏已经老了，可韦偃还年少。已经将韦偃抬得这么高了，下一句怎么描写他画的松树？写画写音乐写这些虚无的东西本就只有高手能为，更何况自高门槛——"绝笔长风起纤末"，好大的口气，风岂是纸绢上可绘？纤毫细末又岂是水墨晕染所能显见？偏说于细微的笔触里感受到了浩荡长风，真是至虚又至实之笔，画如是，诗亦如是。"绝笔"二字一语双关，既指画完搁笔，又有高绝之意。再说"满堂动色嗟神妙"已由不得人不信了。

"两株"一句实实写来，力道和字法是有的，却没什么奇处——老杜岂缺奇句？这正是擅歌者不能总在高音上，暂时走低是为了高开——"白摧朽骨龙虎死，黑入太阴雷雨垂。"先不说这神机鬼藏的寓意，就说这"白""黑"二字，常规应该是在"朽骨"和"雷雨"前后，这里却拆开置于句首，这是老杜独有之句法，将某个极富动作感和色彩感的字眼前置，便能醒目，便能莫测。

不妨一字一字看来："白"是形容颜色的词，接的是一个动词"摧"，这已不是惯常之接法。再接一个名词"朽骨"，摧的是朽骨，那摧的主语是什么？是"白"，"白"字似乎活用成了名词，是"白"摧损了朽骨。之后再接"朽骨"的主语"龙虎"，这又是倒置。结在"死"字，是个动词，七字句的动词一般放在第五个字，这里后置为末字。这般调兵遣将真是神出鬼没，老杜于字法句法上虽见神奇，更奇的是字字句句皆凭一团真气，但见酣畅，不显雕琢。后来多少摹学的，可惜也就是学个皮毛，学不来这等元气充沛。

"黑入太阴雷雨垂"如法炮制："黑"本是形容词，接一动词"入"，亦将动词"垂"后置。活脱至此，再加之骨为金，白为金；黑为水，雨为水，死入了太阴，白金又生出黑水，皆合阴阳五行之妙，何其之顺便。

龙虎之朽骨描绘的是松树的骨相，太阴之雷雨描绘的是松树的气韵，这是虚写，接下来的一句便是实写——松根底下有个胡僧正在休息，长垂的眉毛，满头的白发，明明就坐在这里，又何谓"无住著"？这是写其不住世间尘烦的空空之态。有此一僧，这幅画便有了精魂。老杜至此虽未收笔，其实已是高唱凯歌，你听这快乐的调门，连声叫着韦侯韦侯，我有一匹好绢，已经拂拭好了，上面光影凌乱纵横，你就放开手脚为我画一幅吧。

都说老杜最精绝的是律诗，来看看绝在何处：

> 锦里先生乌角巾，园收芋栗未全贫。
> 惯看宾客儿童喜，得食阶除鸟雀驯。
> 秋水才深四五尺，野航恰受两三人。
> 白沙翠竹江村暮，相对柴门月色新。
> ——《南邻》

这位邻居住在锦里，戴的是乌角巾，"乌"色的四方角巾何等庄重素朴，"锦"又是绚烂的颜色，俨然卓立于繁华之中，一个令人肃然起敬的邻人形象已经有了。园子里收的是芋头和栗子，又多了几分亲切，至此是一幅乡村闲居图——转入"未全贫"三字，原来是一个穷人，因为还有这点芋栗充饥，所以未至全贫——真会调侃。少陵不是不能写田园，他只是不允许诗歌不跌宕不深情，这三个字说悲不是悲，说怜不是怜，你得含着眼泪悲欣交集地看。尤其一个"全"字，是喜是哀？轻轻点缀在这里，虽说不起眼，细想能咂摸出多少味道。

我小时候生活在湖南的小县城，还能见到这样干净清爽的穷人，不管守着多么微贱的营生，都喜欢写几个大字，说几句老书里的道理；门前屋后的破罐残瓦收拾得一丝不苟；堂屋里再简陋，都要贴一副耕读传家的对联，将子孙辈都劝来读书；门前的人情是非总是听多说少，笑笑而已。如今很难见到这样的穷人了。

颔联是白描，白描容易流于平淡，于是将动词"惯看""得食"前置了，便精神地出了位。儿童见人不惧，鸟雀见人不飞，暗含忘机之意。《庄子》里说，渔夫没有机心，海鸟便围绕在他身边；一旦起了捕鸟的机心，海鸟见了他便远远地飞走了。看似描写院落里的日常，还是在说这位邻居的品性。

颈联是极工整的对仗。格律诗的中间二联，词性和字义要相对，平仄也要相对。比如这里，秋水（平仄）对野航（仄平），才深（平平）对恰受（仄仄），四五尺（仄仄仄）对两三人（仄平平）。只有上"四"下"两"都是仄声，为什么不对？照律诗的规矩，一三五不论，二四六分明，这两个都是第五字，对与不对都可以，况且若对了又会犯别的禁忌——"四五尺"是三仄尾，照理下句应该对三平尾，三平尾是禁忌，于是变通了一下。这里说的只是格律诗的一部分基本规则而已，以此可窥见其限制之严，难度之高。

杜甫的天才在于他的笔下是自由的，完全看不出格律的束缚,岂止自由,已臻于自然的境界——"秋水才深四五尺,野航恰受两三人","四五""两三"皆是约数,无关深浅大小,这几个数字里流露出来的是心之闲身之松,以理性的数字写出如此感性的情绪,这便是诗歌的不落头脑之妙。

"受"字也恰好,垂柔而服帖,也是心境。此处的"受"可以做容纳度来解释,转为了形容词,与"深"相对就对得过去了。仅此一字便可见诗人的头脑必须是高度感性又高度理性的,哪怕仅从思维而言,诗歌也是极好的训练工具。

尾联写送客,"白沙""翠竹""柴门""月色新",设色明净,风清月朗,正是于贫士家做客后的况味。老杜的诗宜慢看,太白的诗则宜快览,太白写诗是大笔甩就浓墨泼成,飞得太快,就算有一两处工笔,也来不及细看;老杜的气势也大,但又全是精细功夫,皆在字斟句酌中见神奇,一二十泡水下去,还能品出新的茶味来。

此时虽在乱中,杜甫流落到成都,却也过了一段比较安定的日子。乱中之定更能看到尘世之细,生命之真。心猿意马、欲心难制的反而是在太平日子。《漫兴九首》《江畔独步寻花七绝句》这两组诗便写于这段时间,里面有柳絮,有莺语,有飞虫,有嫩笋,有深红,有浅红,这是一个不常见的杜甫。

常见的杜甫是《阁夜》里忧国忧民的野老:

> 岁暮阴阳催短景,天涯霜雪霁寒宵。
> 五更鼓角声悲壮,三峡星河影动摇。
> 野哭千家闻战伐,夷歌数处起渔樵。
> 卧龙跃马终黄土,人事音书漫寂寥。

此时的杜甫流落到夔州,老友李白、高适相继过世。第一句说到了年底白天的时间短,本是一句寻常话,老杜一出手"岁暮阴阳催短景",顿见高深玄奥。一个"暮"字已为全诗奠定了基调;"阴阳"二字代指时间,说光景亦可,偏用如此截然对立的两个字,就有了交争之态;继之以"催""短"二字,更有了逼迫之感,虽未明言乱世,乱世的气息已在其中。

"霁"是雪停了,雪后的夜晚,天地当是洁白而清净的。"天涯"二字将视野变大了,于是人物就显得小了,小到似乎可以忽略。老杜的超脱之道是将大我化入天地而成小我,视自身为"万里云霄一羽毛",以鸿毛之轻,自然不坠于地,刀斧雷电亦不能伤。

"五更鼓角声悲壮",五更天听到了军中的鼓角,声音之高壮,连三峡的星河都仿佛在随之动摇。鼓角声里千家齐哭,"野哭千家闻战伐"——不是于乱世中亲耳所闻,此情此景如何想得出来?

悲声远去,天也亮了,"夷歌数处起渔樵",听到有人在唱山歌，是远近的渔夫和樵夫，又仿佛有了几分生机。这一声声一幕幕，岂止蜀地的风物，天地间哪怕最微弱的声响也会触动诗人敏感的神经，这不是因为孤僻或自闭，相反，他的目光是如此雄阔，心胸是如此博大——尾联说，再了不起的丰功伟绩也终归是一堆黄土，这是讽劝那些总想着伟大的征伐者；我又何必为亲友消息的稀少而落寞？这是说给自己听的。

同样写人间悲苦，《无家别》又是另外一格：

寂寞天宝后，园庐但蒿藜。

天宝是安史之乱前，大唐极盛之时的年号。这首诗写的是乱世，乱世好说，可开篇要写出盛世之余绪，又不能另开笔墨，如何写？只能叶底藏花，于是用了"寂寞"一词，按说这个词形容心绪更好，但寂寞是相对于热闹而言的，盛世便藏在里头了。

我里百余家，世乱各东西。
存者无消息，死者为尘泥。
贱子因阵败，归来寻旧蹊。
久行见空巷，日瘦气惨凄。
但对狐与狸，竖毛怒我啼。

据《旧唐书》记载，安史之乱造成的破坏是"宫室焚烧，十不存一"，"人烟断绝，千里萧条"。史书多为后代所修所纂，所以未必可信，于是作为第一手资料的诗歌就显得尤为重要。杜甫被后人称为"诗史"，就是用诗歌记录历史的人，这个很难得，因为中国人诗是诗，史是史，不大爱写史诗。从这首诗来看，百余家的一处村邑，触目所见皆是空巷，可以印证《旧唐书》中所记。

这样的乱世要如何写才能让人感同身受？不写空巷写日光，独创一语——"瘦"，日光如何能用瘦字来形容？可此字一出，再想不出第二个来。乱世里连日光都瘦，何况乎人——哪来的人，村舍都被狐狸占据，竖毛怒视，竟不畏人，可见此地无人已久。瘦日和怒狸，意象的抓取真是字字皆血。

> 四邻何所有，一二老寡妻。
> 宿鸟恋本枝，安辞且穷栖。
> 方春独荷锄，日暮还灌畦。

以鸟来比兴，鸟尚且不肯离开栖息惯了的树枝，何况乎人，再凋敝也只得留下来。春天到了，正是农忙时，却只能一个人扛着锄头去耕种；日暮灌畦，中间连接一个"还"字，虚虚一字,蝼蚁失群,滋味尽出。杜甫虽不是山水田园诗人,"荷锄"一联素淡而静,颇得渊明的神髓。

>县吏知我至,召令习鼓鞞。
>虽从本州役,内顾无所携。
>近行止一身,远去终转迷。
>家乡既荡尽,远近理亦齐。

在一个"孤"字上做文章,本州当差却没有家眷可以携带,此为内之孤;近处走走只一个人,往远处走又容易迷路,只因无人问路,此为外之孤。家乡已经被洗荡一空,远一点近一点又有什么关系?句句都是实笔,实得让人透不过气来,简直死水之中看不见微澜,真是得了古乐府的精髓:

>十五从军征,八十始得归。
>道逢乡里人,家中有阿谁?
>……
>羹饭一时熟,不知贻阿谁。
>出门东向望,泪落沾我衣。

这是汉魏诗《十五从军征》，十五岁从军，八十岁回家，做好了饭菜却不知道该给谁吃，出门一望，家人早已是一堆坟冢。再来看《无家别》的结尾：

永痛长病母，五年委沟溪。
生我不得力，终身两酸嘶。
人生无家别，何以为蒸黎。

"永痛"一言虽轻，内在的情感已经是山呼海啸，母亲是多少人内心永远的痛，在世的时候长年得病，去世五年，委身沟渠，没有得到好的安葬。生下我这个儿子，却得不到好的奉养，只能终身忍受辛酸。"两"字犹不忍看，母为子悲，子为母悲，穷苦人家的景况尽出。何为"嘶"？嘶喊嚎啕，一个字道尽了穷苦人的一生。老杜炼字，看似平常，内涵极大，可谓一字一生，一言一世。

编诗集，杜甫和李白这样的诗人是吃亏的，只因好诗太多，单独成集尚有遗珠，何况与众人编在一起。有些诗人名气虽大，好诗也就那么几首，却也要尽量选，才能体现一个时代的创作全貌。

《追酬故高蜀州人日见寄》是杜甫五十九岁去世那一年

写的，常被置于其合集的最后一首。这首诗的缘起是杜甫偶尔翻旧书，读到了高适十年前赠给自己的诗，此时高适已经去世六七年了，又感于自身之老病，故人之凋零，于是追酬写了此诗：

> 自蒙蜀州人日作，不意清诗久零落。
> 今晨散帙眼忽开，迸泪幽吟事如昨。
> 呜呼壮士多慷慨，合沓高名动寥廓。
> 叹我凄凄求友篇，感君郁郁匡时略。

都说文学是吃青春饭的，有太多的大师在年轻的时候就写完了代表作。杜甫不同，他在人生的最后几年好诗更多。比如这一首，情感之滚烫，哪像是垂死枯槁之人。大师走下神坛的通病是冷了，假了，干枯了，只剩下深刻了。杜甫不是为风格而创作，所写皆为所见所感，便不存在虚假；他也不是为深刻而创作，只是为真心，真心在任何时候都是鲜活的，亦不存在干枯。

杜诗的技巧自不必说，且看这顺滑的流动："蜀州人日作"本是极平常的话，前置的"自蒙"二字一把拎高，水便自己往下流动起来；"不意"二字亦是高起，轻轻一推，"清诗久零落"简直风行水上。所以诗之要义不是激情，而是自然而然地生成，高崖落水自成瀑布，势能而已，这大概就是杜甫喜欢将色彩强烈的词前置的原因。

"今晨散帙眼忽开，迸泪幽吟事如昨。"此时的杜甫耳聋、偏枯、百病缠身，看东西是模糊的，当见到友人十年前的赠诗时，他说眼睛忽然亮了，重又模糊，是眼泪迸溅了出来，却忍不住低声吟诵着，感觉往事就在昨天；声音渐渐转高，高歌于风雷之上："呜呼壮士多慷慨，合沓高名动寥廓。"又转入深情："叹我凄凄求友篇，感君郁郁匡时略。"——谁说老杜的诗没有歌唱性，这是更富艺术更有灵魂的歌唱。

锦里春光空烂漫，瑶墀侍臣已冥寞。
潇湘水国傍鼋鼍，鄂杜秋天失雕鹗。
东西南北更谁论，白首扁舟病独存。

凄怆的慢板：乡野的春光如此烂漫，而身居朝堂的高适早已作古。我在潇湘水国与水族为伴，而鄂杜的天空里已经没有了雕鹗的踪影。日复一日的流浪已无须再分东西南北，白发之人寄身孤舟之中，所剩下的也就只有病了。

据说这首诗写于潭州（今湖南长沙），晚年的杜甫流落于湘江之上，偶尔采些药草在集市上换钱以充生计。一代诗圣，曾经伴过君王的左拾遗,已沦落至此。至于他的死因,可怜可叹,说是遇上了发大水,滞留于湖南耒阳,好几天没有饭吃,有朋友送来牛肉和酒。他是久病通医的,自然知道此时只能淡食缓进才不伤肠胃,大概是却不过情面,便多吃了些,于是一病不起,冬天竟卒于潭岳间。

杜甫擅长以文入诗,这就为中唐的诗人开了道路。尤其是他的五古,以诗为文自述身世,比如《壮游》和《北征》,用顾随先生的话说,宋朝人见了这样的诗只许磕头,不许说话——

> 七龄思即壮,开口咏凤凰。
> 九龄书大字,有作成一囊。
> 性豪业嗜酒,嫉恶怀刚肠。
> 脱略小时辈,结交皆老苍。
> 饮酣视八极,俗物都茫茫。
> ——《壮游》

豪迈、嗜酒、刚强、狂傲,如此不可一世,这与我们想象里的杜甫太不一样了。看清一位天才谈何容易,再不济也要有足够的敬虔,在这个没有敬虔的时代,早已无真正的天才可看。杜甫无疑是中国诗歌里的凤凰,所以他七岁便写诗歌咏凤凰。

凤凰有杜甫来歌咏,谁来歌咏杜甫呢?他的传记只能他自己来写,他的挽歌也只能他自己来唱。

壮游

杜甫

七龄思即壮,开口咏凤凰。
九龄书大字,有作成一囊。
性豪业嗜酒,嫉恶怀刚肠。
脱略小时辈,结交皆老苍。
饮酣视八极,俗物都茫茫。

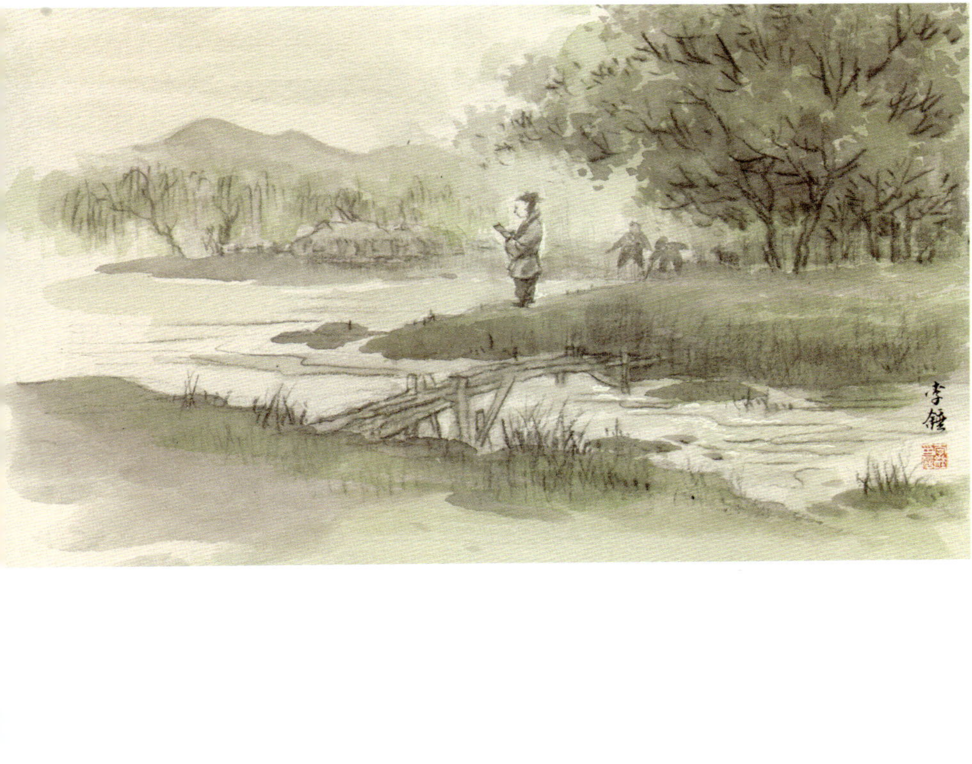
李鍾

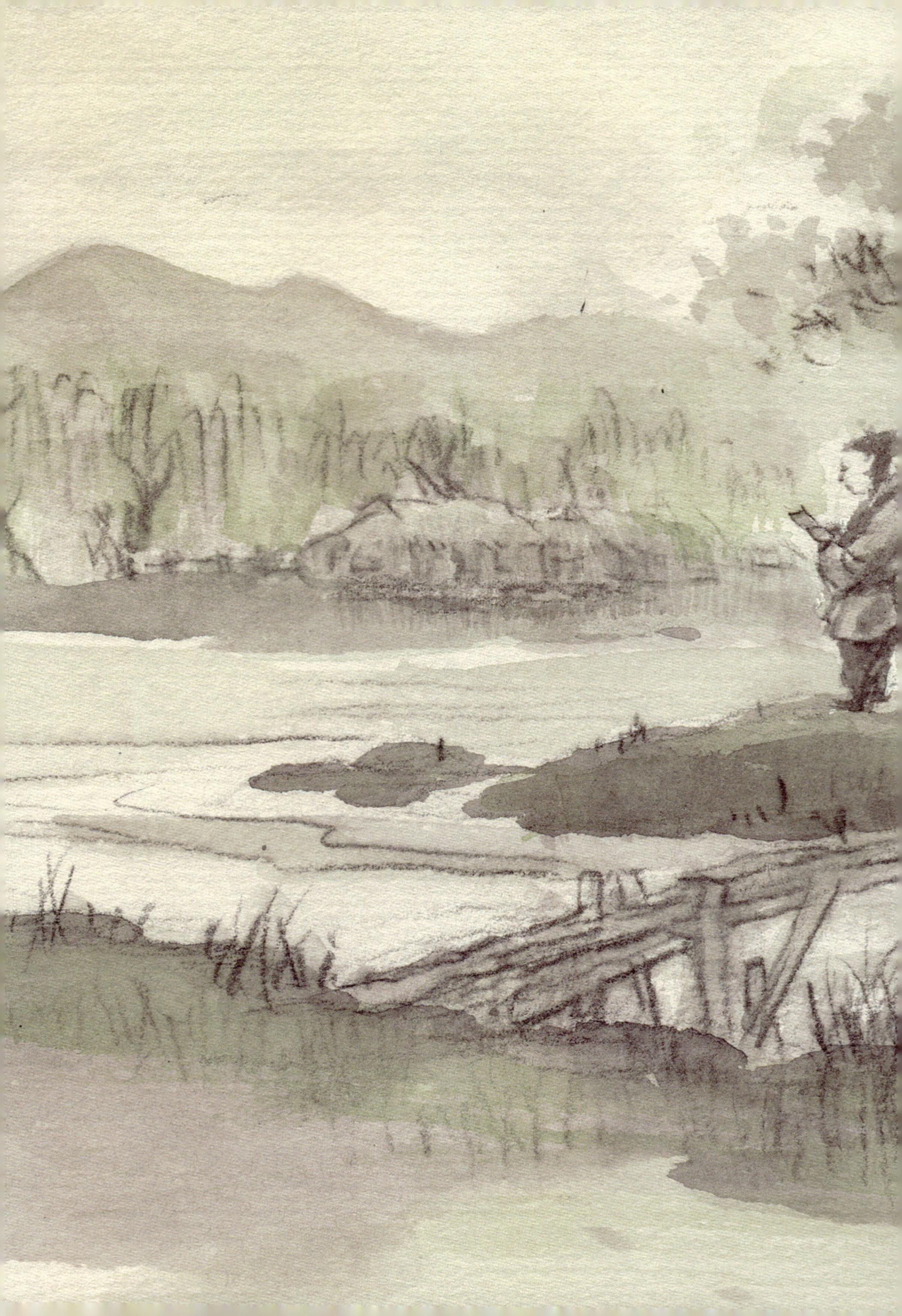

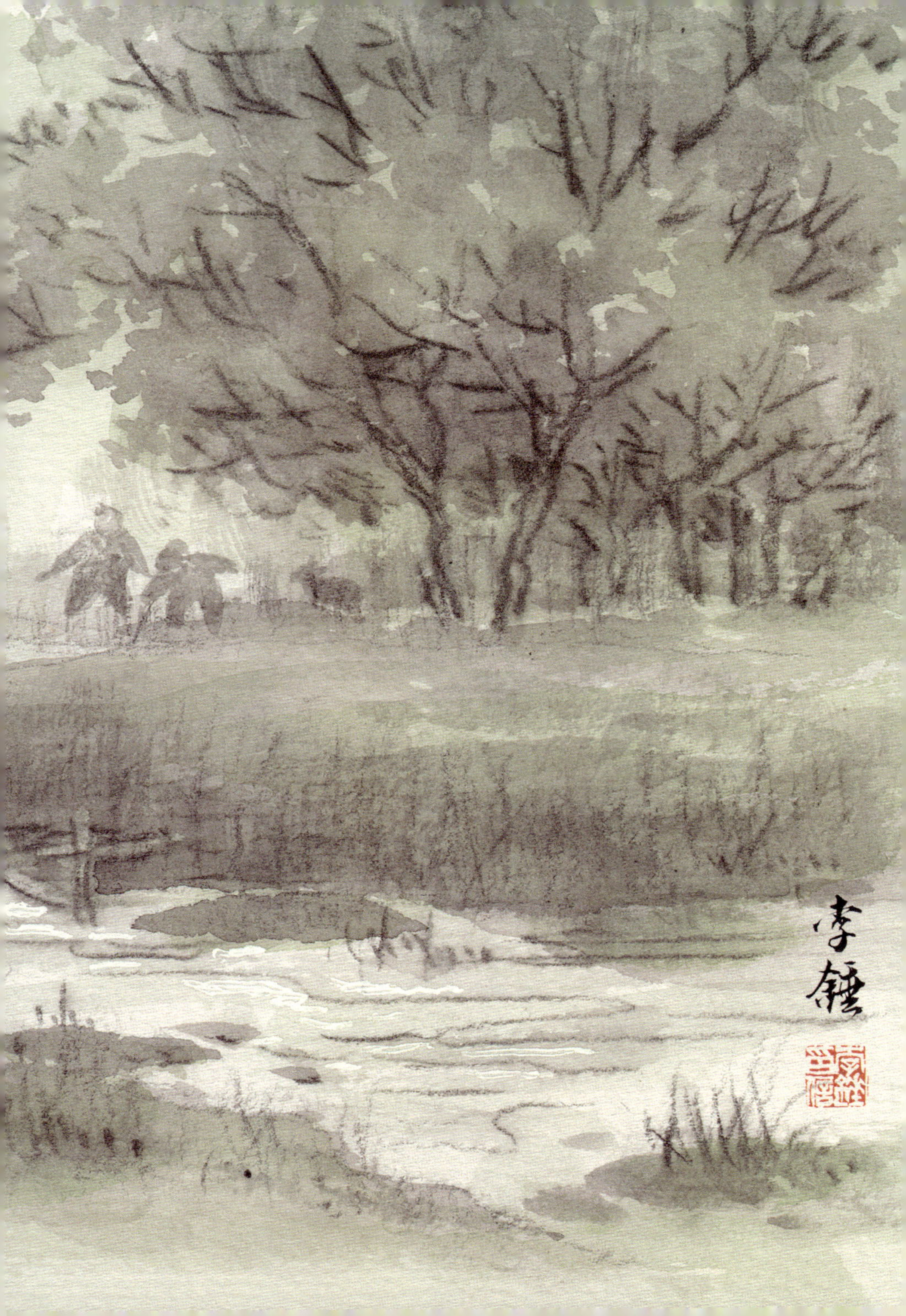
李鍾

超越于有形和生死之上的浪漫

若论诗风矫健,李杜之外,唐诗里公认的是岑参和高适,他们是以边塞诗名世的,边塞诗写得矫健是分内之事,先来看看他们日常的诗风:

塔势如涌出,孤高耸天宫。
登临出世界,磴道盘虚空。
突兀压神州,峥嵘如鬼工。
四角碍白日,七层摩苍穹。

> 下窥指高鸟，俯听闻惊风。
> 连山若波涛，奔凑似朝东。
> 青槐夹驰道，宫观何玲珑。
> 秋色从西来，苍然满关中。
> 五陵北原上，万古青蒙蒙。
> 净理了可悟，胜因夙所宗。
> 誓将挂冠去，觉道资无穷。

这是岑参的《与高适薛据登慈恩寺浮图》。杜甫评说"岑参兄弟皆好奇"，岑参是好奇之人，自然也爱写奇诗，奇在何处？慈恩寺塔至今还立在那里，也就是一座塔，且看这浮夸的辞藻：天宫、世界、虚空、神州、鬼工……土石之物，却用了一个"涌"字写其势，土疙瘩立刻成了活物。成了活物就好办了，可以无拘无束了——"连山若波涛，奔凑似朝东"，说塔势连着山势，于是有了波涛之态，似乎要奔走向东。后人写风雷鸟兽都能写成绢布上的静物，哪能够想见唐诗里的塔是能奔走呼号的。写静物难就难在如何活泼泼地出气势，这哪里是写塔，分明是救诗。

"秋色从西来，苍然满关中。五陵北原上，万古青蒙蒙"，秋气西来，悄无声息，天地于静默之中自有无穷之力，万古如此。这里说的是人力之渺小，胜景之短暂——"净理可了悟"，于是便可了悟清净的佛理了。诗人此时的决心是要辞官而去，抛却眼下的名利，去追求无穷无尽的大道。——若老老实实地写塔如何翻到这一层，此诗前半段句法奇，下半段翻得更奇。

再来看岑参的《太白胡僧歌》：

> 闻有胡僧在太白，兰若去天三百尺。
> 一持楞伽入中峰，世人难见但闻钟。
> 窗边锡杖解两虎，床下钵盂盛一龙。
> 草衣不针复不线，两耳垂肩眉覆面。
> 此僧年几那得知，手种青松今十围。
> 心将流水同清净，身与浮云无是非。
> 商山老人已曾识，愿一见之何由得。
> 山中有僧人不知，城里看山空黛色。

太白山是秦岭的最高峰，山中住着西域来的一位僧人，窗下用锡杖锁着两只老虎。此诗的序言中说，东峰有两虎相斗，弱者将死，胡僧就将两虎都收了。敦煌藏经洞里有一幅唐朝的《携虎行脚僧》，画中从印度取经归来的僧人，携着一只老虎在赶路，可以佐证诗中所记的解虎之事。接下来更奇了，说他床下的钵盂里还藏着一条龙。世人虽见不到龙，但据说能腾云致雨，岂是一只钵盂所能收纳？

据说龙能飞能游，聚则成形，散则为气，外形兼具众鸟兽的特征，其生九子又各个不同，以此推之，恐非有形之物。中国文化的核心是将宇宙的运行规律抽象为"乐"，借个现代名词，或可称之为能量波，当其因着心的介入而形成交感时，便化现出这个变幻而又充满规则的世界。这和现代物理学的观念是不谋而合的。

我们遵循宇宙之"乐"理来生活，便是天人合一；我们依据天地的"乐"理来制定政令，便是礼乐之邦；我们研究"乐"的典籍有《乐经》《易经》；我们推行"乐"的教化，便是乐教；歌之咏之以正人心，便是诗教。龙的外形集万类之所长，又能化生万类，或许就是这种能量波的代称。其作为中华文明的精神图腾，凡高能之物都可以称之为龙：龙脉、龙穴、神龙、恶龙，连帝王都自称为真龙天子。这样才能理解龙为何能藏于钵盂之内，类似于能量和信息收存于某种载体之中。这个胡僧能降而收之，可见证量之高。从前的僧人降龙又伏虎，现在的出家人事事需人代劳和供养，所以佛法一落不起。

胡僧穿的是草衣，只求遮体，不用针也不用线，这是苦修之相；两耳垂肩，双眉覆面，这是长寿之相。他的寿数没人知道，只是他亲手种的松树已经要十人才能合抱了。为什么如此长寿？

因为身心如流水白云一般清净而不沾染是非。

赵叟去太白山深处采茯苓，遇见过这个僧人，是他将这件事告诉岑参的。岑参想去寻访，可茫茫太白山，云踪鸟迹一般的人，刻意去找，又如何找得到？结句很妙，说城里人看山也就是欣赏那一抹养眼的黛色，哪能知道山中还有这样的高人。又以"空"字作结，胡僧看世间是能见而看空，世间人看胡僧是不能见之空，两种空境，来回一切换，便有了无尽的况味。

边塞诗里广为传颂的，首推岑参的《白雪歌送武判官归京》：

> 北风卷地白草折，胡天八月即飞雪。
> 忽如一夜春风来，千树万树梨花开。

沙漠戈壁的景色其实是单调的，猎奇而已，能得之于象外才是大手笔，比如王维的"大漠孤烟直，长河落日圆""回看射雕处，千里暮云平"，高度的抽象，可作为美学的典范。

"磨刀鸣咽水，水赤刃伤手。欲轻肠断声，心绪乱已久。"看见河水变红了才知道刀刃伤了手，何至于此，是因为心绪太乱。这是杜甫的边塞诗，如此写心可谓奇格。又如"落日照大旗，马鸣风萧萧"，既见天地雄风，又有庙堂之庄严，亦是奇格。

岑参有何新意？这首诗写于轮台，在今天的新疆境内。此地居然八月就下雪了，又值送别朋友，本是肃杀的场面，在诗人眼里，枝头的积雪竟被看成是千树万树的梨花，摧折百草的北风也被说成是催开百花的春风，这是何等的浪漫，超越于有形和生死之上的浪漫才是真边塞。

> 散入珠帘湿罗幕，狐裘不暖锦衾薄。
> 将军角弓不得控，都护铁衣冷难着。
> 瀚海阑干百丈冰，愁云惨淡万里凝。

冷是扎扎实实的冷，披上狐裘也不暖和，角弓已失控，铠甲铁衣也穿不住了。——盛唐诗于琐细处从来就不屑于持续，笔锋一转，但见百丈寒冰，万里愁云，又无边无际了。漫天的大网撒出去容易，问题是如何收得回来——

> 中军置酒饮归客，胡琴琵琶与羌笛。

最动人心魄的莫过于西域的乐器，胡琴、琵琶和羌笛——只是罗列了乐器的名字，演奏得如何，不写，简单干脆，点到为止。写边塞诗，无情好过多情，这才能"任是无情也动人"。

> 纷纷暮雪下辕门,风掣红旗冻不翻。

"暮雪"与"辕门",单看字面便是一出林冲夜奔之风雪山神庙。"掣"字有声,能听见风力之劲,红旗被冻住了,再大的风也翻飞不起来。若非亲眼所见,怎能写得如此真切。岑参两次从军边塞,在西域生活过很长时间,最远到过乌鲁木齐一带。

> 轮台东门送君去,去时雪满天山路。
> 山回路转不见君,雪上空留马行处。

劈面夺人,对边塞诗来说并不难,难在结尾,抒情无非是千篇一律的军旅之情,所以多有草草收场之弊。"君不见走马川行雪海边,平沙莽莽黄入天",这是岑参的另一首著名的边塞诗,开篇的气势如此之大,再看结句:"虏骑闻之应胆慑,料知短兵不敢接,车师西门伫献捷。"平铺直叙得简直无趣,哪还像诗,不如不写。长诗好比连绵的山脉,尾部不可骤断,要有余情。边塞诗是武行,如何情意绵绵?此处却结得少有的好:于天山道上送别朋友,山路积雪,人已远去,空空的雪地上只留着马走过的痕迹。空空几笔,情却是实打实的真,铮铮铁汉有如此的柔情，这正是岑参的醉人之处。

单说情深之作，中国诗歌里比比皆是，深情里藏有千钧的力气才少见。再来看一首岑参的绝句《逢入京使》：

故园东望路漫漫，双袖龙钟泪不干。
马上相逢无纸笔，凭君传语报平安。

皇天后土般的敦厚，厚到洛阳城下面还埋着一个洛阳城。同时代只杜甫有此老力，往后能勉强接续得上的，就只有韩愈了——"云横秦岭家何在，雪拥蓝关马不前。"这样的诗句如何撼得动？

《逢入京使》是岑参远赴西域的路上写的，当时大约三十几岁，读来却是老态龙钟，如朝中贬谪的重臣，其实他只是一个小小的军曹。马上没有纸笔，只能让入京的使者带一个口信报平安。事是平常事，说也只是实话实说，却成了千古绝唱，单这个就不好琢磨。

世上几人识得你的本真

绝句短小轻盈,将意境写大已是不易,再想写厚重就更难,高适的《别董大》亦是既大且厚:

> 千里黄云白日曛,北风吹雁雪纷纷。
> 莫愁前路无知己,天下谁人不识君。

写云用"黄",写日用"曛",因其生僻,格外地刺心,凄惨之气无以复加。敷色已如此之重,"千里黄云",再千里万里铺排开去,这是大手笔。接下来写北风用"吹",写雪用"纷纷",看似俗字,这更是大手笔,若下半句仍出奇字,必定雕琢,读起来也辛苦,这样一张一弛才轻松,唱起来也才能顺口。

"莫愁前路无知己"一语是千里之外忽见雪山金顶,顿觉前途一片光明。"天下谁人不识君"虽然只是朋友间的一句叮咛,话一出口,整个天地都在共振,此等慷慨悲歌非唐人的胸次不能化出。

此诗是高适写给乐师董庭兰的,至今仍在演奏的古琴曲《颐真》《大胡笳》《小胡笳》,便是董庭兰的作品。琵琶、羌笛这样的胡人乐器最能动人心魄,传入中土后,立刻盛行起来,能欣赏古琴之古雅正音的人就越来越少了。崔钰有诗云:

> 七条弦上五音寒,此艺知音自古难。
> 唯有河南房次律,始终怜得董庭兰。

说房琯是董庭兰唯一的知音,未免言过其实,毕竟有唐一代数得着的几位鼎鼎大名的乐师,董庭兰在其中。其深意大概是在"始终"二字上。外国有这样一个实验,某著名小提琴家拿着一把名琴在地铁里拉,过往的行人连驻足观望的都没几个。这就是世人的眼光。能于你成名之前识得你的才华,又能在你身败名裂之后识得你的本真,世上能有几人?房琯是一代名相,史载其好宾客,喜谈论,又好谈老子、浮屠之法。房琯被贬出朝,董庭兰受牵连,也被迫离开长安,在途中遇到了高适。高适一共写了两首诗相赠,第二首里说"丈夫贫贱应未足,今日相逢无酒钱",当时两人也是够落魄的,连酒钱都付不起。

真正的千古名句是不依赖简牍的,口口相传即可千古。"莫愁前路无知己"便是,已经成为了一句俗话。自唐朝至今,人人都说得出来的,还有劝酒词"今朝有酒今朝醉"(罗隐);赏乐之词"此曲只应天上有,人间能得几回闻"(杜甫);伤春之词"花开堪折直须折,莫待无花空折枝"(杜秋娘);怀旧之词"旧时王谢堂前燕,飞入寻常百姓家"(刘禹锡),"商女不知亡国恨,隔江犹唱后庭花"(杜牧)。这样的诗句,未必要知道出自何人之手,更不必详其朝代,只知道是日用之俗语就好了。

历代评出的绝句之压卷,多出自唐代的边塞诗,比如王之涣的《凉州词》(春风不度玉门关),李益的《夜上受降城闻笛》(一夜征人尽望乡),王昌龄的《出塞》(秦时明月汉时关),王维的《送元二使安西》(西出阳关无故人)。王翰的《凉州词》也常入选:

葡萄美酒夜光杯,欲饮琵琶马上催。
醉卧沙场君莫笑,古来征战几人回?

中土也打仗，何以见得是边塞诗？葡萄酒、夜光杯、琵琶，当时都是西域传入的，尤其马上弹琵琶，这是胡人的风俗。琵琶传入中土便雅致了，婉转了，乐手不仅坐了下来，还半遮着面，如今已是代表江南风情的乐器。这正是中土文化强大之处，从来就是化人，何曾被化。再看"醉卧沙场"，唐人超越生死之大浪漫尽在此句，所以此诗可以压卷。

清代的宋顾乐评此诗是"气格俱胜，盛唐绝作"。何为气格？神足气完，浑然天成，此谓气胜；脱口便能如此，无须苦心辞章，辞章自在其中，此谓格胜。若以此论之，只在盛唐。

盛唐的边塞诗，岑参和高适最负盛名，合称为"高岑"。来看高适的代表作《燕歌行》——

> 汉家烟尘在东北，汉将辞家破残贼。
> 男儿本自重横行，天子非常赐颜色。
> 摐金伐鼓下榆关，旌旆逶迤碣石间。
> 校尉羽书飞瀚海，单于猎火照狼山。
> 山川萧条极边土，胡骑凭陵杂风雨。
> 战士军前半死生，美人帐下犹歌舞。

这是前半段。论悲壮论雄浑都堪称边塞诗的扛鼎之作，非

凉州词

王翰

葡萄美酒夜光杯,
欲饮琵琶马上催。
醉卧沙场君莫笑,
古来征战几人回?

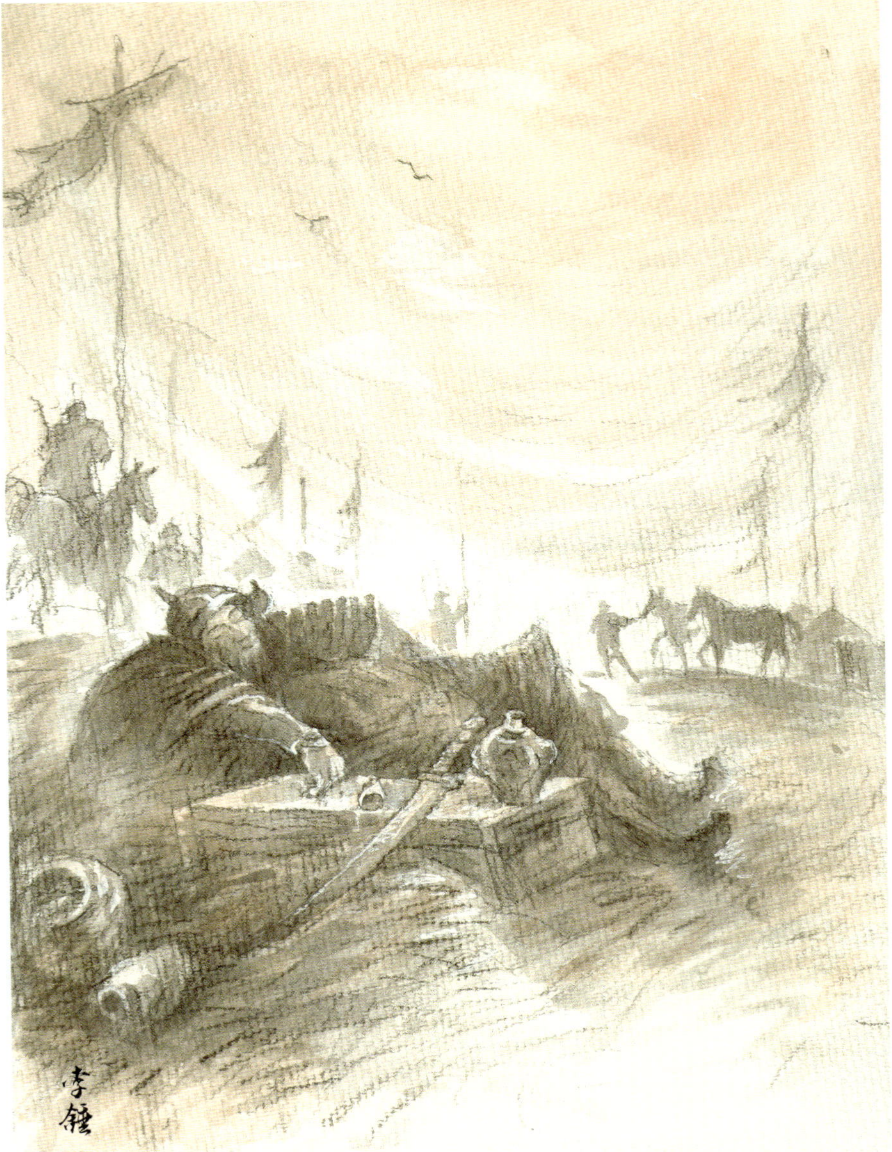

要和岑参比个高下的话，略嫌官气太重。假托汉朝本是唐代诗人的惯例，意在回避当下，开头先出两个"汉"字，就显得谨慎太过了，气也受阻。"男儿本自重横行"本来极有豪气，可惜刚要起飞，天子就赐了颜色，落入了官样文章的窠臼。"摐金伐鼓""旌旆逶迤""校尉羽书""单于猎火"都是官话。大概是因为高适官运太好，缺少岑参那种自由的歌唱感——

> 君不闻胡笳声最悲，紫髯绿眼胡人吹。
> 吹之一曲犹未了，愁杀楼兰征戍儿。
> 凉秋八月萧关道，北风吹断天山草。

这是岑参的《胡笳歌送颜真卿使赴河陇》，多么鲜活的边塞生活，吹胡笳的胡人，远征楼兰的战士，八月的北风，山路上的断草，还有马背上的吟唱，仿佛能感觉到沙尘在脸上的摩擦感。岑参只是一位普通的幕僚，他的从军生活和高适是不一样的。

凡事就怕比，其实高适的这首诗已经是难得的杰作，"战士军前半死生"和美人歌舞相映衬，这是控诉战争的绝唱。

到后半段的"少妇城南欲断肠，征人蓟北空回首"，"杀气三时作阵云，寒声一夜传刁斗"开始激荡起来，情感也愈发真挚，这才是"歌行"，诗歌里最自由的歌唱，唱的是真实的征战生活。

再看结句——"君不见沙场征战苦,至今犹忆李将军。"揳入一个八字句,于高音处延足了节拍,再以忆古作结,就有了历史的厚重感。岑参的"雪上空留马行处"则是渐行渐远,情意缭绕的收尾。两相比较,各有各的妙处。

高适是平定安史之乱与永王李璘之乱的功臣,晚年官运亨通。他写的官员生活反倒没有官气,比如曾让晚年的杜甫感动落泪的《人日寄杜二拾遗》,来看结尾的几句:

> 今年人日空相忆,明年人日知何处。
> 一卧东山三十春,岂知书剑老风尘。
> 龙钟还忝二千石,愧尔东西南北人。

岁数大了,今年不知明年,所以想起这些老朋友,哪知话越说越虚,越说越大:"三十春""二千石""东西南北人",这哪是垂暮之人,漫天的剑光谁能抵挡?尤其是"书剑老风尘",一句便抵得上一部金庸。结尾一个"愧"字,收剑入鞘,剑光却不见消散,愈发缤纷夺目,真是好身手。说自己已经老了,没用了,却还在享受着朝廷的俸禄,真对不起普天之下的朋友。这样的话有文人气,也有侠客气,可谓文武皆备。这是高适之本色,旁人纵然能学得一个侠字,也学不来这等的身份和气度。

盛唐之风度

唐代音乐家赵耶利这样总结当时的琴风："吴声清婉，若长江广流，绵延徐逝，有国士之风；蜀声躁急，若急浪奔雷，亦一时之俊。"如今一千多年过去了，吴蜀两派依然有此遗风，可见文化的传承确如江河一般，百转千回而不失其本源。被赵耶利誉为"国士之风"的吴派是一种奇妙的平衡，非圆非方，不偏不倚，于外平和，于内博大。世上难得一见的不是新异，而是中正。如同天气，不冷不热无雨无晴的持平之日能有几天？人里面最难得见到的不是才俊豪杰，更不是奇人异士，而是不

失中道的君子。诗也一样,要看此等气象的诗,还是盛唐:

> 海上生明月,天涯共此时。

如此之广阔,又如此之徐缓,虽然写的是海上,又仿佛大明宫前,唐明皇带着文武百官缓缓走上城楼,长安城的华灯依次亮起,绵延至天际。此句一出,便见整个天下。这是开元盛世最后一位贤相张九龄写的《望月怀远》。如今一到中秋节,满世界都是这两句诗,电视上,广告上,手机上,人们互相祝贺着,一千多年过去了,再难找出另一句话来表达此时的心情,这大概就是所谓的绝唱吧。

> 情人怨遥夜,竟夕起相思。
> 灭烛怜光满,披衣觉露滋。
> 不堪盈手赠,还寝梦佳期。

谁能想到,这竟是一首情诗。相思之词能写出如此气象,确是盛唐——屋子里满是月光,于是将蜡烛吹灭,出去望月。露水很重,隔着衣服都能感觉到滋润。此刻的月光不能亲手捧一把送给你,还是在梦里和你相见吧。——只在哀伤的边缘轻轻触碰了一下,便指向了雅正,尤其"不堪盈手赠",至纯至美,不愧是国士所唱的婉约之声。

这样的诗若只是写给情人,后人大概认为有些可惜,便说这是思念贤才之作。古人的确有假托相思之词召贤的传统,早在楚辞时代就以"香草美人"比喻贤才;又有曹孟德的思贤诗:"青青子衿,悠悠我心。但为君故,沉吟至今。"你青色的衣领让我神思荡漾,直到如今不能释怀。真是比少女还少女,比情话还情话。张九龄也是爱才的,他为后人所称道的功绩之一便是举贤,盛唐诗歌的大兴与他很有关联。

唐代进士科的第一试考的就是诗歌,这也是诗歌大兴的重要原因。唐代的文化大发展得益于当时科举的包容,不仅有诗文与经学,还有律法算术之类的实用科目,且有破格举荐人才的行卷制度,这就扩大了人才选拔的范围。到了盛唐,唐玄宗本人就是位艺术家。书法家张旭、怀素、颜真卿;画圣吴道子;剑圣裴旻;舞蹈家公孙大娘;音乐家李龟年、董庭兰,皆出于这个时代。

再来看张九龄的另一首佳作《感遇》:

兰叶春葳蕤,桂华秋皎洁。
欣欣此生意,自尔为佳节。

> 谁知林栖者，闻风坐相悦。
> 草木有本心，何求美人折。

这是**魏**晋风度。典型的唐诗由于太豪纵太逞才，当时很多人并不以为好，常讥评为不合正音，这也是他们错失杜甫这样的天才的原因。每一个时代都很难确信当下的好，从众是一种安全感，独立的判断太需要勇气了，所以天才总是饱受批判和逼迫，死后才有机会被供上神坛。《感遇》这样复古的诗，大概才是唐朝人心目中诗该有的样子。

春天的兰叶，秋天的桂花，它们顺应各自美好的季节展现出勃勃的生机。山中的隐士闻到了风中的芬芳而愉悦。草木散发芬芳只是天性，不是因为有人欣赏才如此。——抒发感慨？礼赞自然？或是讥时讽世？都是又都不是，作者只是在一个晶莹洁净的所在，仿佛透过一颗水滴看着这个既梦幻又残缺的世界。

这是张九龄贬为荆州长史时所写，托清正之词，写幽微之意，他的《感遇十二首》多是这样的高矜之作。这样的人做了宰相，自然也能感召来同样美好的人。张九龄去世之后，宰相推荐的人才，玄宗总要问一句："风度得如九龄否？"阅尽盛唐的一代帝王居然如此念念不忘，到底是怎样的风度，千年之后我们只能从诗歌里窥见一二了。

功亏一篑才是智者

孟浩然有一首诗据说是写给张九龄的——《望洞庭湖赠张丞相》：

> 八月湖水平，涵虚混太清。
> 气蒸云梦泽，波撼岳阳城。
> 欲济无舟楫，端居耻圣明。
> 坐观垂钓者，徒有羡鱼情。

这是一首干谒诗,这样的诗一般来说很难留传,孟浩然写来却高古而中正,遂成千古绝唱。孟浩然是一个难以理解的人,他曾周游四方,干谒公卿,以求进身之阶,又以布衣终老,隐而不仕,为世人所称颂。诗里也很难读到他的真实立场,比如这一首,到底是以在圣明之世无机会做官为耻,还是愿意做一个旁观者,而非钓客,很难说得清楚。

有这样一个故事,孟浩然在王维那里偶遇了忽然驾临的玄宗,玄宗让他赋诗,他出口竟是"不才明主弃,多病故人疏",玄宗当场就不高兴了,说:"你自己不来求官,我何曾抛弃过你?"以诗文面圣,是文人的终极梦想,这样的场景一定在心里幻想过无数次,面圣的诗也早就构思了千百遍,何至于如此失言?只有一种解释,孟浩然的潜意识里对做官并不渴求,他甚至希望被抛弃,而不是被重用。此后,亦有高官举荐他,他都婉言谢绝。

世上有一种人,在接近成功的时候会主动收手,宁愿功亏一篑,这是真正的智者。"身后有余忘缩手,眼前无路想回头",这是《红楼梦》里的话,多少伟人便毁在这个"忘缩手"上,盖棺论定之时,功过参半亦是幸运,反被千古唾骂的也不乏其人。比如唐玄宗,早年何等英武神明,平韦后之乱,开一代盛世,晚年却酿成安史之乱,将唐王朝拖下了地狱。

天道忌满,人道忌全,像孟浩然这般立得住本心,守得住中道者，世上是不多的。"吾爱孟夫子，风流天下闻。"这是李白送给孟浩然的诗，能令诗仙如此倾心，到底是怎样一个"风流"，没有留下具体的记载。李白正是欲太多，于俗世沾染太深，以至于晚年身败名裂，锒铛下狱。就这一点而言，孟浩然的确有资格做他的偶像。

> 义公习禅寂，结宇依空林。
> 户外一峰秀，阶前众壑深。
> 夕阳连雨足，空翠落庭阴。
> 看取莲花净，方知不染心。
> ——《题义公禅房》

这是孟浩然写给一位僧人的。此诗乍看写的是山水，其实句句写的是空。起手先说"空林"；户外只一峰独秀，而深壑甚多，此为山空；雨还未全停，夕阳已经出来了，于是庭前一片"空翠"，仅此二字便是一首好诗，闭眼一想，如在山中空寺；看着清净的莲花，便知此心无尘垢可染，此谓"心空"。

"看取莲花净，方知不染心"一联可视为孟浩然一生之写照，他只是在红尘浊世中走了一遭，只因但看不取，便得一生悠游自在，穷极山水形胜。

"温柔敦厚",这是孔子推崇的好诗的标准,这样的诗少,擅写这样诗的诗人更少,孟浩然算是其中一位,来看他的《过故人庄》:

> 故人具鸡黍,邀我至田家。
> 绿树村边合,青山郭外斜。
> 开轩面场圃,把酒话桑麻。
> 待到重阳日,还来就菊花。

将诗写得平易近人,如交心之语,就如同将白话说得雅正而有诗意,都是不容易的。这首诗的妙处是让人看不到诗。若说不是诗,又句句是诗。"绿树"一联对仗何其工稳,"把酒话桑麻"入耳便是听过,皆因俗得天然。这都是诗家之技,但通读下来,你会忽略这些匠心,不能单拿出任何一个字来说好,妙在一气贯通,这就是孟浩然。他的诗一如他的为人,不会在任何一个地方多做停留,所以不好学,在惯于逞才使气的唐代,他绝对是个异类。

过故人庄

孟浩然

故人具鸡黍,邀我至田家。
绿树村边合,青山郭外斜。
开轩面场圃,把酒话桑麻。
待到重阳日,还来就菊花。

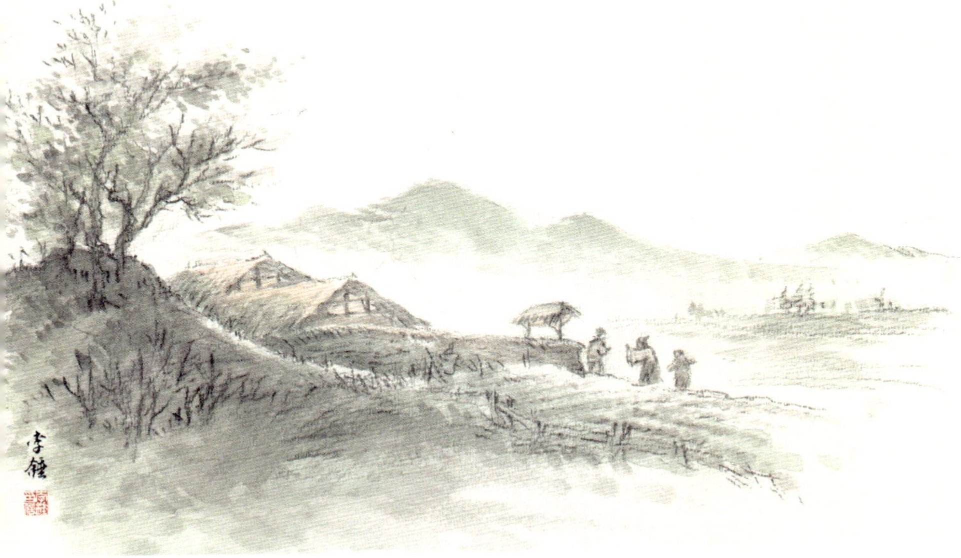

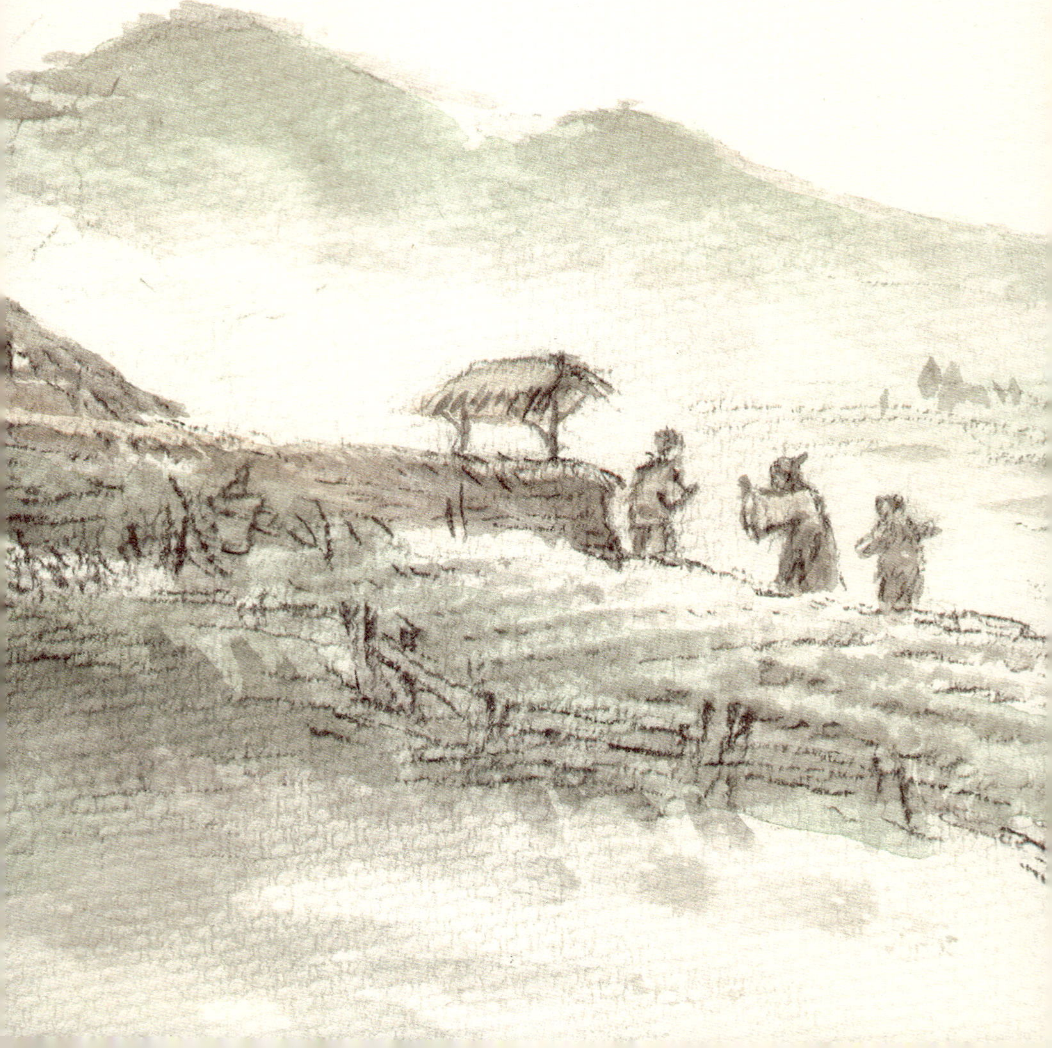

每个人都有机会触碰的证悟边缘

外在轻柔婉约,内在却如长江般博大,这是说琴乐。诗乐一家,若以此为标准选诗,首推还是张若虚的《春江花月夜》:

> 春江潮水连海平,海上明月共潮生。
> 滟滟随波千万里,何处春江无月明。

开头这几句,于温柔敦厚之中尽显盛唐气息。大江的入海口,江水连着海水,天地一片平旷。潮水涌出一轮明月,微微的波浪中，月光流向了千万里之外，诗人似乎看见了全天下的月光——"何处春江无月明"。

如此广远的意境，却只是平静的语气，这是真正的自信从容。"宝盖雕鞍金络马，兰窗绣柱玉盘龙"，"倡家桃李自芳菲，京华游侠盛轻肥"，这是初唐骆宾王的《帝京篇》，如此的奢华放纵不是真正的富足，因为有太多的欲望，只要有欲望在，人永远是贫穷的。

> 江畔何人初见月？江月何年初照人？
> 人生代代无穷已，江月年年只相似。
> 不知江月待何人，但见长江送流水。

将思绪引向远古，是何人在江边第一次看见月亮，江边的月亮又是在何年何月初次照见人？生命里有那么多不切实际的胡思乱想，这是真富贵，诗人或许明白了内求的道理——如果此心不能自足，世上没有任何事情能令我们满足；如果不能独自快乐，在另一个人身上更求不到快乐。

陶渊明在《归去来兮辞》里说："既自以心为形役，奚惆怅而独悲。"此心既能上天入地，无所不至，又能于清净之中自生圆满，怎么能被肉身役使？明白了这个道理，便不会无休止地去供养这个迟早会朽坏的色身,音乐、诗歌、哲理,甚至觉悟才能进入到我们的生命里来。这大概就是《春江花月夜》所要传递的主题。可以说,不见此诗不知唐诗之真富贵。

叙事诗有长篇,抒情诗很少有长篇,高明的诗人怎敢长篇大论地抒情,除非能让天下人与你共情。此诗便是共情之作,所以是抒情诗里的鸿篇巨制。中间一大段如梦如幻,"青枫浦""扁舟子""玉户帘""捣衣砧"……虽是人间景象,却尽显空性之美。略过这唯美的梦境,来到结尾——

> 江水流春去欲尽,江潭落月复西斜。
> 斜月沉沉藏海雾,碣石潇湘无限路。
> 不知乘月几人归,落月摇情满江树。

江水送走了春天,明月落入了近处的池潭,也藏入了远处的海雾。在诗人空空的心境里,此时月亮是唯一的存在。当这唯一的一点执着消失后,他观照到了更大的世界,岂止潇湘洞庭,他看到了这世上所有的道路,所有踏着月光回家的人……

江水还在流淌,月亮又出现在树后,枝条摇弄着粼粼的月光,此时再看见月光,已是另一番天地。天地其实没有变,不一样的是作者的心,已经与万物连为了一体,"其视天下犹一家,中国犹一人焉",这是儒家所说的大人君子的境界。这首诗描写的即便不是证悟,至少也在证悟的边缘,不遥远,不玄奥,仿佛每一个人这一生中都有机会触碰到,这便是天下之共情。

盛唐是天下共情之盛唐,开盛唐诗歌先声的王勃,这样描写他理想的世界:"海内存知己,天涯若比邻。"亲历盛唐沦陷的杜甫这样回忆盛唐:"宫中圣人奏云门,天下朋友皆胶漆。"这一切无非"人生代代""江月年年",皆被张若虚一语涵盖。

张若虚是初唐和盛唐之交的诗人,籍贯扬州。唐代繁华的城市,于长安洛阳之外,有"扬一益二"的说法,说的是扬州和益州(今四川成都)。唐朝的时候,好像全世界的人都爱做梦,世界上不知道多少人踏上过中国这块土地,他们来经商、学习甚至考科举、做官。而中土之人则梦想着西出阳关,去那些蛮荒的异域游历探险;或者东下扬州,那里的富庶和声色犬马也是一个时代共同的梦。

白居易：诗歌的风雅之道

· · ·

唐代诗人中,生前名气最大的不是李白、杜甫,而是白居易。从长安流放到江西,三四千里的路程,白居易目睹沿途的学校、庙观、旅馆、驿站到处都题着他的诗,无论是做官的、读书的,还是野老牧童,都在吟唱。有一个叫高霞寓的军官想买一个妓女,那妓女竟然自己抬高身价说,我能诵白学士的《长恨歌》,能和别的妓女一样吗?还有人把白居易的诗刺在身上作文身,他的诗甚至可以当货币在集市上买鱼肉,皇宫禁内也在流传,且远播海外,鸡林国(新罗国旧称)的宰相每用一百金换一篇,而且他的鉴别力极高,如果是伪作,则能辨认出来。

明代学者胡震亨在《唐音癸签》中说,唐朝诗人生前所享的盛名之大,没有超过白居易的。事实上,直到今天白居易仍然是唐代最有影响力的几位大诗人之一。文艺作品能得到多数人的喜爱,有两个原因:其题材是当下最关心的话题,其思想为人类共同的精神追求。前者容易造成当下的风行,后者则能长久地流传于后世。

白居易被他的时代所追捧,首先得益于他写的讽喻诗,其揭露时事之大胆,古往今来恐怕无出其右。揭横征暴敛、进贡求宠:"一丈毯,千两丝,地不知寒人要暖,少夺人衣作地衣。"(《红线毯》)"夺我身上暖,买尔眼前恩。进入琼林库,岁久化为尘。"(《重赋》)

揭宦官专权的穷奢极欲:"是岁江南旱,衢州人食人。"(《轻肥》)

揭司法的黑暗:"岂知阌乡狱,中有冻死囚。"(《歌舞》)

白居易在《与元九书》里说,这样的讽喻诗他写了一百七十余首。不说多,就凭以上列举的这几首,已经将官场的重要部门都得罪了。据白居易自己在文章里说,权贵闻之变色,执政者闻之扼腕,军方闻之切齿,骨肉亲朋纷纷非议他。他还屡上奏折为民请命,积极寻求解决办法。

中唐时期,藩镇割据,宦官专权,废立皇帝皆在操控之中,官员更是朝不保夕。换了别人早死了一百遍了,白居易为官一生,只是遭遇过几次贬谪,晚年还得居高位,如此地能救人还能救己,才是他的奇处。虽然得益于他的名气,可名气只能让对手有所忌惮,还不至于能真正保护他,当时的宰相武元衡都能被刺杀于街头而无人敢问,何况一个小小的言官。从他在诗文中所透露出来的信息,这跟他做事的分寸与进退很有关系。

现实中的白居易不是一个莽撞的人,他在《与元九书》中说:"而难于指言者,辄咏歌之,欲稍稍递进闻于上。"意思是有些不能直接指出来的问题,就编成诗歌先流传出去,看看皇帝的反应,再做下一步的打算。他跟历史上那些以死相谏的忠臣不一样,他不在朝堂上硬碰硬,所以不会像司马迁那样遭受阉割之刑，为君王所弃。他用的也不是寻常的武器，而是诗歌。我们自古以来就有采诗的传统，这是庙堂之上的君王了解民间真实情况的途径。汉武帝就曾成立专门的采诗机构"乐府"，这就是乐府诗的由来。白居易将自己的诗称为"新乐府"，可见其用意。虽然身在朝堂，却偏要走民间路线，这是一种了不起的智慧。

当然，他得以善终更得益于他的清廉。白居易做了二十来年官，五十岁才在长安买了一套房子，而且很窄小。他在诗里说："阶庭宽窄才容足，墙壁高低粗及肩。"这实在是辜负了老诗人顾况对他的期待。当年他初到长安，去拜访这位前辈，因名"白居易"遭到了调侃："长安百物皆贵，居大不易。"及至读了他写的"离离原上草，一岁一枯荣。野火烧不尽，春风吹又生"，顾况又改口说："有句如此，居天下亦不难，老夫前言戏之耳。"结果他还是没能在长安混出个样子来，辜负了老诗人的期望。"游宦京都二十春，贫中无处可安贫。"这是他在《卜居》中对自己生活的总结，穷到连安放贫穷的地方都没有，可见其穷。而他的同僚过的都是穷奢极欲的生活："所营唯第宅，所务在追游。朱轮车马客，红烛歌舞楼。"

惯于批评别人的人，若自己行得不正就会招致祸患。对常人而言，批评别人容易，自己做到是很难的。而白居易却能以直立言，以正立身，言行一致，上天自然会护佑他，这大概是他得以善终的最大保障。

白居易好打抱不平到什么地步？有这样一件事：他为后宫的妇女请命，借旱灾赦免之机，上奏请求放还后宫的年老宫人，还写了一首《上阳白发人》，详细描写了宫人寂寞痛苦的一生，真是连皇帝的家务事都不放过。他的讽喻诗大多修辞粗浅，所以后人多传而不诵，唯有这一首，辞藻华美，情感真切，为宫怨诗中的极品：

> 上阳人，红颜暗老白发新。
> 绿衣监使守宫门，一闭上阳多少春。
> 玄宗末岁初选入，入时十六今六十。
> 同时采择百余人，零落年深残此身。
> 忆昔吞悲别亲族，扶入车中不教哭。
> 皆云入内便承恩，脸似芙蓉胸似玉。
> 未容君王得见面，已被杨妃遥侧目。

白居易和王维都擅长用文字来绘画，王维善于线描和构图，比如"大漠孤烟直，长河落日圆"；白居易则善于用色，且看第一句，红颜老去而白发新生，"红"与"白"相映衬，颜色有了,画面就出来了。再虚陪一个"暗"字,收了画面上的浮光,更有了老照片一般的质感。

继而写年岁之深,以"绿"字起"春"字落,好清亮的用色,哪有经年幽闭后宫的悲剧感。再一想,老宫人独立于烂漫春光之中,心满意足地赏花晒太阳,对比之下更有一种难言的凄凉。

接下来回忆入宫时的情形,吞悲噤声,亲族连劝带夸,又是不许哭,又是赞其貌美,必得恩宠云云。这当然是作者的虚构,但字字句句真切得如同亲见亲闻。

妒令潜配上阳宫,一生遂向空房宿。
宿空房,秋夜长,夜长无寐天不明。
耿耿残灯背壁影,萧萧暗雨打窗声。
春日迟,日迟独坐天难暮。
宫莺百啭愁厌闻,梁燕双栖老休妒。
莺归燕去长悄然,春往秋来不记年。
唯向深宫望明月,东西四五百回圆。

"残灯""壁影"是色,"暗雨打窗"是声;"梁燕双栖"是色,"宫莺百啭"是声。有声有色,情便在其中了。又说在宫中"不记年",既然连年头都不记得,又如何记得月亮圆了四五百回？此语不敢细想，稍加一念便有彻骨之冷。所以写文章要入得情理之中，还要出得意料之外。若只在情理之中，容易写成俗套；若一味出奇出新，又容易违背情理。可以弄险求新，但不能离一个真字；可以上天入地，出手时须得一中字；言辞间再存三分木讷，话别说尽，巧别外露，不怕写不出好文章。

今日宫中年最老，大家遥赐尚书号。
小头鞋履窄衣裳，青黛点眉眉细长。
外人不见见应笑，天宝末年时世妆。
上阳人，苦最多。
少亦苦，老亦苦。
少苦老苦两如何。
君不见昔时吕向美人赋，又不见今日上阳白发歌。

前面的"四五百回圆"已经是至真至微之文，哪能想到更有奇文在后头。这个老宫人居然盛装登场了，作者先细致地描写了她的装束，再让她开口说话，说幸亏宫外的人看不到，看到了一定会笑话她，因为还是天宝末年时兴的打扮。既然外人见不到，作者又如何知道？伟大的戏剧家才能塑造出这样的人物形象，白居易若写戏剧一定是个高手，人物造型和台词都太绝了。正是因为这种天才的生活再现能力，同样是虚构的《长恨歌》才成为了爱情诗里的绝唱：

> 汉皇重色思倾国，御宇多年求不得。
> 杨家有女初长成，养在深闺人未识。
> 天生丽质难自弃，一朝选在君王侧。
> 回眸一笑百媚生，六宫粉黛无颜色。
> 春寒赐浴华清池，温泉水滑洗凝脂。
> 侍儿扶起娇无力，始是新承恩泽时。
> 云鬓花颜金步摇，芙蓉帐暖度春宵。
> 春宵苦短日高起，从此君王不早朝。
> 承欢侍宴无闲暇，春从春游夜专夜。
> 后宫佳丽三千人，三千宠爱在一身。

杨贵妃的美貌如何写？就连当面见过的李白都只能虚晃一枪——

> 云想衣裳花想容，春风拂槛露华浓。
> 若非群玉山头见，会向瑶台月下逢。

这是李白写的杨贵妃，玉山、瑶台、花前月下，尽是虚无之词。白居易晚生了几十年，但是他敢写，而且是细致的工笔画。一千多年来，写杨贵妃的诗文不知道多少，大家的印象多从《长恨歌》而来，也只认《长恨歌》为杨贵妃的正传，这是盛唐诗人的失职。

若逐句看来，却又不知道哪里写得好，"回眸一笑""云鬓花颜""芙蓉帐暖""春宵苦短"都是俗套的话，为诗家大忌，若别人写来还不知道无趣到什么地步。这里读来却煌煌耀眼，美得不可方物，可见不是辞藻上的功劳，而是作者的气质使然。所以要想写出好的诗歌，最重要的不是文学技巧，而在于提升内在的气质，所谓文如其人，是做不得假的，这也是唐代以诗歌取士的道理之所在。后人读读古人的诗也是借古人的气质来熏习自己。

唐玄宗思念杨贵妃的一段，是写相思的千古至文：

蜀江水碧蜀山青，圣主朝朝暮暮情。
行宫见月伤心色，夜雨闻铃肠断声。
……
归来池苑皆依旧，太液芙蓉未央柳。
芙蓉如面柳如眉，对此如何不泪垂。

> 春风桃李花开夜，秋雨梧桐叶落时。
> 西宫南苑多秋草，落叶满阶红不扫。
> 梨园弟子白发新，椒房阿监青娥老。
> 夕殿萤飞思悄然，孤灯挑尽未成眠。
> 迟迟钟鼓初长夜，耿耿星河欲曙天。

这种既深沉又荡漾的风情是白居易独有的味道，靠的是声色上的铺排。半句是色，半句是声："行宫见月"是色，"夜雨闻铃"是声；"桃李花开"是色，"秋雨梧桐"是声；"耿耿星河"是色，"迟迟钟鼓"是声。如此间错开来，再缀以蜀山、行宫、池苑、芙蓉、杨柳、春风、衰草、落叶、飞萤、孤灯，以及宫内各色人等，短短几句挤入了如此多的意象，如同一张大网漫天漫地笼罩下来，又字字掩抑，曲尽深情，不实说不道破，只在唏嘘咏叹之中，这样的相思如何挣脱得掉。按说意象太密是诗家一病，会造成音韵上的紧张和混乱，这里读来却顺滑无比，这样的功夫岂止在文字，须得是音乐天才方能如此。

再看"依旧"二字，长安遭遇如此浩劫，宫室尽被洗劫焚毁，皇宫的池苑如何能依旧。可见"依旧"是相对的，是相对贵妃而言。可见玄宗无心于宫室，在他看来，别的皆是依旧，唯有贵妃不再。总之一语之中无限深情。

后人似乎偏爱白居易的音声描写，元代剧作家白朴写了一部杂剧《唐明皇秋夜梧桐雨》，剧名便化自"秋雨梧桐叶落时"，秋雨梧桐后来专指引人愁思的声音。《剑阁闻铃》也是后人常用的题目，京韵大鼓和苏州评弹都有，取自"夜雨闻铃肠断声"。这都是以音声立意，大概是音声打动人比文字要快也要深，所以好的作家都善于用耳朵写作。总之《长恨歌》给了后代文艺家不知道多少灵感，反反复复袭用了一千多年，编来编去，无非是拾这些诗句的牙慧。

《长恨歌》的名声之大自不必说，但白居易本人却不太重视，称此诗是"时之所重，仆之所轻"，他所重视的是讽喻诗和闲适诗。他曾阐明自己的文学立场："洎周衰秦兴，采诗官废，上不以诗补察时政，下不以歌泄导人情。"先秦君王靠诗歌来了解民风以制定政令，又通过推行好的诗歌来感化人心，以正风俗，如此便"上下通而一气泰，忧乐合而百志熙"，这也是《诗经》为六经之首的原因。古人所谓的风雅，风便是民间的诗歌，有自下而上讽劝时政之意；雅者正也，通过诗歌自上而下匡正人心。自秦朝以后，这种诗歌传统就废弃了，所以他决心恢复。

来看白居易的"雅"，也就是闲适诗：

道傍老枯树，枯来非一朝。

> 皮黄外尚活,心黑中先焦。
> 有似多忧者,非因外火烧。
> ——《枯桑》

他写过很多这样的诗,兴之一事,喻之以理,确实有劝世的作用,但因文辞较浅,说教味太浓,或有能教而不能化之弊。何谓以文化人,比如《诗经》开篇的《关雎》:

> 关关雎鸠,在河之洲。
> 窈窕淑女,君子好逑。
> 参差荇菜,左右流之。
> 窈窕淑女,寤寐求之。
> 求之不得,寤寐思服。
> 悠哉悠哉,辗转反侧。
> 参差荇菜,左右采之。
> 窈窕淑女,琴瑟友之。
> 参差荇菜,左右芼之。
> 窈窕淑女,钟鼓乐之。

内容很简单,无非是对两情相悦的描写。先以动物比兴,两性之间首先是生理上的吸引，但又有区别，还有琴瑟钟鼓的交流，这是精神层面的，为人所独有。情侣之间更美好而长久的是心灵上的感通，而不是瞬息即逝的性爱。"钟鼓"为礼器，代指价值观，夫妻之道最重要的是思想境界和认知层次的共同成长，所谓道不同不足与谋。这就为爱情树立了一个典范，欲化天下而先正夫妻。

《诗经》的好处是没什么大道理，一切都在天地之间自然而然地浮现，桑田陌上，或耕或歌，教化便在其间。一个道理随时可能被推翻，潜移默化的习惯却终生难以改变，这大概就是古人认为身教胜过言教、乐教胜过文教的原因。而诗歌兼具乐教和文教的功用，所以历来备受推崇。

以是观之，《长恨歌》里也有教化。"在天愿作比翼鸟，在地愿为连理枝。天长地久有时尽，此恨绵绵无绝期。"一代帝王现身说法，江山社稷能带给人的幸福，远不及一份真实的感情，便能息了世人多少妄心。

万物品类虽繁，究其运势兴衰却为一体，如花树之于春，草木之于秋，乃一气通之。我们左右不了天地，却可以感化人心；人心难以理喻，可召以歌咏。天地间若有正音，自然有正气；有正气才有盛世，此亦为圣贤教化之道。

白居易还写过不少佛道思想的闲适诗：

> 夜沐早梳头，窗明秋镜晓。
> 飒然握中发，一沐知一少。
> 年事渐蹉跎，世缘方缴绕。
> 不学空门法，老病何由了？
> 未得无生心，白头亦为夭。
> ——《早梳头》

洗头梳头本是极平常的事情，作者捕捉到了一个细节，就是握住头发的时候觉得洗一回少一回，由此兴起对生老病死的感慨，然后再说到佛法。从小事说到大道理，从平凡中见伟大。当年在大学学戏剧创作的时候，总喜欢写一些很不常见或者很深刻的故事。老师就批评，说将不平凡的事写得不平凡算什么本事，将平凡的事写得不平凡才是本事。这就需要扎实的观察和再现生活的能力，这是写作的基本功。

白居易在这方面极见功力，比如这一句："君不见：外州客，长安道；一回来，一回老。"道出了人人眼中所有，又是个个口中所无。现在很多人都在外地工作，每年回家见父母大概就是这样的感觉，就连长途汽车站的售票员也是一回见一回老，何况父母？这样的诗在任何时代都不难引起共鸣。

诗中又说"不学空门法，老病何由了"，空门法就是佛法。

生老病死如何解决？用佛法来解决。所谓"无生"心，意思是要安住在不生不灭、不增不减、不垢不净的境界，才能得圆满和解脱。境界足够高的时候，世上的一切是没有分别的，因为凡事有好必有坏。下雨对农夫是好，对赶路的人就是坏；经济不好是坏，人类的消耗因此降低了，对大自然就是好，自然环境好了，对人类是好是坏？世人不能明理，一味依着分别心去执取，这便是欲念和烦恼的根源。而生死亦是一个幻象，万物背后的本质是一个"空"字，如果一味执着于"有"，就会在这个幻相里生生世世轮回。佛法的核心是这些智慧，是让人明白世间真相的智慧。白居易说，如果不明白这些道理，就算活到很大岁数也与夭折没有区别。

再来看其道家思想的闲适诗：

常闻南华经，巧劳智忧愁。
不如无能者，饱食但遨游。
平生爱慕道，今日近此流。
自来浔阳郡，四序忽已周。
不分物黑白，但与时沉浮。
朝餐夕安寝，用是为身谋。
此外即闲放，时寻山水幽。

> 春游慧远寺，秋上庾公楼。
> 或吟诗一章，或饮茶一瓯。
> 身心一无系，浩浩如虚舟。
> 富贵亦有苦，苦在心危忧。
> 贫贱亦有乐，乐在身自由。
> ——《咏意》

前两句出自《庄子》："巧者劳而智者忧，无能者无所求，饱食而遨游，泛若不系之舟。"以舟作寓，说人生如同一条船，却被绳子系住了，绳子就是劳苦和忧愁，而劳苦和忧愁又是内心的机巧和智识导致的，所以还不如那些无能的人，无能则无求，反倒悠游自在。白居易说平时只是羡慕这些道理，如今却真的快做到了，自从贬谪到浔阳这个地方，已经不再去分辨外物的好坏对错，连分辨好坏对错的智识都不一定是好的，何况其余？明白了这一点，也就跟这个世界和解了，就能够顺其自然地"与时沉浮"。白居易又说，眼下也就是吃饭和睡觉这两件事还算是负累吧，其余无非吟诗、饮茶和终日悠游，身心一无挂碍，如同"虚舟"。

"虚舟"这个说法好，一条空船，让生命随时保持空的状态，随时把多余的欲求、烦恼乃至于思想清理出去。如果有人撞上了一条空船会怎样？他不会生气，因为船里没有人驾驶，他只会埋怨自己。所以一个虚空的人很少有敌人，因为他的自我是那么的小，没有人会与他为敌。日常修行最重要的亦是这个"虚"字，而不是那些高明的方法或道理，那些无非是打扫卫生的工具，到时候都是要拿出去的。

中国的文学和艺术都崇尚"虚"的境界，绘画追求"虚"，为写意为留白；诗词追求虚，为意在言外；音乐追求虚，为大音希声；太极追求"虚"，为松为空。于是修行皆在日常之中了，这是我们的文化传统。

其实西方的文化也是崇尚"虚"的，《圣经》里说："虚心的人有福了，因为天国是他们的。"这里说的已经是终极命题了。如果内心不空虚，满脑子都是自以为是的见解，天国的道理你是不会听的，听了也不可能相信。

佛说"空"，道说"虚"，无非名相而已，后面的真理只有一个，从这两首诗来看，在诗人心里没有本质的不同。唐文宗即位后，在麟德殿举行了一场"三教讲论"，年老的白居易作为主持，提出了三教殊途同归的观点："夫儒门、释教，虽名数则有异同，约义立宗，彼此亦无差别。所谓同出而异名，殊途而同归者也。"

白居易的父亲是地方官，应该是个清官，白居易去长安应试时曾感慨自己孤身无援。他是靠苦读出来的，做官也是靠政绩做出来的。他的底色还是儒家，入世的功业足以垂范后世：除了早年做言官时的直谏敢言，任杭州刺史期间，他治理西湖，兴修水利工程，竣工之后，树立石碑，并亲自撰写《钱塘湖石记》，向后任刺史传授治理的经验。离任的时候，他留下自己积余的俸钱充入公库，以备公用之不足，只从天竺山带走了两块石头，"唯向天竺山，取得两片石"，并且在诗中调侃自己："此抵有千金，无乃伤清白？"说此石在自己心中有千金之贵，如此贵重之物，希望不要伤了为官的清白。后人为了纪念他，将西湖上的白沙堤改名为白堤。

任苏州刺史期间，他又主持疏浚开凿了从阊门到虎丘的山塘河，不仅解决了水患，还修了一条游玩虎丘的道路，成就了阊门外千百年来的繁荣，至今仍是苏州著名的景点，游人如织。晚年他还尽施家财，开凿了洛阳龙门的八节石滩，以利舟楫通行。一件事能惠及世人一千多年，是需要极高的智慧和担当才能办到的。他在《与元九书》中说，自己的理想是"穷则独善其身，达则兼济天下"。通观其一生，退可以吟诗抚琴，不问世事；进则敢金刚怒目，对抗权贵；出还能为官一方，造福百姓，的确当得起这句话。晚年从太子少傅的位置上退下来，他便如乡村野老一般专心念佛，念得也比谁都精进，"行也阿弥陀，坐也阿弥陀。假饶忙似箭,不废阿弥陀。"

一个如此有才华有棱角的人,却能处处随顺,时时安住,水里也去得,火里也去得,是很不容易的。相比那些一心苦修和弃世隐居的人,恐怕需要更忘我和更宽广的胸怀。在世途中完善人格,在事功中实现无我,这是儒家的修身方式,是一条更难也更险的路。正如他在诗中所说:"太行之路能摧车,若比人心是坦途。巫峡之水能覆舟,若比人心是安流。"

白居易是位美学家和生活艺术家,且不说他在苏杭留下的美景千年尚存,他还是较早的奇石收藏家和鉴赏家。他写的太湖石诗和《太湖石记》是赏石史上的重要文献,赏石自中唐以后的风行得力于他的倡导。他还是位音乐家,在古琴上造诣很高,写了很多关于古琴的诗,记录了自己对古琴的见解以及唐朝人弹琴的风貌。

尽管白居易在唐代的盛名无人可及,宋朝人却贬白而崇杜。之所以被放到一起来比较,是因为两人都偏爱现实生活的题材,杜甫的文学性是超过白居易的,这一点毋庸置疑。白居易留下的诗文太多了,有三千多篇,里面有大量的平平之作,也尽可以供后人指摘。据说有很多是伪作,也有白居易刻意为之的成分在,他提出"文章合为时而著,歌诗合为事而作",反对为文学而文学。他认为杜甫讽喻时政的诗还是太少,而其余的诗人则千篇一律地陷入抒情和写意的调调里，所以他才要扛起这面大旗。

宋代有一个极其推崇白居易的人——苏轼。"东坡居士"这个号，出处便是白居易在忠州做官期间曾开垦东坡。苏东坡的一生也几乎是白居易的复制：同样是名冠一代的大文学家；同样因言获罪而屡遭贬谪，并于贬谪地写下了一生中最精彩的诗文；同样是到哪座山唱哪支歌的乐观主义者；同样是文艺全才；同样是生活艺术家；都治理过西湖，苏堤和白堤至今如襟带横跨西湖之上；同样是修行爱好者，留下了许多结交僧道的佳话；同样是临老入花丛，有小蛮腰啊朝云啊这样供后人磨牙的典故；同样是将儒释道三家结合得极圆融的人物；甚至同样话多，留下了许多不怎么样的诗文供后人批评。

其实要让宋朝人膜拜白居易也不难，用不着《长恨歌》和《琵琶行》，如此浩荡长歌，需要的肺活量太大，宋朝人不好学，两首小诗就够了，一首是《忆江南》：

江南好，风景旧曾谙。

日出江花红胜火，春来江水绿如蓝。

能不忆江南。

另一首是《问刘十九》:

绿蚁新醅酒,红泥小火炉。
晚来天欲雪,能饮一杯无?

都是生活中熟悉的场景,贴心的小事,这就开了宋代文学的先声了。后一首至今仍是各种媒介引用频率极高的唐诗。

问刘十九

白居易

绿蚁新醅酒,
红泥小火炉。
晚来天欲雪,
能饮一杯无?

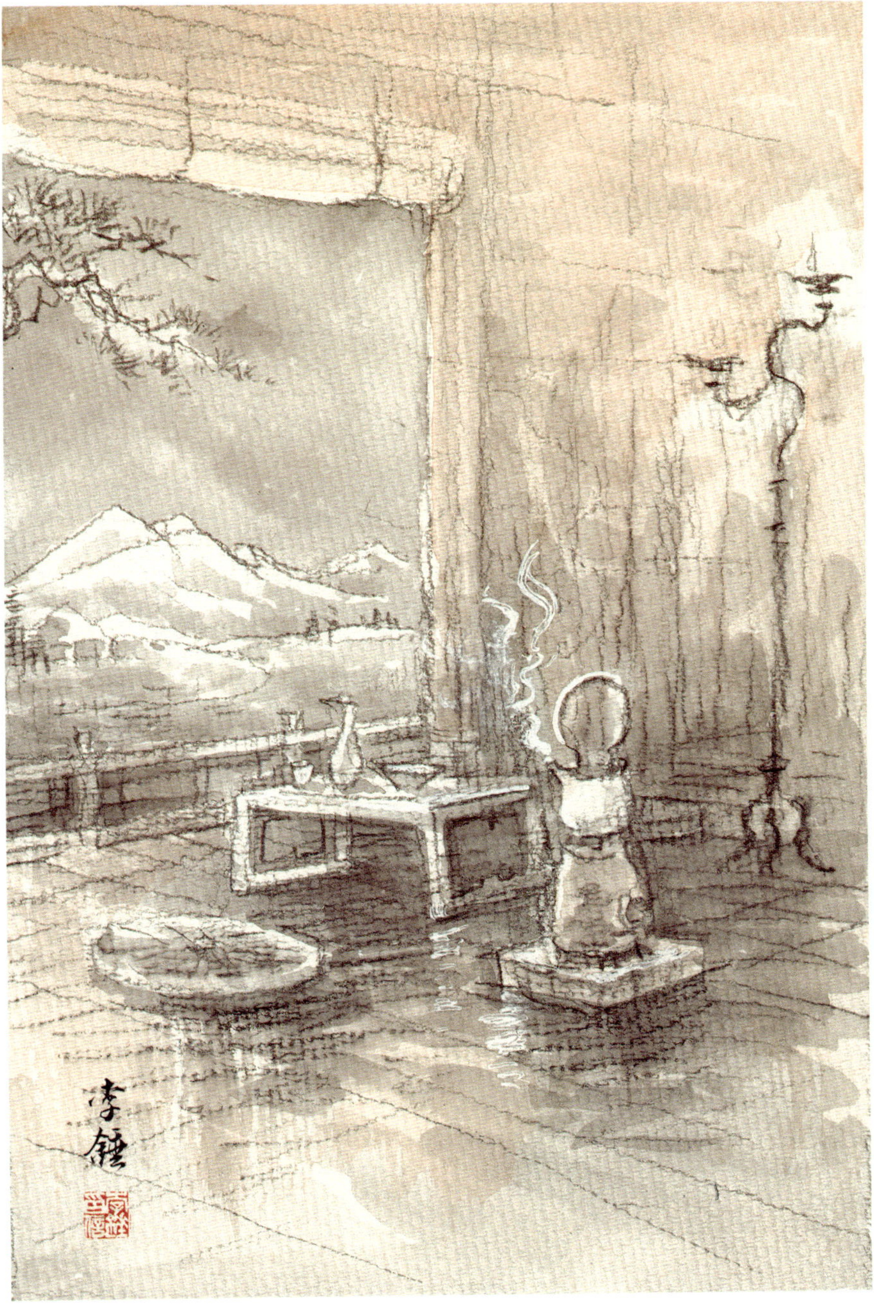

《琵琶行》：感同身受便是慈悲

...

"词穷而后工",这是欧阳修的说法;"天以百凶成就一词人",这是王国维的说法。如果要历尽劫难,以至于穷途末路才能写出好的诗文,这是不宜提倡的,不人道,这样的人也不值得后人追捧效仿。可现实中又常常如此,很多流传千古的诗篇是诗人在贬谪生涯中写出来的。

白居易在《咏意》里为这种现象做了注解:"平生爱慕道,今日近此流。"说自己平日喜爱求道,却求而不得,如今贬谪到浔阳,有了大量属于自己的时间,生命状态才越来越接近道的境界。在逆境之中能反求诸己,提升生命的境界,因此写出更好的诗文,这也是"词穷而后工"的一种说法。《琵琶行》便是白居易在贬谪地浔阳创作出来的:

浔阳江头夜送客,枫叶荻花秋瑟瑟。

白居易学老杜,以日常琐事入诗,却被诟病为浅俗,老杜则被奉为高深。诗不是文,又能高深到哪里去?究其实是老杜写诗不肯如此老实。这个场景若老杜操刀,或许会是这样:"荻花乱卷青衫空,浔阳江头客入风。"必定是浓烈而兀然的,写夜不肯有夜字,写秋不肯有秋字,写客也不先出客,偏要一字而作多用,青衫空空荡荡既是秋凉也是心绪。但白居易也有一个好处，就是一听便能懂，易于传唱，《琵琶行》在唐代便风行一时，据说连西域来的胡人，哪怕会不了几句汉文的，都能唱诵。

> 主人下马客在船，举酒欲饮无管弦。
> 醉不成欢惨将别，别时茫茫江浸月。

白居易此时刚遭遇了人生中最大的一次政治灾难，被贬谪到浔阳，这位客人大概也是自长安来的人，还不适应迁客谪人的生活，不然怎么会没有奏乐就喝不好酒呢？酒没喝好那就走吧，此时大家的心情如何？白居易用了一个"浸"字，月亮浸泡在江水里，此字得神，月有了，心也有了。

> 忽闻水上琵琶声，主人忘归客不发。
> 寻声暗问弹者谁，琵琶声停欲语迟。

这首诗前面说浔阳这个地方太偏僻了，根本没有音乐。既然此地无音乐，怎么水上会传来琵琶声？这个声音起得突然，原来一大段前文就是为出此一声而设。

老杜哪怕写盛世转入乱世这样的宏大场面，也是一字见真章，比如《忆昔》里的"百余年间未灾变"，一个"未"字便收尽了一个时代，也开启了一个时代，这是老杜的笔力。到了白居易这一辈诗人的手里，力量已明显不及，此处仅一个小小的转折也要费上一大段文字了。

说琵琶声一出，大家都听进去了，客人忘了出发，主人忘了回家。"暗问"是谁在弹？这个"暗"字细密，这个琵琶女是在另一条船上，又是晚上，双方都看不见，所以才是"暗"问。

"琵琶声停欲语迟。"——既然看不见，怎么能知道她想说话，又迟迟没说话？可见是个心手合一的乐手，这点心思已经流露在了琵琶声停歇的煞尾里。亦可见白居易辨音识意之精微——人还未见，神意已通，这是好乐手遇上了好听众，接下来才是正式邀约见面。

> 移船相近邀相见，添酒回灯重开宴。
> 千呼万唤始出来，犹抱琵琶半遮面。

他们将船靠了过去，邀请琵琶女上船，又添酒点灯，重开了一桌宴席。可是这个琵琶女迟迟不露面，直至千呼万唤才肯出来，还用琵琶半遮着脸。传唤她的好歹也是当地的官员，一个船上卖唱的歌女何至于此？这个做派后来被那些唱戏的角们学了去，小姐登场必定要台上插科打诨铺垫足了，然后三请四催还不上来，先在后台露一嗓子，再慢悠悠地用袖子挡着脸走上来，袖子还未放下，满堂已嗷嗷叫好。若一打开幕布便看见了，必定没有这个碰头彩。可见最美的东西只能是在想象之中，好的艺术家懂得激发观众的想象，不好的艺术家自己去表现美，做过了头必定要被砸鸡蛋。

"犹抱琵琶半遮面"如今已经是一句经典的美学用语，讲的是东方式的含蓄。西方人似乎不大懂含蓄，他们画的人体直白到都不穿衣服。其实不穿衣服也有想象，你就会一直想象她穿衣服的样子，本质上难说不是另一种含蓄。

能代表中国诗歌之含蓄的还有一首："蒹葭苍苍，白露为霜。所谓伊人，在水一方。"芦苇、白露、寒霜都有了，氛围做足了，隔河相望却望不见，心上人就是不登场，可谓含蓄到了极致。这是几千年来被认为写心上人写得最好的一首诗。

白居易在《长恨歌》里写杨贵妃是何等恢宏大气，"后宫佳丽三千人，三千宠爱在一身"。可写到贵妃容貌的时候，也只有含蓄一法，"回眸一笑百媚生，六宫粉黛无颜色"，只说"回眸一笑"，太平常的描写了，似乎小学生都会，一千多年来，读者却接受了、相信了，究其魔力无非是惊鸿一瞥，若写过了头如何艳压六宫？

> 转轴拨弦三两声，未成曲调先有情。

　　这两句不仅能看出弹得高明，写的人也必定是个玩乐器的高手，不然怎么能叙述得如此精准。中央戏剧学院的徐晓钟院长曾经说过，戏未开场，场灯渐渐熄灭，大幕徐徐拉开的速度就要带着戏里的情绪，这才是讲究。这个琵琶女也深谙此道，还在调弦的时候，零星的几声，她的情感已经在里面了。

> 弦弦掩抑声声思，似诉平生不得志。
> 低眉信手续续弹，说尽心中无限事。

　　有一位老琴家说，要用抚摸恋人脸颊的感觉去弹琴。这个说法好，此时你何曾想过手如何抚摸，你只是满心里有爱。此时的琵琶女也是这样，她只是有满怀的心事，一腔的幽情，手无非是自然而然跟着动而已，所以听起来才是信手而弹，甚至断断续续。何谓断续？最妙的音乐是在一声已断、一声未来的空处，这一刻需要演奏者身心的高度合一，这已是修行的功夫了。

> 轻拢慢捻抹复挑，初为霓裳后六幺。
> 大弦嘈嘈如急雨，小弦切切如私语。

> 嘈嘈切切错杂弹，大珠小珠落玉盘。
> 间关莺语花底滑，幽咽泉流冰下难。

果然是个中老手，虽说还未演奏便先有了情，但只是下了个钩子，知道钩住了，就不急于表达感情了，她只管轻轻地慢慢地弹，不着急带你进去。等火候到了，这才一声急似一声——大弦如急雨；急中又有慢——小弦如私语，节奏尽在她的掌控之中。

至于指下的声音，连用了三个比喻：珠落玉盘，花底莺语，泉流冰下——按说这些字眼也都是从诗里抠出来的，且更凝练，却美感大减，其中所失去的不仅仅是意义，还有音乐的部分。首先，七个字天然带着更多的曲折顿挫感，这是节奏之美；加之"大""小"形容声音之轻重，"间关"形容声音之远近，"幽咽"形容声音之情状，细细领会，便如闻此声了。

> 冰泉冷涩弦凝绝，凝绝不通声渐歇。
> 别有幽愁暗恨生，此时无声胜有声。

泉冷、弦涩、声凝，一路低回而下，然后暂时停顿——无声之处是留给听众的，好的艺术从来就是启发，而非灌输。果然，

"幽愁暗恨"悄然而起。所谓"幽""暗",又非寻常的愁恨可比,如潜水底,如坐云端。既然将听众送上了云端,便该松手让他飞一会儿,此所谓无声胜有声。

> 银瓶乍破水浆迸,铁骑突出刀枪鸣。
> 曲终收拨当心画,四弦一声如裂帛。
> 东船西舫悄无言,唯见江心秋月白。

陡然再起,只听得如金戈铁马,又仿佛瓶破水迸——还未能听个明白,只见琵琶女用力一划,声如裂帛,一把收尽——远近船只,悄无声息,只有江心映着一轮秋月。

此曲之前是"江浸月",月亮泡在江水里,可见其寡寒;如今一曲结束是"江心秋月白",已浮出水面大放光明。

> 沉吟放拨插弦中,整顿衣裳起敛容。

曲虽终而意未尽,尽在"沉吟"二字之中;沉吟少时方才放拨插弦,继而整理衣裳,敛容起身,真是一丝不乱。果然好手段,既有大家风范,又曲尽妾妇之道。不知此琵琶女是何来头,为何出现在浔阳这么个地方?席中之人当有此问,下面便是她自述身世。

> 自言本是京城女,家在虾蟆陵下住。
> 十三学得琵琶成,名属教坊第一部。

原来也是从京城来的。虾蟆陵又称"下马陵",这个地名至今还在,就在西安的和平门附近。据《新唐书》记载:"开元二年,(玄宗)又置内教坊于蓬莱宫侧……京都置左右教坊,掌俳优杂技。"当时宫内宫外皆有教坊,是官方教习歌舞杂技的地方。这个琵琶女当是外教坊里的官妓,名气还不小,自称"第一部"。

> 曲罢曾教善才伏,妆成每被秋娘妒。
> 五陵年少争缠头,一曲红绡不知数。
> 钿头银篦击节碎,血色罗裙翻酒污。
> 今年欢笑复明年,秋月春风等闲度。

写才高貌美,风头无双,无非自夸之词,并不难写,能让读者身临其境,如同亲见亲闻才是难事。当年长安的欢场生涯又如何能一语形诸笔端?作者只用了两个细节:贵重的首饰用来击打节奏，打翻的酒泼在了血红色的罗裙上。果然高明，芥子之小便写出了须弥之大。单一个"血色罗裙"，用色之刺激，加之酒污，红上加红，便活现了一个欢场。

"今年欢笑复明年"里面只有时光，没有心；再看"秋月春风等闲度"，"等闲"二字看似等闲，里面却长出了一颗心，这个时光就有了况味了。

唐代写欢场的诗不少，若作个类比：初唐的"鸦黄粉白车中出，含娇含态情非一。妖童宝马铁连钱，娼妇盘龙金屈膝"（卢照邻《长安古意》）失之于浮浪；中唐的"春娇满眼睡红绡，掠削云鬟旋装束"（元稹《连昌宫词》）失之于浅俗；晚唐的"隔座送钩春酒暖，分曹射覆蜡灯红"（李商隐《无题》）失之于意深。唯有白居易这几句，虽浅不俗，声色皆美，且情真意切，唱来朗朗上口，所以在唐代便是传颂极广的名篇。

弟走从军阿姨死，暮去朝来颜色故。
门前冷落车马稀，老大嫁作商人妇。

以诗说事，最容易写得不像诗，在叙事诗里不写不行，写又不讨好。唯有这里写成了流传千古的口头语，这是白乐天的独得之秘。得力于对世态人情的高度概括，寥寥几笔，既道尽琵琶女的半生遭际，又写尽了倡优之流的共同命运。

> 商人重利轻别离，前月浮梁买茶去。
> 去来江口守空船，绕船月明江水寒。
> 夜深忽梦少年事，梦啼妆泪红阑干。

丈夫出门经商，经常剩下她一个人，说是船空水寒，寻常写法月色一定是凄凉昏黄方才应景，这里却偏偏说的是"月明"，而且围绕在船的四周，处处可见。这哪里是写月亮，明明写的是心，无比清醒地受着苦，倒不如懵懂一些的好。又说梦里哭醒了，梦到了什么没说，只说是"少年事"，平生心事一语带过，此三字里不知藏着多少风情。论笔底的风情、情思之细腻，白居易在唐代罕有敌手，就连与他唱和最多，以写艳词著称的元稹也不及。

> 我闻琵琶已叹息，又闻此语重唧唧。
> 同是天涯沦落人，相逢何必曾相识。

后两句是千古名句，亦是通篇之关键。他和琵琶女的身份如此悬殊，却高调地引为同类，除了沦落到这么个鬼地方，哪里相同？也许在白乐天的心里做官和做倡优是一样的，都要逢场作戏。他就是太爱讲真话，写了太多讽刺当权者的诗，诗名又大，凡出一篇都能流传天下，连皇帝都喜欢读，才积下今日之祸。他的讽喻诗极力写百姓之苦，忘记了自己是一位官员，随时有可能遭到同僚的反噬。他似乎从来不关心身份这回事，只关心每一个生命本身，只关心那些人类共通的东西，比如漂泊，比如孤独，比如音乐。此刻，仅仅是一首琵琶曲，又听了陌生人的几句倾诉，便感动得简直无话不说。他太性情了，才会对一个歌伎说出"同是天涯沦落人，相逢何必曾相识"这样的话。一般官员在这种场合，哪怕再感动，也就是默然思索，最多简单地夸两句，白居易的这句话却是恨不得掏出所有的真心，所以比多少伟大的作品都要实实在在地感动人。——大概是因为琵琶女讲了自己的身世，他也将自己的经历和盘托出：

我从去年辞帝京，谪居卧病浔阳城。
浔阳地僻无音乐，终岁不闻丝竹声。
住近湓江地低湿，黄芦苦竹绕宅生。
其间旦暮闻何物，杜鹃啼血猿哀鸣。
春江花朝秋月夜，往往取酒还独倾。
岂无山歌与村笛，呕哑嘲哳难为听。

> 今夜闻君琵琶语，如听仙乐耳暂明。
> 莫辞更坐弹一曲，为君翻作琵琶行。

这些话是绝对不可以在公开场合说的，一个贬谪的官员，不说悔过自新，好好效力，还发牢骚，本身就是忌讳。白居易的罪名之一是母亲因赏花坠井而死，而他却还写了有关"赏花"及"新井"的诗，这是赤裸裸的罗织附会，可见有太多的人等着从他的言行里挑错。他才不管，在他看来，这些话此刻不得不说，不但要说，还要写诗相赠，理由无他，只关乎两个陌生人之间的真心。

俗话说："口中言少，自然祸少；腹中食少，自然病少；心中欲少，自然忧少。"白居易笃信佛法，少食少欲大约是不难做到的，只是说了太多在别人看来绝不能说，亦不敢说，也实无必要说的话，所以也就吃了太多实无必要吃的亏。

> 感我此言良久立，却坐促弦弦转急。
> 凄凄不似向前声，满座重闻皆掩泣。
> 座中泣下谁最多？江州司马青衫湿。

琵琶女当年在京都也是名重教坊的红人，见过的达官显贵一定不少,估计没见过性情这么真率的。诗里写她听了白居易的话久久地站在那里,只是站着。就这一个动作,胜过多少言辞。然后才又坐下来演奏。说是和刚才弹得不一样了,如何不一样,只用了"急"和"凄凄"两个词。前文洋洋洒洒,极尽辞藻地写音声,这里却如此简短,可见演奏得更简单了,情深时套路和章法就少了,反而更见深情。白居易的诗亦是情深时词少,情浅时反而词多。

能让一个官员和一个歌女的内心如此共通,也许只有音乐和诗歌。人类有太多的隔阂,生活习惯、文化背景都不相同,至亲之人亦是至疏,甚至同床异梦,但是我们有人人传唱的歌曲,有流传千年的诗歌,只有在音乐和诗歌里我们能最大程度地消除隔阂,进而产生同理心,让人类的心能连在一起。这大概就是文艺最大的价值,也是文艺家应该有的胸怀。

苏东坡贬谪到黄州写了大量优秀的诗文,其中最负盛名的是《赤壁赋》,他在文章里倡导了一种逍遥自在、超然物外的人生态度:"纵一苇之所如,凌万顷之茫然。浩浩乎如冯虚御风,而不知其所止;飘飘乎如遗世独立,羽化而登仙。"同样是创作于贬谪地的千古名篇《琵琶行》,白居易只写了一个人对另一个人的理解,说得再冠冕堂皇些,也不过是两个生命个体之间片刻的心灵交融。这也许是更伟大的,感同身受便是慈悲。

我们总是不吝惜宽广而虚幻的爱，但对于真实的个体我们常常是冷漠的。

九

中唐诗之传奇

这不是一个诗意的时代

一场浩劫将唐代的历史折成了两半，从此进入下半场，这就是安史之乱。对于盛唐的人来说，变乱似乎是突然发生的。盛世里的人看不到危机，他们的眼睛长在天上，习惯于俯瞰——"三千初击浪，九万欲抟空。"（唐玄宗）"孤帆远影碧空尽，唯见长江天际流。"（李白）飞得太高了，就看不到生活的细节，所以盛唐的诗歌高情多，俗情少。

进入中唐，想写好诗就困难了，因为从《诗经》《楚辞》到魏晋，再到盛唐，好诗似乎都让前人写完了，恋爱不是"关关雎鸠"就是"一日不见，如三月兮"，喝酒时不是"天生我材必有用"就是"与尔同销万古愁"，出口都是别人的话，怎么写都像是抄袭，再激情又能如何？这是件令人沮丧的事情。况且这也不是一个诗意的时代，内乱不息，边庭不宁，自然灾害也变多了，流离成为了常态，活着都艰难。但中唐人善于写故事，此时的人关心俗世，于是奇奇怪怪的事也变多了。小说在此时得以发展，戏剧也开始萌芽，唐传奇里大量优秀的篇章都创作于这个时期。诗歌的特色则是以文入诗，多诗文俱佳的文人，比如韩愈、柳宗元，都是大诗人，也位列古文的唐宋八大家。最善于用诗歌说故事的则是白居易，《长恨歌》作为长篇叙事诗，除了情爱描写外，说故事的部分也非常精彩：

后宫佳丽三千人，三千宠爱在一身。
金屋妆成娇侍夜，玉楼宴罢醉和春。
姊妹弟兄皆列土，可怜光彩生门户。
遂令天下父母心，不重生男重生女。
骊宫高处入青云，仙乐风飘处处闻。
缓歌慢舞凝丝竹，尽日君王看不足。
渔阳鼙鼓动地来，惊破霓裳羽衣曲。

这一段不足百字,却将贵妃受宠,家族蒙荫,帝妃行乐,人心变乱,动乱之始全写了进去。第一句就概括力惊人,以"三千"写后宫,玄宗之奢淫有了,宫室之庞大富丽也有了。三千之于一人,贵妃之受宠已无须再加一字。接着是封疆裂土,门户生光,骊宫、青云,层层铺排上去,百丈高塔已经入云,只见塔顶电光一闪——"遂令天下父母心,不重生男重生女。"一声炸雷惊醒世人。千百年来,何曾见过重女轻男这样的话头,竟是因一人得宠,搅乱了天下人之心。人心乱则天下乱,果然,短短几年后,此话又被重提:

信知生男恶,反是生女好。
生女犹得嫁比邻,生男埋没随百草。

这是杜甫的《兵车行》,写于安史之乱初期,男子尽皆战死,逼得民间又起重女轻男之风。两下对照,便可于草蛇灰线之中得见历史的真实。

"渔阳鼙鼓动地来,惊破霓裳羽衣曲"一语三关:既指安禄山起兵于渔阳,又隐写了他甘做弄臣上位之事,还讽喻了玄宗因纵欲享乐酿成祸端。安禄山会跳胡旋舞,又擅长击鼓,见宠于贵妃,做了贵妃的养子。贵妃后来也因这个养子丧命。

> 九重城阙烟尘生，千乘万骑西南行。
> 翠华摇摇行复止，西出都门百余里。
> 六军不发无奈何，宛转蛾眉马前死。
> 花钿委地无人收，翠翘金雀玉搔头。
> 君王掩面救不得，回看血泪相和流。

安禄山迅速攻破潼关，长安危在旦夕，玄宗仓皇逃往蜀地。如此大的变故如何写？若前因后果交代一番，妨碍诗意；若不交代，又不合文理。这种地方最见功力，却费力不讨好，难以博个碰头彩，读者只会为"温泉水滑洗凝脂，侍儿扶起娇无力"这样的声色排场叫好。

"岂闻一绢直万钱"，这是杜甫写灾变，他擅长宏伟叙事，便从小处下笔，为后面的挥霍留下地步；白居易擅长的是细节，出手反而阔绰——"九重城阙烟尘生，千乘万骑西南行。"好大的阵势，长安城烟尘滚滚，遮天蔽日中隐隐可见千乘万骑奔西南而去。

"翠华"二字本来指的是皇帝龙旗上的图案，又能联想起宫人头上的珠翠。"摇摇行复止"，这哪是仪仗队，明明是那些不习惯跋涉的宫人，肥白的身躯伏在马上，摇摇欲坠，走走停停。写叙事诗，须得有这样一手写二胰的本事才不啰唆。

出城没多远，军队哗变，要求惩办祸首。宰相杨国忠被杀，韩国夫人、秦国夫人也一并伏诛。随后，将士们将玄宗的住处团团围住，要求处死杨玉环，因为她是杨国忠的远亲，众人怕她秋后算账。玄宗此时自身难保，只得依从。如此复杂的故事，只用了一句"六军不发无奈何"，"奈何"二字说尽了多少人多少事。

接着便写贵妃的死——"宛转蛾眉马前死"，若美人之美是最难写的，那美人之死简直是不可写的，历史上的四大美人有两个死于非命，却没有写此能被记住的名句。白居易大概也犯难，只好将"六军不发"这样的大阵仗放在前面，趁乱将贵妃之死用"宛转蛾眉"轻轻带过。即便如此，此语因气场不够历来多被诟病。在没有更好的方案之前，不失为一个有效的描写，因为写的是印象，所谓"宛转蛾眉"可以理解为只看见一抹蛾眉在眼前一晃，贵妃便死在了马前。据记载贵妃是被缢死的，这个过程应该比较长，身边的人一定是不忍看不忍闻。幸而是从细微处入手，才惊险过关。

贵妃死后的情形如何？还是细节：花钿、翠翘、金雀、玉搔头……将镜头对准了一些散落在地上的钗环。贵妃死时三十八岁，玄宗已年逾七十，两鬓斑白，颤颤巍巍——这些惯常的辞藻都没有，只是"掩面"和"回看"而已。话虽平常，细想却残忍至极,原来方才的"宛转蛾眉"是落入了玄宗眼中。

为了完成如此高难度的叙事,白居易的手法很像蒙太奇,一路写来都是画面,绝少主观叙述,且全景和特写交错进行。九重城阙、千乘万骑、六军不发是全景,余下的都是特写。简直是史诗片的分镜头剧本。虽说事隔五十年,当时的亲历者应该还有在世的,又是大家喜闻乐见的往事,难说不是真实情形。

> 黄埃散漫风萧索,云栈萦纡登剑阁。
> 峨眉山下少人行,旌旗无光日色薄。

所谓景语即情语。还是这条蜀道,在王维的眼中是松石流水,在李白眼中是雄奇天险,而在此时的皇帝眼中却如此凄凉,黄沙漫天,寒风萧索,连金绣闪闪的旌旗都暗淡无光。

当中唐的诗人将目光聚焦到现实世界,元和体便出现了。这是白居易和元稹开创的新诗体,笔调浅显通俗,善于描写风物人情。所谓"诗到元和体变新",一时间天下竞相效仿。元稹也是一个讲故事的高手,他是白居易的挚友,二人酬答唱和之作甚多。《连昌宫词》写的也是明皇旧事,只因有《长恨歌》在,少有人关注此诗。在宫词上与白居易一较高下,元稹未必就输,一首《行宫》足矣:

寥落古行宫，宫花寂寞红。
白头宫女在，闲坐说玄宗。

"寥落"对"闲坐"，"头白"对"花红"，再以"说玄宗"作结，寥寥几语，便抵得上一部《长恨歌》。

几人识得一个"中"字

元稹和白居易的友谊是千古佳话，《唐才子传》里记载："微之与白乐天最密，虽骨肉未至，爱慕之情，可欺金石，千里神交，若合符契，唱和之多，无逾二公者。"说二人虽不是骨肉，但感情比金石还坚，虽远隔千里，但精神之契合，没有比得上他们的。元和体的缘起便是二人的酬唱之作。听说白居易贬到江州，元稹写了这样一首诗：

残灯无焰影幢幢，此夕闻君谪九江。

> 垂死病中惊坐起，暗风吹雨入寒窗。
> ——《闻乐天授江州司马》

元稹听说白居易贬到了九江，便"垂死病中惊坐起"，如此之情重，至亲骨肉也不过如此。这首诗全靠这一句，这一句全靠"惊坐起"这个动作。写文章的诀窍是少用形容词，多用动词。形容词是想见，动词是看见；形容词是主观，动词是客观。虚饰的永远比不过真实的。尤其是叙事文学，动作写得好才有嚼劲，哪怕难写如贵妃，"侍儿扶起娇无力"，一个动作便如在眼前了。

自古文人相轻，同行相忌，元白二人却是例外。元稹去世后，白居易撰写墓志铭，家人送来六七十万钱物作为"谢文之贽"，白居易本可以不受，却还是收下了，将这笔钱捐给了香山寺，将破旧的寺庙重新修葺。白居易是佛教徒，其中的情意可以想见。香山寺至今仍香火兴盛。后来白居易又和刘禹锡成为亲密的诗友，有《刘白唱和集》传世，可见元白之情不是个例，是那一代诗人的集体品性。

元稹创作了一篇传奇《莺莺传》，后来被元代的王实甫改编成《西厢记》，号称元曲之冠。写的是张生对崔莺莺始乱终弃的故事。世人认为这个故事是取材于元稹的一次艳遇，元稹也就成了著名的负心汉。

类似的劣迹元稹是有过的。元和四年，三十一岁的元稹以监察御史的身份出使蜀地，与年过四十的才女薛涛相恋，虽然二人在一起的时间才几个月，却情比火炽。此后薛涛心寄鸿雁，据说著名的薛涛笺就是专为给元稹写情诗而制，是一种桃红色的精巧窄笺。来看其中的一首——

花开不同赏，花落不同悲。
欲问相思处，花开花落时。
——《春望词·其一》

幸亏他们没有成为老夫老妻，花开花落，谁能天天陪着你同赏同悲，赏过悲过，留着这份美好终老，省了多少烦恼。元稹一去不回，薛涛也一袭道袍了此余生。他到底是重情之人还是薄情之人，很难讲，观其悼念亡妻的诗，情意之深，少有人及：

昔日戏言身后事，今朝都到眼前来。
衣裳已施行看尽，针线犹存未忍开。
尚想旧情怜婢仆，也曾因梦送钱财。
诚知此恨人人有，贫贱夫妻百事哀。
——《遣悲怀三首·其二》

何谓"戏言身后事"？夫妻之间于情真意笃之时，不免会说到一方去世后，另一方如何周全的问题。元稹说，只是没想到世事如此无常，戏言很快就成了真。你的衣裳已经快施舍完了，只是用过的针线还在，不忍心打开看。因念及旧情而格外善待你的婢仆，也曾因梦给你烧去钱财。知道这种痛苦人人难免，只是我们当初是共患难的贫贱夫妻，如今回想起来更觉得百事皆哀。

"贫贱夫妻百事哀"如今已是口头语，被理解成没有钱的夫妻百事皆哀。此话不通，富贵人家鸡飞狗跳、日日哀嚎的多了。都说男人不能有钱，有了钱就变坏，贫贱夫妻恩爱和美的也不在少数。元稹的原意当是：想起当初与你过的贫穷日子，如今我过得再好也百事皆哀。

这组诗有三首，第三首的尾联尤不忍看："惟将终夜长开眼，报答平生未展眉。"想起那些忧患的日子，你的眉头就没有舒展过，如今我只能彻夜睁着眼睛想你，以此来作为报答。如此之悲，又如此之暖，谁能抵挡？这就能理解为什么连薛涛这样的大才女也中了圈套。

曾经沧海难为水，除却巫山不是云。
取次花丛懒回顾，半缘修道半缘君。
——《离思五首·其四》

这也是元稹悼念亡妻的诗：经历了沧海，别的水就都不是水了；见过巫山的云，别的云也都不是云了。如此的赞美，正因为是写给亡妻的才格外动人，如今多用来糊弄活人。"取次花丛懒回顾"，再多的美女我也懒得看一眼，一半是因为要修道，一半是因为曾经和你的一段姻缘。话说到这个境地，大唐最会表白的男人非他莫属了。但未必是真话，元稹后来艳事甚多，影响较大的除了薛涛之外，还与一个叫刘采春的当红歌伎闹得沸沸扬扬。元稹也毫不掩饰，说"诗才虽不如涛，但容貌佚丽，非涛所能比也"。这段感情据说保持了七年，终究容貌的保鲜期比才华长。刘采春是创作型歌手，她创作的歌曲名叫《啰唝曲》，又名《望夫歌》，当时极为流行，尤其是在江南商贾之地，离人思妇闻之莫不下泪——

> 不喜秦淮水，生憎江上船。
> 载儿夫婿去，经岁又经年。
> ——《望夫歌·其一》

> 莫作商人妇，金钗当卜钱。
> 朝朝江口望，错认几人船。
> ——《望夫歌·其三》

"不喜""生憎"都是小女儿声口，金钗占卜更是真实的闺中情态。清代学者管世铭评此诗："或天真烂漫，或寄意深微，虽使王维、李白为之，未能远过。"

元稹和刘采春的感情也是无疾而终，据说刘采春因此隐退了，也有说是投水自尽了。元稹的妻子去世早，况且才子之风流也是常事，世人之所以多有诟病，大概是薛涛、刘采春之辈名气太大，也因元稹的悼亡诗写得太动人，便有了好男人的人设，况且"半缘修道半缘君"这样的高调也是他自己唱的，最后不能自圆，便更遭世人唾骂。

唐代有四大女诗人之说：李冶、薛涛、刘采春、鱼玄机。其中有两位与元稹有染，不得不佩服其魅力。李冶十一岁被父母送到玉真观出家为女道士，却以风流著称，曾因诗才被宣召入宫，后因亲附叛将而被乱棍扑杀。她有一首奇作《八至》：

至近至远东西，至深至浅清溪。
至高至明日月，至亲至疏夫妻。

此诗说浅，平白如话；说深，可谓道尽世间。尤其"至亲至疏夫妻"一语至真又至奇。岂止夫妻，人性莫不如此，业风如钟摆，到了一个极端，也就为摆向另一个极端积蓄了力量。

期望多高,失望就有多大,越是亲热的夫妻,分了手多老死不相往来。元稹之事便是印证,世人有多感动于你的痴情,就有多痛恨你的负心。"易涨易退山溪水,易反易复小人心。"几人识得一个"中"字,不是中立,那叫是非不明。此心能停止摇摆,止于当下,便是清净,便是中道。

　　有趣的是,这四大女诗人,除了刘采春,都是女道士。唐代连皇室都有送女子修道的风气,玄宗想娶儿媳杨玉环,也是先让她入了道门,才娶进宫中的,可见此风之盛。鱼玄机有诗云:"易求无价宝,难得有情郎。"有了女道士的身份,更方便在社会上行走,她们公然当交际花,公然追求男性,这是唐代的奇景。

天才常有，伯乐难有

韩愈号称"百代文宗"，诗风亦诗亦文，佶屈聱牙时如响当当的一粒铜豌豆，咬不动也砸不烂，又有腾蛟起凤一格，极尽雅奥。比如《石鼓歌》，开口便是黄钟大吕之声：

> 张生手持石鼓文，劝我试作石鼓歌。
> 少陵无人谪仙死，才薄将奈石鼓何。
> 周纲陵迟四海沸，宣王愤起挥天戈。
> 大开明堂受朝贺，诸侯剑佩鸣相磨。

> 蒐于岐阳骋雄俊，万里禽兽皆遮罗。
> 镌功勒成告万世，凿石作鼓隳嵯峨。

这是一首呼吁当局保护文物的诗。由于朝中众臣疏于见识，周宣王时代（一说秦代）的石鼓并没有引起重视，于是韩愈写了这首诗大发议论。诗中说，张籍（据《全唐诗》校"生即籍"）拿着石鼓文的拓本来请我写一首诗，杜甫、李白这样的天才都已经作古，我才力如此浅薄，只怕也无可奈何。当初周室衰微，四海不宁，周宣王挥舞天戈愤起平定，于是大开明堂接受四方诸侯的朝贺。诸侯的佩剑依然铮铮作响，但周宣王英武雄俊，万里之内的禽兽尽入罗网。为了将功业传于万世，便凿毁山石做石鼓，镌文于其上。

这样的诗才学风范自不必说，难得的是里面还有真性情。虽为牢骚之作，哪有一言无理无据？哪有一笔逸出法度之外？"将军魏武之子孙，于今为庶为清门。英雄割据虽已矣，文采风流今尚存。"当年老杜也是这样唱歌的，一甲子过去了，再能唱出这样腔板的只有韩公。老杜若能听到，只怕也要礼敬三分。

继而写石鼓千年来遭遇之坎坷，落入今世反遭遗弃——

> 牧童敲火牛砺角，谁复著手为摩挲。

> 日销月铄就埋没，六年西顾空吟哦。

牧童在石鼓上敲击取火，牛在上面磨角。上面的文字日复一日地磨损湮没，六年来我也只能向西遥望空自嗟叹。

> 羲之俗书趁姿媚，数纸尚可博白鹅。
> 继周八代争战罢，无人收拾理则那。
> 方今太平日无事，柄任儒术崇丘轲。
> 安能以此上论列，愿借辩口如悬河。
> 石鼓之歌止于此，呜呼吾意其蹉跎。

石鼓上古雅的文字自周代以后无人问津，倒是王羲之那种风姿妩媚的俗书，人人都说好，连白鹅都能换来。如今是太平之世，皇帝尊崇儒术，这样的事情应该重视才对，怎么才能向皇帝建议？又去哪里借来口若悬河的辩才？石鼓歌写到这里就结束吧，我的苦心看来也只能白费了。

之所以节选此长诗详说其意，是因为韩愈一生的追求和遭际尽在此诗中。他是儒家的忠实追随者，当初不惧逆龙鳞，上书反对迎佛骨之事，差点被宪宗处死，后贬至八千里外的潮州。孔子的理想是恢复周礼，所以此周代的石鼓在韩愈心中意义之重，不仅仅是件文物。

韩愈发起的古文运动，复的也是先秦之古。他的盟友中成就最高的是柳宗元。可惜自韩柳之后，文风又渐渐回归于华丽的骈文，直到宋代的欧阳修重振此旗，又有三苏、曾巩、王安石诸人合力。后世统称为唐宋八大家。

在诗歌上，韩愈推崇的是李杜，在《调张籍》中有议论——

> 李杜文章在，光焰万丈长。
> 不知群儿愚，那用故谤伤。
> 蚍蜉撼大树，可笑不自量。
> 伊我生其后，举颈遥相望。
> 夜梦多见之，昼思反微茫。
> 徒观斧凿痕，不瞩治水航。
> 想当施手时，巨刃磨天扬。

先是赞李杜的文章光焰万丈，又骂诽谤他们的人是蚍蜉撼树，自不量力。感叹自己生在李杜之后，只能昼思夜想，遥遥仰望。想学也无从下手，看得到刀斧的痕迹，却看不到治水的法要，只能想象他们措手之时，一定好比是扬起摩天的巨刃……

开篇又是骂人，韩愈性格的确耿介太过，有凡事非黑即白之弊。"光焰万丈""巨刃磨天"这八个字堪为盛唐诗歌的定评。这首诗是在建议张籍如何写诗。张籍的乐府诗亦属上品，但有韩愈在前，读来只觉得起落太平，挠不着痒处。有一首绝句《秋思》传诵至今，是典型的中唐诗：

> 洛阳城里见秋风，欲作家书意万重。
> 复恐匆匆说不尽，行人临发又开封。

以诗说事，此诗是典范，多么平常的一件事，说得如此动人。秋风来了，便想起了写家书，家书写了又怕言不尽意，临到寄出时又打开再看。"临发又开封"，多少说不尽的话，都在这个细节里了，不再多一个字，却听之动容。

"千里马常有，而伯乐不常有。"这是韩愈在《马说》中的名句，韩公便是中唐多位大诗人的伯乐，张籍得其引荐而进士及第，而韩公并不以恩人自居。相传李贺七岁之时，韩公和皇甫湜前去造访，李贺援笔写就《高轩过》一诗，从此名扬京洛——

> 华裾织翠青如葱，金环压辔摇玲珑。
> 马蹄隐耳声隆隆，入门下马气如虹。

> 云是东京才子，文章巨公。
> 二十八宿罗心胸，元精耿耿贯当中。
> 殿前作赋声摩空，笔补造化天无功。
> 庞眉书客感秋蓬，谁知死草生华风。
> 我今垂翅附冥鸿，他日不羞蛇作龙。

论少年天才，初唐是王勃，中唐则是李贺。他们都只活了二十七岁，都有七步之才，即兴之作便能光耀千古，这一首便是。首联写二公官服之青翠，车辇之华美，炫耀的是辞藻。第二联写二公下马之气势如虹，再冠以"东京才子""文章巨公"这样的高帽，顿见四射之精光。文坛前辈来了，既要逞才，还要吹捧。吹捧文章不好写，"二十八宿""元精耿耿""殿前作赋"笔笔不落空，韩公足以当之。

"笔补造化天无功"则道尽千古文章妙境。文章凭空而来，本是天地中所无，却又要心接造化，自然天成才是好文章，才能称得上是"补造化"。如此方说"天无功"，狂也是有理有据的，并不离经叛道。这字字句句，既古奥又骄狂，颇近韩公的文风，真是有捷才，亦见其苦心。

接下来才是自我推荐。黑白夹杂之"庞眉"是形容老年人的，用来自称，不妥，"死草生华风"更不是少年人该有的感叹。

据考证，李贺写这首诗的年龄当是二十岁，比较可信，因为这样的诗不可能是七岁孩童所为。二十岁出此哀音也大不相宜，以老者自居更是荒诞，已是早逝之兆。

> 男儿何不带吴钩，收取关山五十州。
> 请君暂上凌烟阁，若个书生万户侯。

这是李贺的《南园十三首·其五》，此诗不输盛唐，"关山五十州""书生万户侯"这样的口气，颇有太白遗风。这大概就是韩愈看重他的原因。可惜后来还是走入了幽奇险怪一路，终日沉迷于"幽兰露，如啼眼""博罗老仙时出洞，千岁石床啼鬼工"这样的怪诞之句，博了个"诗鬼"的雅号。

韩愈还提携过孟郊，孟郊也写过"春风得意马蹄疾，一日看尽长安花"这样豪夸的诗句，但更多的是萧寒之音："月下谁家砧，一声肠一绝""万物皆及时，独余不觉春"，大家熟悉的"谁言寸草心，报得三春晖"也是出自他之手。

贾岛曾经出家，韩愈怜其才华，劝说他还了俗，并教导他参加科举。其在文学上却不能追随韩愈，好写"怪禽啼旷野，落日恐行人""野菜连寒水，枯株簇古坟"这样的哀辞，成了以"两句三年得，一吟双泪流"名世的苦吟诗人。

唯有韩愈，永远是充满理想，充满斗志，他满篇都是疾呼呐喊——"桐华最晚今已繁，君不强起时难更。"(《寒食日出游》)这是劝病中的朋友振作起来，你若不起来，就错失这个时代了，这是多么有力量的激励;"君歌且休听我歌，我歌今与君殊科。"(《八月十五夜赠张功曹》)只要有他的地方，大家就只能听他歌唱。他按照自己认为的伟大活着，不计安危地批评皇帝，毫不利己地攻击异见，一厢情愿地伤时讽世，不管不顾地提携后进。与其说韩愈是个诗人，不如说他是个诗意的人。他学的是李杜，却没有李白的飘逸，也没有杜甫的深藏，有的只是粗眉阔嘴的大丈夫气。殊不知过于丈夫气也是一偏，与郊寒岛瘦没有本质区别，这大概也是中唐的气运使然。

好诗是一个民族的共同记忆

刘禹锡在《祭韩吏部文》中说,韩愈的长处在文笔,自己的长处在议论,所以二人常常争论,互不相让,柳宗元总是当和事佬,用一些好话来调和两人的关系。这三位都是中唐能诗能文的大家,韩愈是忠实的复古主义者;柳宗元文如其名,像一棵柳树,只在原地生长,宗自己的那个"元";而刘禹锡是变通的,他既复古,也探索诗歌的新路。

中唐以日常入诗,自然要学杜甫,杜甫的浅近好学,如"三吏""三别";其抽象难学,如《秋兴八首》:"寒衣处处催刀尺,

白帝城高急暮砧。""闻道长安似弈棋,百年世事不胜悲。"虚虚实实间,便将天下万物卷裹于笔端。刘禹锡的七律颇得老杜法要:

> 王濬楼船下益州,金陵王气黯然收。
> 千寻铁锁沉江底,一片降幡出石头。
> 人世几回伤往事,山形依旧枕寒流。
> 今逢四海为家日,故垒萧萧芦荻秋。
> ——《西塞山怀古》

这是一首怀古诗,写晋武帝派王濬伐吴,攻下石头城之事。除了第一句"王濬楼船下益州"是实写,其余都是虚笔。不提金陵之战事,只言"黯然收"之金陵王气。"沉江"是吴军以横江之铁索拦截晋军之败事,读来却像是一个时代的沉没。在一片投降的幡旗之中,石头城隐隐出现了。明明写战事,却如大泼墨山水画,不见刀枪剑戟,但见天地方圆,烟云变幻。

"人世几回伤往事",由古及今,借古人的酒,浇的是自家块垒。"四海为家"之前加了个"从今",已是自况无疑。此诗是与元稹、白居易、韦楚客聚会之时写的,古时候做官是四海为家,这都是会心之语。

中国诗歌的看家本领,一为晕染,二为留白。宣纸上的墨

西塞山怀古

刘禹锡

王濬楼船下益州,金陵王气黯然收。
千寻铁锁沉江底,一片降幡出石头。
人世几回伤往事,山形依旧枕寒流。
今逢四海为家日,故垒萧萧芦荻秋。

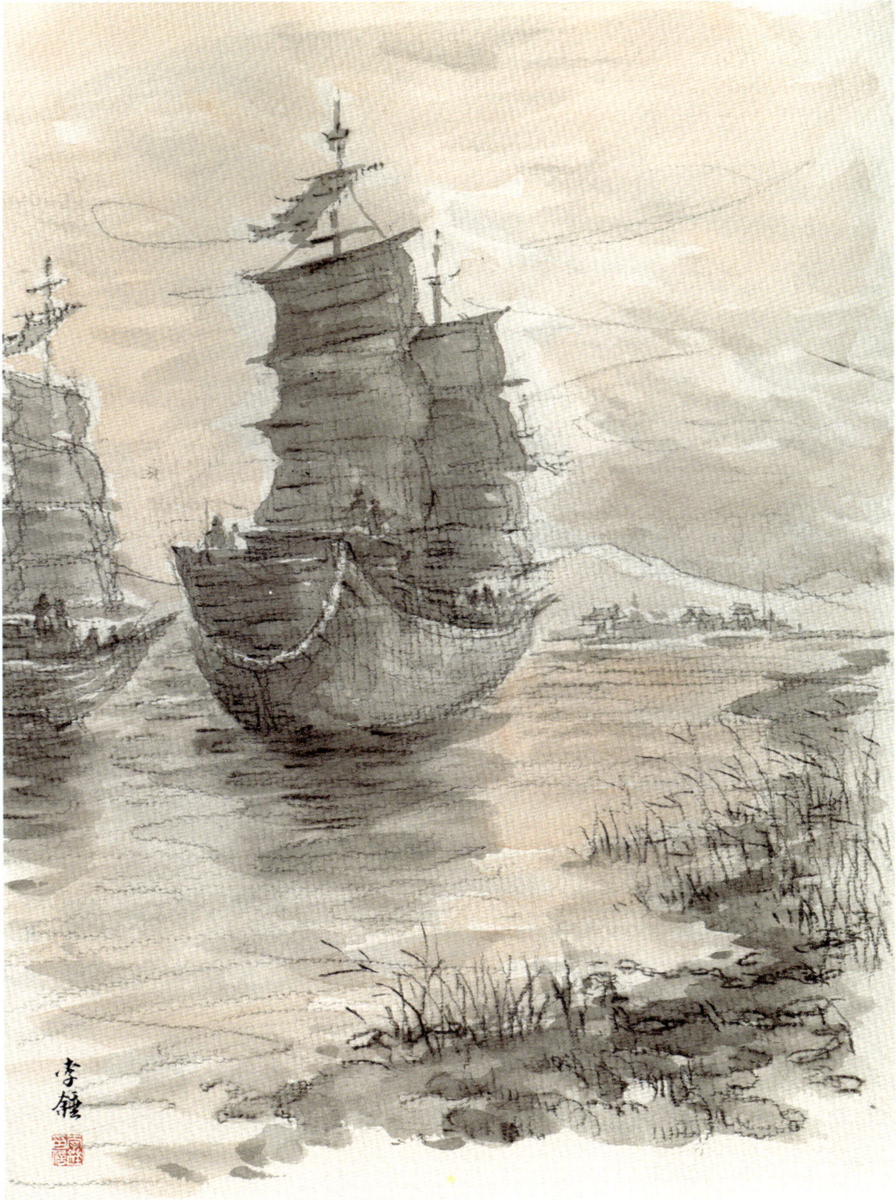
李鍾

色经过浸渍和流动，变模糊了，就有了多种解读的可能。于此诗而言，"山形"为实笔，"依旧"便是流动，此为晕染。"今逢四海为家日"起了个话头，从今以后如何？没有后话——"故垒萧萧芦荻秋"，芦荻、秋风，并无实际意义，如同画面的空处，这是留白。此诗尽得此二味，白居易读了感叹道："四人探骊龙，子先获珠，所余鳞爪何用耶？"于是大家表示服输，然后罢唱。

再如《石头城》一诗：

> 山围故国周遭在，潮打空城寂寞回。
> 淮水东边旧时月，夜深还过女墙来。

这是《金陵五题》中的一首，围绕着故国的山还在，言下之意是故国何在？"潮打空城"，金陵何曾是个空城？此空非彼空，乃古今兴废皆空。"寂寞回"，寂寞的是潮水还是古城？只有淮水东边的月亮，夜深之时从城墙的低处照了过来。"旧时月"，月亮何来新旧，正是这个"旧"字将六朝的印记带了过来。一个"女"字何等的怯弱，金陵古来是亡国之都，多少伤心往事便尽在其中了。这首诗通篇皆为晕染，看是实写，又皆非实指。

这一类怀古诗取法的是盛唐，写得再好，也是前人的窠臼，超越已无可能。在长期的贬谪生涯中，刘禹锡听多了蛮荒偏僻之地的民歌,便摸索出了一条新路——

> 白帝城头春草生,白盐山下蜀江清。
> 南人上来歌一曲,北人莫上动乡情。
> 杨柳青青江水平,闻郎江上唱歌声。
> 东边日出西边雨,道是无晴却有晴。
> ——《竹枝词》

竹枝词本是巴渝一带的民歌,"昔屈原居湘、沅间,其民迎神,词多鄙陋,乃为作《九歌》,到于今荆楚鼓舞之。故余亦作《竹枝词》九篇,俾善歌者飏之。"这是刘禹锡自述创作意图:当年屈原流落楚地,见民歌鄙陋,于是作了《九歌》,至今仍在荆楚之地流传,我写竹枝词也是效仿屈原,希望能够由善歌者传唱开来。由此看来,他的目的是继承先贤的传统,以诗教化民众,改变民风。

如今他写的民歌岂止在巴渝之地流传,因其通俗淳朴,已成为适合童蒙习学的唐诗。真正的好诗不可能只是小众的,假以时日会成为一个民族的共同记忆。在某个特定的情境,心里忽然冒出一句诗来,也许就是这两句:"东边日出西边雨,道是无晴却有晴"。

患难之时才能看出一个人真正的品德

贬谪到湖南永州期间,柳宗元写了大量山水诗和散文,著名的有《永州八记》,还有这首《渔翁》:

> 渔翁夜傍西岩宿,晓汲清湘燃楚竹。
> 烟销日出不见人,欸乃一声山水绿。
> 回看天际下中流,岩上无心云相逐。

我的老家武冈紧邻永州,山水形貌相同,读他的诗文有回家之感：打鱼人住在船上，傍着山岩，早上起来就在岸边用竹子烧火做饭，炊烟弥漫在水上——这样的画面现在去也还能看到——等到烟雾散去，渔翁已经不见了。"欸乃"是行船摇橹之声。循声望去，不见渔翁，却望见一片青山绿水。至此已是绝品，有评家说后两句应该去掉。留下亦有留下的妙处——"回看天际下中流"，回头一望，水天相接处，渔船已下了中流。多此一笔，天地如从幻中来。

"岩上无心云相逐"，无的当然是诗人之心，渔翁捕个鱼哪有什么有心无心之说？有了这一笔，就有了文人气，境界之别正在此处。

永贞革新失败，顺宗让位于宪宗，柳宗元与刘禹锡等八人被贬，史称"八司马"。永州十年间，柳宗元曾多次向亲友上级求救，皆石沉大海。直到元和十年，宪宗才将他们召回长安，哪知屁股没坐热，同年又将他们贬到更远的地方。据说是因为刘禹锡的两句诗——"玄都观里桃千树，尽是刘郎去后栽。"在政治敏感期，一切都可以被理解为别有用心。这一次最惨的是刘禹锡，被贬至播州，也就是贵州的遵义。路途艰险不说，当地居民不过五百户，实在太蛮荒了。刘禹锡的母亲已经八十多岁了，无法随行。柳宗元不忍见此生离死别，便上书请求用自己的柳州与刘禹锡调换。宪宗自然不能听柳宗元摆布，却也有所触动，便将刘禹锡改贬至连州。

韩愈在《柳子厚墓志铭》中这样评价："呜呼，士穷乃见节义。"患难之时才能看出一个人真正的品德；又说："一旦临小利害，仅如毛发比，反眼若不相识，落陷阱，不一引手救，反挤之，又下石焉者，皆是也。" 世上的人为了毛发般的一点小利益，就能与朋友反目，甚至落井下石。他希望这样的人听了柳宗元的事迹，能够知道惭愧就好了。

> 觉闻繁露坠，开户临西园。
> 寒月上东岭，泠泠疏竹根。
> 石泉远逾响，山鸟时一喧。
> 倚楹遂至旦，寂寞将何言。

这首《中夜起望西园值月上》也是创作于永州。晚上睡不着，听到露水滴落的声音，便来到园子里，清冷的月亮已升至东岭之上，泠泠的清光直照到稀疏的竹根。——这哪是"万死投荒"之地，分明是终南别院。

山石间的泉水流得越远，响声反而越大，听见山鸟时不时地鸣叫一声。靠在窗边，不知不觉天就亮了，这样的寂寞如此美好，却无法用语言来形容。"远逾响"三字，不是身临其境如何写来？此诗不输王摩诘的《鸟鸣涧》，摩诘之妙在清雅，子厚之妙则在峻洁。哪怕在穷乡僻壤，柳宗元心中的世界也是洁净精微的。其洁净精微固然难学，更难学的是其高士之气，他的《江雪》整个唐代也找不出第二首：

千山鸟飞绝，万径人踪灭。
孤舟蓑笠翁，独钓寒江雪。

江 雪

柳宗元

千山鸟飞绝,
万径人踪灭。
孤舟蓑笠翁,
独钓寒江雪。

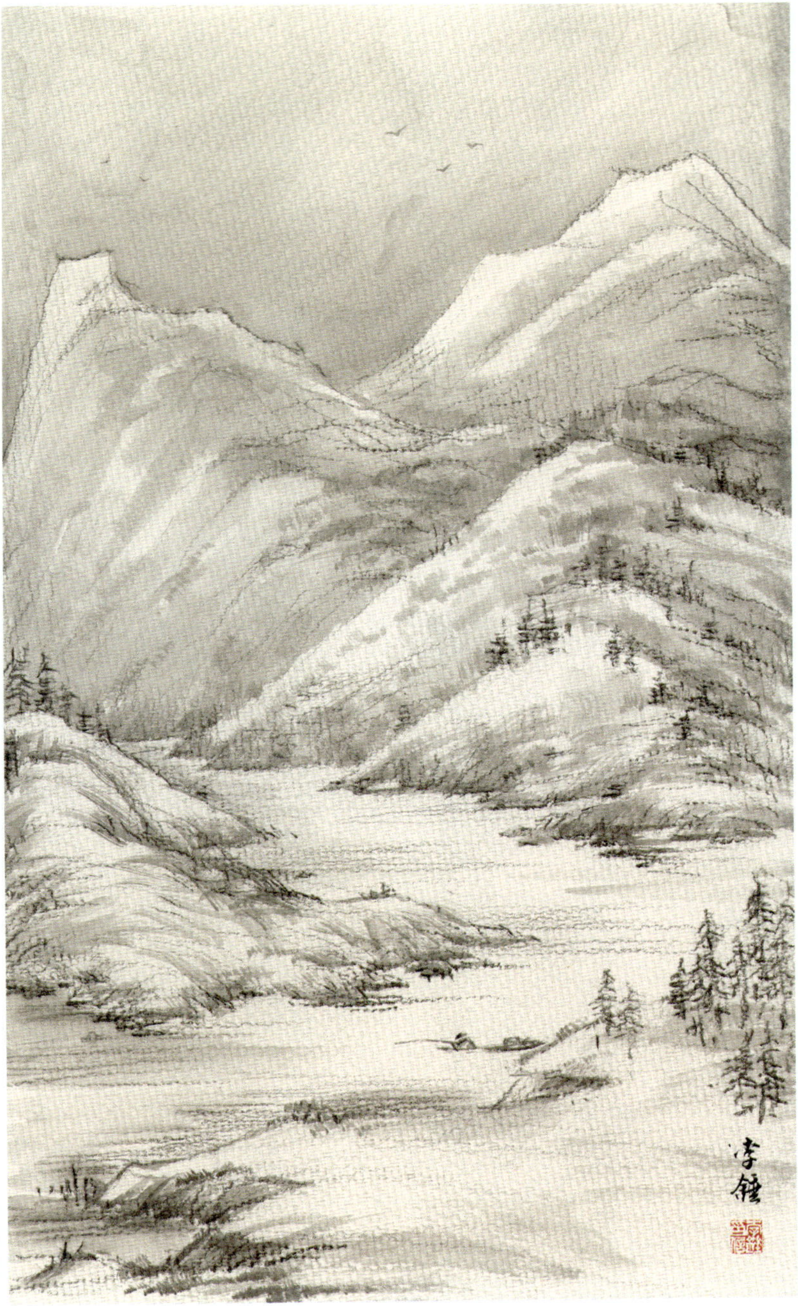

音声中见
天地众生

唐诗里写音乐写得绝妙的，先说王昌龄的《听流人水调子》：

> 孤舟微月对枫林，分付鸣筝与客心。
> 岭色千重万重雨，断弦收与泪痕深。

这首诗写于流放途中。古时候做官是一件苦事，几千里的路，且不说获罪之身，哪怕是正常赴任，以当时的交通条件，单是走下来，都是件要命的事，苏东坡便死在了流放归来的途中。

弹筝的是一位流浪的人，没有名字，大概是诗人客途中偶遇的吧。舟是孤舟，月是微月，至于枫树，唐诗中常有出现。枫树的姿态，俊雅中带着些寂寞，成片地长在水边，能给人恍然世外之感。这半人间半世外的意境，说是一半付与了鸣筝之人，一半落在了旅客心里。

下一句不好理解。本来还有月亮，怎么一曲未了就下雨了？还是"千重万重雨"，可见也不是刚下。此句历来多避之不解。想象一下，雨中的山景若从驿舍望出去，眼前是雨，近处是烟雾，远处则是灰墨色的云压在山上，山则在有无之中，这个雨不能太大，也不能太小，还能看出层次，这才有千重万重的效果。诗中说当时是晚上，此雨景如何得见？可见不解还好，一解更是本糊涂账。若要意会此句，只有设身处地一法，以当时的情境而言，恐怕是诗人听到乐声时的联想，好的音乐是能自造境界的。

弦为什么忽然被弹断了？再看弹筝之人，已流下了眼泪。诗里说，千重万重的雨被弦断之声一把收尽，收进了他的泪痕里。这个"收"字或可佐证此雨原是幻象。真是意旨微茫，难猜难解，这正是龙标绝句，盛唐诗人里无有第二家，往后也就晚唐的李商隐勉强接续得上。

再说几首写音乐的盛唐诗，一首是杜甫的《赠花卿》：

锦城丝管日纷纷，半入江风半入云。
此曲只应天上有，人间能得几回闻。

杜诗里少有这样朗朗上口的。学杜不可从此处下手，必不得老杜之真面目；学诗亦不可从此等诗下手，必不得诗。形容音乐用"纷纷"二字，何等俗套！至于什么天上有人间无，亦是套话，很难让人有真切的感受。可读下来依然感觉是首好诗，大概是因为它有着唐诗特有的开朗畅达，就像一棵树，只要树冠足够阔大，先不论花叶好不好看，自有夺人之处。

有一种说法，被杜甫赠诗的这位花卿花敬定虽平叛有功，却放纵士卒抢掠东蜀，还目无朝廷，僭用天子的音乐，这是"只应天上有"的来由。如果有这一层意思在,至少不至于让这首诗失之浅白。

另一首是李白的《春夜洛城闻笛》:

谁家玉笛暗飞声,散入春风满洛城。
此夜曲中闻折柳,何人不起故园情。

此笛音虽自太白心中化出,却是一家一院之笛,又从暗处飞出,起手颇近宋诗。第二句说此笛声散入了春风,充满了整个洛阳城,这就是唐诗了。这是春天的晚上,吹的又是《折杨柳》,"何人不起故园情",有了前面的"满洛城",这里的"何人"便是全洛阳城的人。这亦是唐宋之别,宋人擅写一己之幽思,唐人擅写天下之共情,"长安一片月""落叶满长安""一朝看尽长安花",动不动就洛阳、长安,喜则要一城人同喜,悲则要一城人同悲,才力更大者,甚至推及天下古今。可以说,千百年来,唐诗不知打开了多少人的心胸。

李白还有一首《听蜀僧濬弹琴》:

蜀僧抱绿绮,西下峨眉峰。
为我一挥手,如听万壑松。

客心洗流水，余响入霜钟。
不觉碧山暮，秋云暗几重。

"绿绮"是琴的一种形制，相传为司马相如所创。这样的诗，开头平实写来，给后面留下余地。一句"西下峨眉峰"照理来说是平铺直叙，读来却有倚天拔剑之气势，所以写诗写的是心，胸中有丘壑在，不是想平就能平得了的。再看僧人手一挥，如同听到了万壑松风。只此一声便贯通了天地，诗仙出手，果然常人不及。

心里如同流水洗过一般，尘烦一空，而琴声的余韵还未散去，直传到山之高处，与寺庙的钟声融为一体。既写了身内之空，又写了身外之远，再写眼前所见之景，碧山将暮，云也暗了，这还是"一挥手"的余威。

这个"暮"字未必要理解为时间。太白的诗往往高起高落，一气而下，若结句写的是许久之后的黄昏，文气便不接续，气势也就弱了。既然琴声如万壑松风，可见其沉古，声过之处，山间仿佛有了暮色，也是说得通的。——整首诗只写了蜀僧抚琴的一个起势，写音声之妙可谓高绝。

中唐的白居易写过很多关于古琴的诗，来看这首《听弹古渌水》：

> 闻君古渌水，使我心和平。
> 欲识慢流意，为听疏泛声。
> 西窗竹阴下，竟日有余清。

听了这首《古渌水》，心变得平和了——这便已经得了琴之真趣了。自伏羲氏制琴始，泱泱古曲不知经过多少古圣先贤的心手相传，孔子也弦歌不辍，以之为乐教之器，其心法自然和别的乐器不一样。如果演奏完一曲，内心不是生情，而是忘情，如白居易在另一首琴诗中所言"尘机闻即空""万事离心中"，这才是以琴修身之法要。刘长卿有诗云："古调虽自爱，今人多不弹。"这样的乐器一定是曲高和寡的。

再看"慢""疏"二字，白居易果然是琴中高手。都说古琴宜慢不宜快，太慢了又容易拖沓涣散，所以这个慢不能只在慢中求，而应在疏中求。一声与一声之间皆有空隙，疏朗错落，声虽断，意是连的，才能识得"慢流意"。

诗中又说，此"慢"须从疏朗的泛音里来听。泛音是让琴弦半振动的一种轻音。《古渌水》这首曲子虽无考，现存的古本《流水》里的确有大量的泛音来表现水的流动。

"西窗竹阴下，竟日有余清"，曲子演奏完了，在西窗的竹荫下留下一团清气，整日不散，可见这个场域的能量被改善了。诗虽然简短，句句都是行家的话。

白居易还有一首《废琴》：

> 丝桐合为琴，中有太古声。
> 古声澹无味，不称今人情。
> 玉徽光彩灭，朱弦尘土生。
> 废弃来已久，遗音尚泠泠。
> 不辞为君弹，纵弹人不听。
> 何物使之然，羌笛与秦筝。

这张琴为丝桐相合，且镶的是玉徽，张的是朱弦，可见其制作之精良；又说音色有太古之声，那更是稀有之物，却被废弃了。因为世人已经不爱古调，都去听激烈华美的羌笛和秦筝了。看来琴之境遇，古今相同。

诗里说好琴的音色是"太古声"，既为太古声，自然没人听过，那说来有何意义？这是极高明的手法，不是实写，而是结一个界，里面是什么，任由读者去想象去填补。又说"澹无味"，无味便是至味，清汤寡水是最难做的，高档的宴席才有开水白菜。

这种写法须得作者心里有,又要口中无,以极尽描摹为能事者鲜能得此法。

再来看看盛唐诗人如何写琵琶:

> 弯弯月出挂城头,城头月出照凉州。
> 凉州七里十万家,胡人半解弹琵琶。
> 琵琶一曲肠堪断,风萧萧兮夜漫漫。
> 河西幕中多故人,故人别来三五春。
> 花门楼前见秋草,岂能贫贱相看老。
> 一生大笑能几回,斗酒相逢须醉倒。

这是边塞诗人岑参的《凉州馆中与诸判官夜集》。盛唐诗的好处是纯以气胜。一流的诗字字句句无须实指,以气御之,与读者是神意上的感通,比如陈子昂的"前不见古人,后不见来者。念天地之悠悠,独怆然而涕下"便是。盛唐诗人中,李白、杜甫、王昌龄都是使气的高手。

次一等的好诗亦无须实指,但凭韵律,音节流动之间便能达意,如白居易的"蜀江水碧蜀山青,圣主朝朝暮暮情",水自然是碧色,山自然是青色,虽无意义,但念在口中便能让人心领神会。此法杜甫擅长,哪怕是平常事,写来节奏腾踔,音律变化莫测，所以事无琐细皆能入诗。

再次便是白描，作者的主观感受少，但凭事物本身去呈现意义。温庭筠的"鸡声茅店月，人迹板桥霜"，杜甫的"妻孥怪我在，惊定还拭泪"便是。这样的诗哪怕节奏音韵稍逊，只要能得一个真字，亦是上品。

末流的诗直抒其情，直说其理。情若靠抒发，与标语广告何异？理若靠辩解，与教科书何异？作诗作文，此二法皆须谨慎而节制。

最好的诗，既不使气，也不使意，不知有诗在，只是平平道来，便是化境，《诗经》的"秩秩斯干，幽幽南山"，陶渊明的"山气日夕佳，飞鸟相与还"便是。

岑参的这首诗，句句旁逸斜出，忽东忽西，韵更是一句一换，似不成章，但凭着字里行间一股苍古豪纵之气，自能让人心领神会。又用了顶真的手法，句与句之间首尾相衔，便有了即席而歌的畅快感，无须文字，只闻其声，其情意便已喷涌而出。至于描写琵琶，只用了"肠堪断"三字，这三字何其之俗，可见诗的好处不在字义上。若和后来的诗人相比，盛唐诗人的用词是贫乏的，来看看中唐李贺的诗，步步皆是闻所未闻的险怪之语：

凉州馆中与诸判官夜集

李益

弯弯月出挂城头,城头月出照凉州。
凉州七里十万家,胡人半解弹琵琶。
琵琶一曲肠堪断,风萧萧兮夜漫漫。
河西幕中多故人,故人别来三五春。
花门楼前见秋草,岂能贫贱相看老。
一生大笑能几回,斗酒相逢须醉倒。

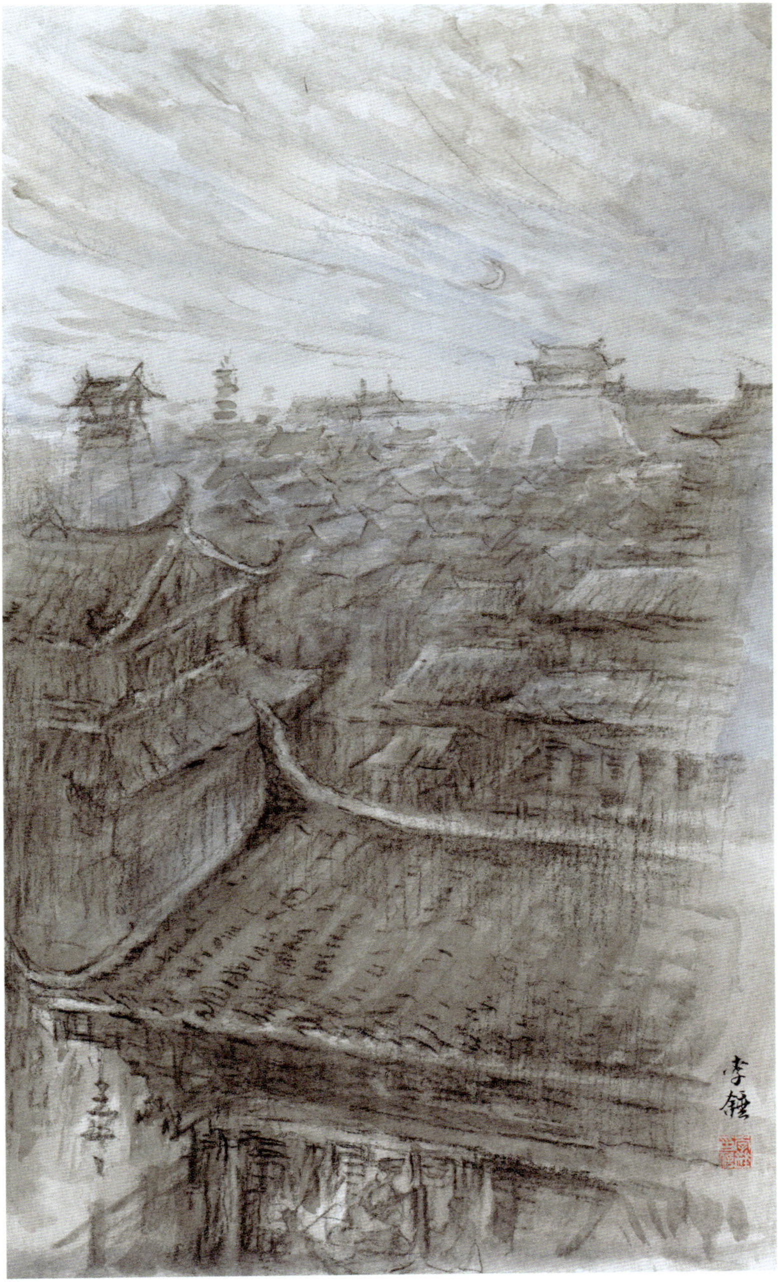
李锺

> 吴丝蜀桐张高秋，空山凝云颓不流。
> 江娥啼竹素女愁，李凭中国弹箜篌。
> 昆山玉碎凤凰叫，芙蓉泣露香兰笑。
> 十二门前融冷光，二十三丝动紫皇。
> 女娲炼石补天处，石破天惊逗秋雨。
> 梦入神山教神妪，老鱼跳波瘦蛟舞。
> 吴质不眠倚桂树，露脚斜飞湿寒兔。
> ——《李凭箜篌引》

意太深、色太浓皆是诗家之病。此诗不是为了写箜篌，为的是展现才情的与众不同，至于箜篌如何，不是诗人所关注的。这样的诗对于打破陈腐的诗坛风气是有效的，尤其是对那些想突破，又没有才力开出一条新路来的诗人，是一种启发。只能是启发，李贺是不宜学，不可学，也没必要学的，除非学习者有绝世的才情，不然一学就是毛病，有绝世才情自然也无须去学别人。所以李贺这样的诗人不可无一，也无须有二。

《唐才子传》中记载李贺是唐王室的后代，七岁就能写诗，名动京城，说他的相貌是"细瘦""通眉""长指爪"每日出门让童仆背着锦囊，终日呕心沥血，每想好一句诗便写了投入锦囊内。在当时就没有人能效仿他，有"鬼才"之称，可惜只活了二十七岁。

十八世纪中期，英国有一位天才诗人，叫托马斯·查特顿，他的诗充满了反叛和幻想，模仿中古诗人可以乱真，十九岁便服毒自尽了。几十年后，英国又出现一位天才，约翰·济慈，诗风秾丽幽艳，亦是绝世才情，也只活了二十六岁。他们的诗风与李贺大抵属于同一类型，可见一歌一咏皆关乎人之气运，而一个时代的音乐和诗风则关乎国家之气运。

来看晚唐描写音乐的诗：

烟笼寒水月笼沙，夜泊秦淮近酒家。
商女不知亡国恨，隔江犹唱后庭花。

这是杜牧写的《泊秦淮》，人人都熟悉的诗。"后庭花"指的是南朝亡国之君陈后主所作的宫词《玉树后庭花》，是典型的靡靡之音。自安史之乱后，曾经无比辉煌的唐王朝一蹶不振，再没出现过大一统的局面。中晚唐的诗歌也正如杜牧在诗中所言，多是水寒烟笼的情调。

春秋末年，卫灵公带乐工师涓去访问晋国，席间师涓演奏了一首乐曲，晋国的师旷立刻站起来制止，说这是当年为亡国之君商纣王所作的音乐，"先闻此声者，其国必削"，意思是如果出现这样的音乐,这个国家就不会长久了。这就是靡靡之音的由来,记载在《韩非子》里。

"万物都寂寂,堪闻弹正声。人心尽如此,天下自和平。"这是晚唐诗人齐己听了古琴之"正声"后发出的感慨:如果人心都如此清净中正,自然有太平盛世。在古人看来,大千世界无非是人心的投射,社会的演变亦是人的欲念所推动,有什么样的人心就有什么样的世界。以诗歌教化人心,以致天下太平,是我们自古以来的传统。

师旷是乐圣,他擅长的不仅是音乐,还能通过天地间音声的变化来察知天下大势。《左传》记载,楚国要攻打晋国,晋王大惧,师旷却断言楚国必败,他的依据是:"吾骤歌北风,又歌南风,南风不竞。"他是从音声里听出北音的力量高过南音,以此推断天地的势能不利于南方,所以"楚必无功"。后来果如他所言,楚国无功而返。在圣贤的认知里,天地的能量外化为音声,内外原为一体,就像惊蛰才有虫鸣,夏天才有响雷。以"乐"之思维观察天地,洞悉其理,应之万有,这是天人合一的功夫,也是华夏文明的核心。我们自称礼乐之邦,并非只是一个美好的词语,而是有其真实内涵的。

后人评价中晚唐的诗歌,留下的是"元轻白俗岛瘦郊寒"这样的评语,时代的势能和诗歌的气象一并衰落了。"天地与我并生，而万物与我为一。"这是庄子的话，万事万物原本是一个整体，每一个局部的吉凶都关乎整体的气运。我们从来都不是孤独的，因为从没有一首歌只是为自己而唱。

十一 唐诗之落日

一个画面胜过多少高论

"夕阳无限好,只是近黄昏。"这是晚唐李商隐的诗句,唐王朝最后的一百年,诗风如是,国运亦如是。世俗的享乐、无处不在的寺观、层出不穷的诗人,一切看似依旧,但帝国的核心已经渐渐腐烂。自从李隆基因安史之乱弃长安而逃,直到唐朝灭亡,皇帝逃亡的事情居然发生了九次之多。藩镇割据是几代皇帝的噩梦,虎狼环伺于外,便求诸于内,重用宦官,委之为禁军统帅,掌握军权,结果皇帝的废立都操控于宦官之手。

"时来天地皆同力,运去英雄不自由。"这是晚唐罗隐的诗，时运来时，天地都在助你；时运已去，盖世英雄也无能为力。人们对于战争已经司空见惯，甚至对于战争的结局已不关心，无论谁胜谁负，苦的都是老百姓，所谓"兴，百姓苦；亡，百姓苦"。当人们用超脱的目光看一个时代，便会出现伟大的诗歌：

> 泽国江山入战图，生民何计乐樵苏。
> 凭君莫话封侯事，一将功成万骨枯。
> ——《己亥岁二首·其一》

伟大的诗歌未必出自伟大的诗人，在唐诗耀眼的星空里，很少有人知道曹松这个名字，但大家都熟悉这句"一将功成万骨枯"，这就够了，一句就足以泽被千秋。这样的诗句适合一锤定音，当有人粉饰战争的伟大，煽动战争的情绪时，这是最有力的反驳，哪怕只是心里浮现起这句诗，亦是一念善根。

晚唐著名的反战诗还有陈陶的《陇西行》：

> 誓扫匈奴不顾身，五千貂锦丧胡尘。
> 可怜无定河边骨，犹是春闺梦里人。

诗能动人有二：一以美胜，一以力胜。"春闺梦里人"是美，"无

陇西行

陈陶

誓扫匈奴不顾身,
五千貂锦丧胡尘。
可怜无定河边骨,
犹是春闺梦里人。

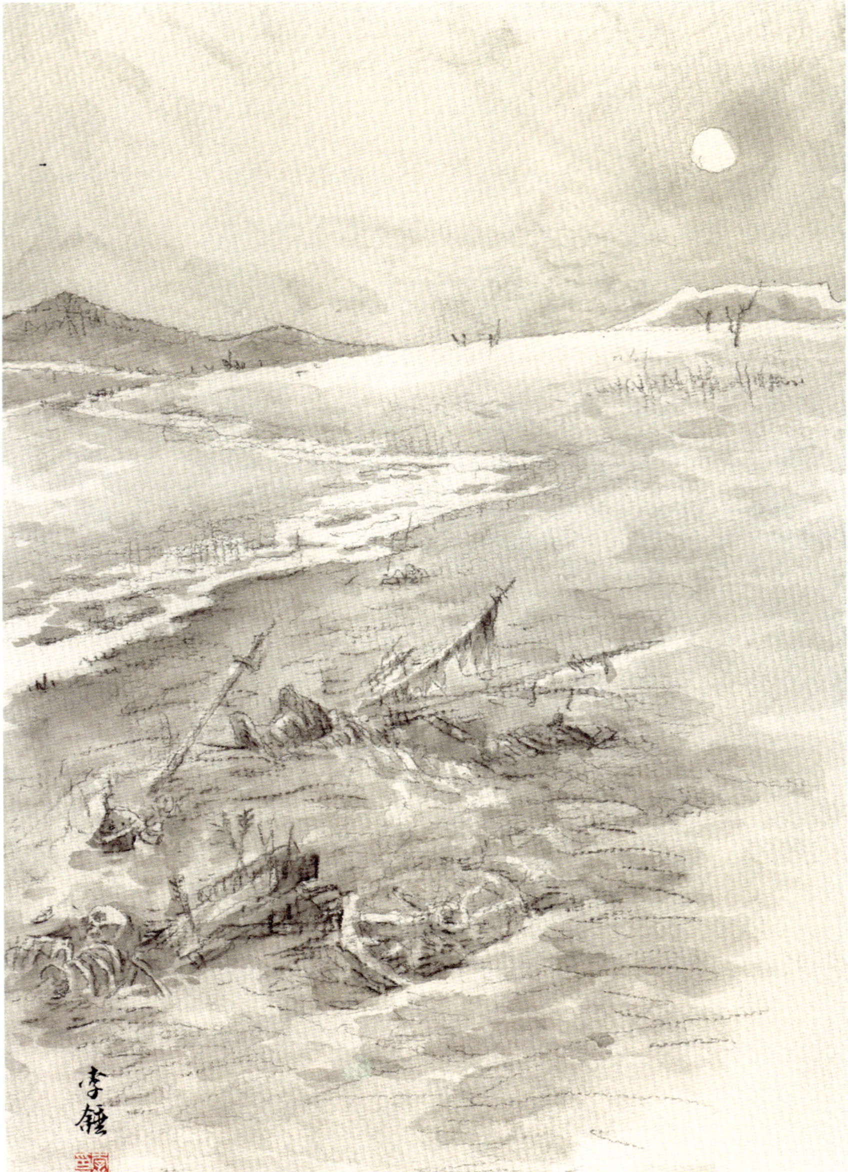
李鍾

定河边骨"是力。男人的尸骨与女人的春梦交织在一起，有一种骇人心魄的美。这首诗没有对战争的议论，只是在你心中留下一个难以磨灭的画面，却胜过多少高论，这就是艺术的力量。"兵者不祥之器，非君子之器，不得已而用之"，这是《道德经》里的话。对于一个国家而言，无论何种意义上的战争都是破坏，对于参战的每一个生命而言，都是不公平的。

每逢战乱，这两首诗就会被人提起。二十世纪三十年代，值军阀混战，京剧名家程砚秋有感于"犹是春闺梦里人"，编演了《春闺梦》：新婚的丈夫被征去打仗，妻子日日上街打听消息而不得，回家小憩，在梦中见到了丈夫。丈夫欲行鱼水之欢，她却因羞延俄，又顾虑着要去梳洗换衣，弄妥当了回来，丈夫已经睡着了。她知路途劳顿不忍心唤醒，一来二去梦就醒了。妻子大悔，唱"明知梦境无凭准，无聊还向梦中寻"，只求再入梦境相会，可梦又岂是想有就能有的？她有没有再梦到丈夫，剧中没有交代，只交代其丈夫早已成为了"无定河边骨"。此剧一经演出，大获成功，至今仍是程派的看家剧目。

夜战桑干北，秦兵半不归。
朝来有乡信，犹自寄寒衣。

许浑的这首《塞下曲》虽短，但一言胜过万千：昨夜的战事死伤过半，天亮时偏偏有家乡寄来的冬衣——戛然而止，不再有话。谁能忍住不往下想，这冬衣有没有人来认领？或许也有没收到冬衣的，父母亡故或妻子改嫁，是衣服总会有人穿的吧。

于晚唐而言，这样的诗并不典型，晚唐诗的常态是哀叹和幽美，怀旧诗尤其多——能称得上怀古的不多，心追古人才叫怀古，比如杜甫的"摇落深知宋玉悲，风流儒雅亦吾师"（《咏怀古迹·其二》），怀的是古人的生命境界；能出离于时间，超脱于空间是更高明的怀古，比如"三分割据纡筹策，万古云霄一羽毛"（《咏怀古迹·其五》），这是何等的气化之力，功业大如诸葛亮者，也不过是历史天空里的一片羽毛，诗人的境界已在九霄之上。怀旧则跳不出当下，无非是对当下的不满足，总觉得过去好，又以今人之心臆想古人。

> 一上高楼万里愁，蒹葭杨柳似汀洲。
> 溪云初起日沉阁，山雨欲来风满楼。
> 鸟下绿芜秦苑夕，蝉鸣黄叶汉宫秋。
> 行人莫问当年事，故国东来渭水流。
> ——《咸阳城西楼晚眺》

这是许浑的怀古诗。有"高楼"有"万里",境界不可谓不大,但只为一愁,将西北的蒹葭杨柳看成家乡江南的汀洲了。往下也皆是雨、蝉、夕阳、黄叶这样黯淡的意象。通篇密密麻麻,一个密字已不是盛唐。意象太密,诗家一病,文章不尽如人意,做减法是近路。比如"鸟下绿芜秦苑夕,蝉鸣黄叶汉宫秋",十四个字里有八个意象,读来很辛苦。"秋在水清山暮蝉,洛阳树色鸣皋烟",王昌龄的这一联读来亦密,但不累,因为只说了一件事,就是蝉鸣。此处则有鸟、蝉、秦苑,还有汉宫,连开四门。写诗和插花是一个道理,无非去其繁枝,分其主次,间错高下,平衡轻重,便见精神。

后人有"许浑千首湿,杜甫一生愁"之说,因为许浑的诗里多写水,但杜甫之愁又岂能与之相提并论,"怅望千秋一洒泪,萧条异代不同时"(《咏怀古迹·其二》),这是杜甫之愁,何曾落入眼前。许浑在宋代很流行,有陈师道的诗为证:"后世无高学,举俗爱许浑。"(《次韵苏公西湖观月听琴》)许浑的诗倒也没那么俗气,只是有些高不成低不就。

此诗能为后人所重,有尾联之功,"行人莫问当年事,故国东来渭水流",这是怀古诗该有的气象;"山雨欲来风满楼"亦是难得的佳句,开阖鼓荡间,刀光剑影直从纸上飞出。

虚无里藏着一切问题的答案

写怀古诗能接得上盛唐余绪的，杜牧尚能当之。

> 长空澹澹孤鸟没，万古销沉向此中。
> 看取汉家何事业，五陵无树起秋风。
> ——《登乐游原》

一只鸟消失在广袤无垠的天空里，诗人联想到"万古"的"销沉"也如同这只鸟。"万古"何谓？时间？空间？丰功伟业？

明明只是感官的细微触动，无端便通向了如此的广大，这是盛唐遗风。何为"销沉"？其实鸟还是那只鸟，伟大还是那个伟大，那变化的究竟是什么，或许诗人要表达的正是时空带来的迷惘。

这首诗是忧伤的？不，它无比地高昂；高昂也不尽然，又极其的孤独。诗歌的特质是不确定，但读者的本分是将它还原成属于自己的那个确定。唯一能确定的是怀古，却又没有指向任何具体的历史事件，这是很高明的感性。

"看取汉家何事业"让这首诗有了一点真实感，与汉代有关，然后就去向了更大的虚无——"无树起秋风"，好一个"无树"，既然没有树，为什么要说树？也许只是为了让这个"无"字出现，有了这个字，一切都变成了空镜头——空旷的陵原上，只有秋风吹过。没有树如何能看见风？最高明的画家只怕也无能为力。绘画不可及之处，诗歌或能到达。无论是诗歌还是宗教，通向虚无总是高明的，这里头藏着一切问题的答案——这才是超越时空之上的怀古。

千里莺啼绿映红，水村山郭酒旗风。
南朝四百八十寺，多少楼台烟雨中。

——《江南春》

这首诗不同，笔笔皆实，色色皆俗，村郭、酒旗、楼台，何其之实，"绿映红"又何其之俗，能驾驭这样的大红大绿，必定有不俗之气质。就这首诗而言，不俗之处在其远，"千里"是空间上的远，"南朝"是时间上的远，"四百八十寺"是将抽象的远具象化，再情感化为"楼台烟雨"。四百八十寺的烟雨楼台，是眼中又非眼中，若不是用情至深，如何能化出此等思古之幽情。雅俗哪来截然的界限，唱最俗的歌，用最真的情，俗也成了雅；唱最雅的歌，用最俗的情，雅也就成了俗。

再来看一首《题宣州开元寺水阁，阁下宛溪，夹溪居人》：

六朝文物草连空，天淡云闲今古同。
鸟去鸟来山色里，人歌人哭水声中。
深秋帘幕千家雨，落日楼台一笛风。
惆怅无因见范蠡，参差烟树五湖东。

诗多从闲笔起，这是符合阅读习惯的，就像吃甘蔗要后甜才有味。这也是诗难有新意的原因，读来读去总觉得有套路，除非极大的天才，比如李白、杜甫，才敢从高潮入手，直接杀入十面埋伏，就为看自己如何突出重围。

杜牧此诗亦有这等手段。"六朝文物草连空"，哪像是起手，

题宣州开元寺水阁,阁下宛溪,夹溪居人

杜牧

六朝文物草连空,天淡云闲今古同。
鸟去鸟来山色里,人歌人哭水声中。
深秋帘幕千家雨,落日楼台一笛风。
惆怅无因见范蠡,参差烟树五湖东。

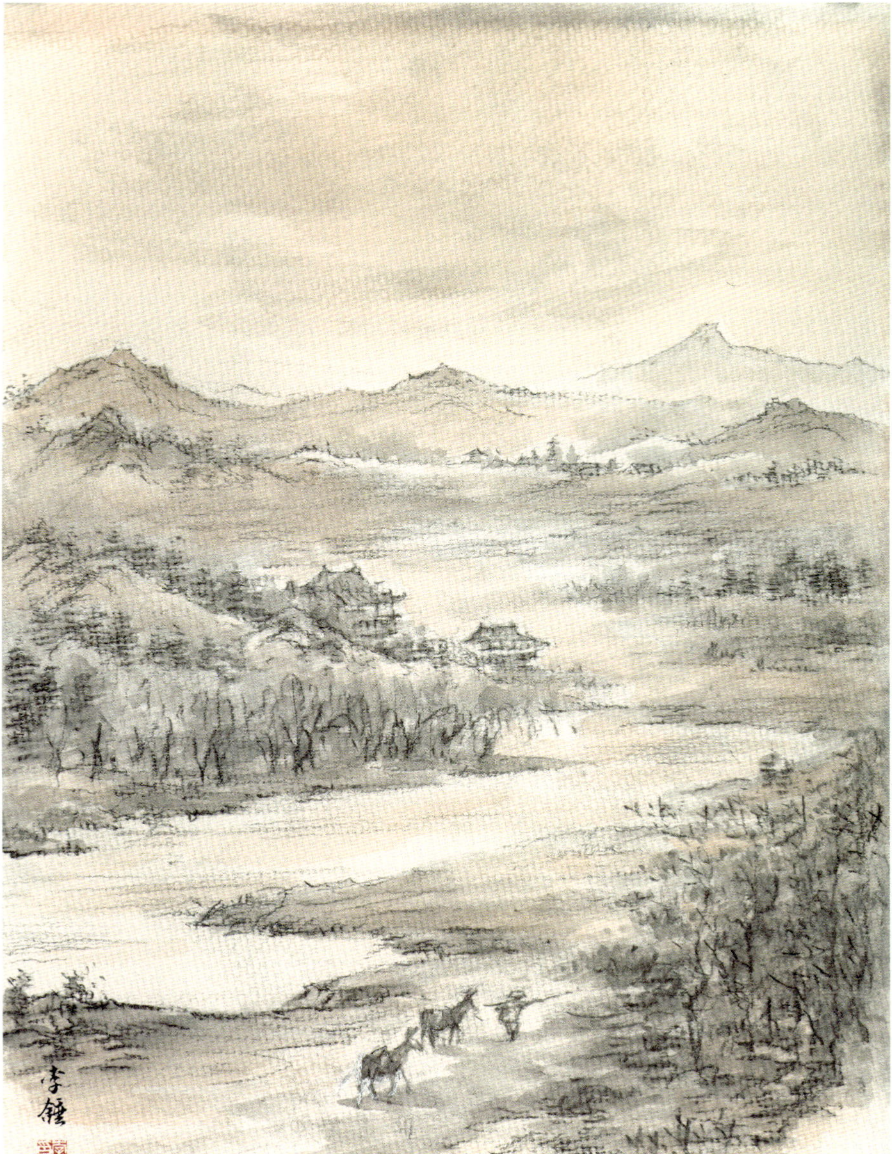
李鍾

倒像是收势，其下笔之重不减"多少楼台烟雨中"，却放在了第一句，第二句如何办？更下重笔，太累；若不下重笔，首联便往下掉，忌讳。且看"天淡云闲"，下笔算轻的，再看"今古同"，这就站得高了。此语看得破，是悟了的话，这就开了新天。

先一语化去古今，再反观人世间，便不会再有狭小之哀伤。如果说接下来的"鸟去鸟来山色里"是看空，"人歌人哭水声中"则是出离之大悲心。诗人在流水声中听见了世世代代的歌哭，这是何等的悲悯，观世音菩萨千处祈求千处应，前提是观得了世间之音，此为大神通。如此神通广大的歌唱，自杜甫之后已甚为稀有了。饶是如此，读来却只觉平常，这是高明之处。诗人多激情过剩，亦能讲道理，能将道理变成口语，变成动人的吟唱，这就不易。这一点上杜甫和杜牧都擅长，世人将二人并称"大小杜"是有一定道理的。二人的诗风其实并不接近，杜甫浓烈，而杜牧萧远。

"深秋帘幕千家雨"这样的诗句，晚唐人写来还是吃力，"深秋帘幕"的意境没大起来，靠"千家雨"来撑场，显得有些强为。晚唐诗的特长是感官——"落日楼台一笛风"，全仗着感官的细腻，只笛音一缕，落日楼台便从外境化入了内心。"风"字尤其好，也好在一个化，化真成幻，却让笛音更真实可感了。若只见落日、楼台、长风，这是盛唐，钢铁直男，但凭铜喉铁嗓。

都说杜牧的绝句好,这是实话,但绝句太短,如美人只见脸,看不见身段,终究不过瘾。律诗是有身段的,此诗妙就妙在庄重之中透出的万种风情,这是小杜之本色。小杜的律诗在中晚唐算不得翘楚,但这首是意外的好。可惜世人还是看脸的多,还要看艳妆,不喜素面,今人选小杜,多喜其艳:"一骑红尘妃子笑,无人知是荔枝来。""二十四桥明月夜,玉人何处教吹箫。"更有轻薄一路,流传更广:"十年一觉扬州梦,赢得青楼薄幸名。""春风十里扬州路,卷上珠帘总不如。"

通向觉悟的唯美

如果说杜牧之失,失在轻薄,李商隐之失,则失在晦奥。

海外徒闻更九州,他生未卜此生休。
空闻虎旅传宵柝,无复鸡人报晓筹。
此日六军同驻马,当时七夕笑牵牛。
如何四纪为天子,不及卢家有莫愁。

这是李商隐的《马嵬》,说的是杨贵妃之事,哪有贵妃的气息。

"海外"指的是贵妃死后居住的海外仙山,《长恨歌》中云:"忽闻海外有仙山,山在虚无缥缈间。""虎旅"是随玄宗入蜀的禁军;"鸡人"是皇宫中报时之卫士。如果不知道此二典,这般健朗,还以为是边塞诗。"六军"化自《长恨歌》的"六军不发无奈何";"七夕"暗指"七月七日长生殿"。"莫愁"是古洛阳女子,嫁与卢家,此处代指民间女子,谓皇帝虽贵为天子,却不如卢家能有一好媳妇。

步步都是典故和隐喻,甚至先指向另一首诗,先要知道那首诗里的典故,才能读此诗。这是李商隐的痴处,写来也辛苦,他写诗的时候堆满了查阅的书籍,被讥为獭祭,水獭吃鱼的时候喜欢将鱼排列在岸上,如同祭祀;读起来也很累,今天的读者如果不借助注释,几无读懂的可能。这样的晦涩如果没有增加诗意,就必定会伤害诗意,比如这一首,总觉得弯弯绕绕,有气而无韵,好容易弄明白了,也感受不到那种凄美。

用典后来成了诗人炫耀学问的工具,或许是对诗不自信了,至少还有学问在吧。的确,到了晚唐诗是越来越难写了,杜牧写得再好,总要拿他跟前人比,因为打的还是前人的拳法。从这一点上而言,李商隐之所以为世人所重,是因为他翻出了未有之新声:

锦瑟无端五十弦，一弦一柱思华年。
庄生晓梦迷蝴蝶，望帝春心托杜鹃。
沧海月明珠有泪，蓝田日暖玉生烟。
此情可待成追忆，只是当时已惘然。

这首《锦瑟》历来众说纷纭，有人说锦瑟是乐器，有人说锦瑟是令狐楚的妾，也有人说这首诗是悼念亡妻之作。钱良择在《唐音审体》中解释："瑟本二十五弦，一断而为二，则五十弦矣，故曰无端，取断弦之意也。"断弦代指妻亡，犹续弦代指续娶，倒也说得过去。诗之比兴，贵在应景，弦断一根是应景，五十根皆断，哪有此事。况且"一弦一柱思华年"，可理解为边弹边想，断弦如何弹？其实弦不必断，或因泪眼看物有重影，便将二十五弦看成了五十弦，好比武则天的"看朱成碧"。

金代诗人元遗山说："诗家总爱西昆好，独恨无人作郑笺。"人人都喜欢李商隐的诗，却没有人像汉代的郑玄注《诗经》一样来解释清楚。诗何须解释？所谓诗意，是各人得各人的诗意。李商隐的不可及之处是造境，他营造了一个梦境，让大家进去各做各的梦，而不是看他做梦，自说自话是诗文之大忌，解诗也最怕离了诗意去引经据典地附会。

庄生梦蝶是幻，望帝杜鹃是悲，沧海珠泪何其凄冷，暖玉生烟又何其温暖。这正是梦的迷幻之处，无有逻辑，只是水面倒影般摇摇晃晃地讲述。如果用西方的文艺流派来类比，是绘画的抽象派加上文学的意识流。他的意识流到哪里便写到哪里，又将所想变成一幅幅抽象的画。

诗人最后又回到思念，说"此情可待成追忆，只是当时已惘然"，既然当初就是惘然，又追忆什么呢？空来空去的一笔，真是破尽千古俗套，后人仿效不得。真正的名句不可移栽，就像松根下的茯苓，仙气缭绕，一旦采走供于案上，便成了一截死木头。

"惘然"是李商隐独有的美学，无来由的纷纷迷思，吹来又吹走。所以说李商隐不能解，要感通，感而遂通。宋代好模仿李商隐，称为"西昆体"，句法可学，典故可循，感通如何学？所以宋人编演戏剧嘲讽，将李商隐演成一个衣衫破烂之人，意思是后人扒去了他的衣服，也没学到内在。

李商隐大概也怕读者非要寻一个明白，所以他的诗常命名为《无题》：

> 来是空言去绝踪，月斜楼上五更钟。
> 梦为远别啼难唤，书被催成墨未浓。

> 蜡照半笼金翡翠，麝熏微度绣芙蓉。
> 刘郎已恨蓬山远，更隔蓬山一万重。

这是《无题》中比较好理解的一首。来是一句空话，一去便无有踪影。五更天醒来，听着钟声，看着楼上的斜月，回想自己的梦，梦里面也是远别和啼哭。想写封书信，因写得太急，墨色太淡了。

有人批评李商隐好浓艳的辞藻，这是实情。有两类诗人可以不避浓艳，一类是王勃，气盛才高，纵然鬓边插一朵鲜花，也是昂藏七尺，不显娘态，《滕王阁序》便是；再就是李贺、李商隐一类，有缥缈诡谲的奇思，外表太素淡反而不相称。当然，审美和分寸的要求也很高，这类诗的读者是极其敏感的，稍越雷池便毁之一尽。

人们多将李商隐归为唯美派。有一种唯美是无意义的堆砌；还有一种则是将人生的痛苦唯美化，让体验者出离，转换成观照者，这是能通向觉悟的。李商隐无疑是后者，这也是他的诗如此有魅力的原因。"刘郎已恨蓬山远，更隔蓬山一万重"，仅仅是相思吗？刘郎是入天台山寻仙的刘晨，此句常作机锋用：你觉得大道遥远，是因为你的心里执着于一个遥远，那就更隔了一万重山了。说的是追虚逐玄之流，所谓道不远人，道如此，读李商隐的诗又何尝不是如此。

> 君问归期未有期,巴山夜雨涨秋池。
> 何当共剪西窗烛,却话巴山夜雨时。
> ——《夜雨寄北》

多么平常的一句话,"君问归期未有期",像是自问自答,灰尘一般停在虚空里,绵绵密密的思念便无处不在了。夜间的山雨涨满了秋池——这哪是雨,分明是客旅之心。南音有《客途秋恨》一曲,这四个字也极妙,但与"巴山夜雨"相比,少了那种不可言喻的朦胧。"涨"字好,乡愁是渐渐漫上来的,无声无息地将人淹没,动词难入,分寸皆在毫厘间。

什么时候能和你一起剪着西窗的烛花,说说这个巴山夜雨的晚上?这是看到了多年以后,忽又回到眼前,在不易察觉处,完成时空和视角的转换,这是李商隐的绝技。这样的诗意到底在何处,找也是徒然,或许在念头与念头间的空白里。

李商隐的律诗有两类,一类学自杜甫,律法谨严,多慨古之作,比如:"人生何处不离群,世路干戈惜暂分。""永忆江湖归白发,欲回天地入扁舟。"人见人爱的是另一类:"相见时难别亦难,东风无力百花残。""身无彩凤双飞翼,心有灵犀一点通。""春心莫共花争发，一寸相思一寸灰。"清代的沈德潜编《唐诗别裁集》，编到李商隐，这一类的诗干脆一首不选，只选接武少陵之作，竟有二十首之多，已是大宗，诗圣岂是好学的。

李商隐一生潦倒，仕途惨淡，因恩师是牛党，后来又娶了李党王茂元的女儿，被世人诬为忘恩负义，一生在牛李党争的夹缝里两边不讨好，四十六岁便病逝于郑州。那么多幽微哀艳之辞，终究还是一生的气运使然。选了李商隐一首《贾生》，算是为这位所谓的艳情诗人正名：

宣室求贤访逐臣，贾生才调更无伦。
可怜夜半虚前席，不问苍生问鬼神。

汉文帝接见曾经被放逐的贾谊，求贤之心不可谓不切，密谈至半夜仍意犹未尽，还移膝凑向前去，问的不是国计民生，竟是鬼神之事。"宣室夜对"见载于《史记·屈原贾生列传》，本是君臣间之盛会，历来为文人士大夫所颂扬，李商隐却独具眼光地抓住谈话的细节"上因感鬼神事，而问鬼神之本"，以及此时的动作"前席"，让人得见文帝所看重的是什么。平心而论，文帝问的是"鬼神之本"，求的是其中的理，而非鬼神之术，已经算有见地了。这是借汉文帝在讽刺晚唐的帝王不顾苍生，多修仙修道之妄。仙道何辜？"不问苍生问鬼神"不在于否定鬼神，而是直指修行之本原，各尽德业便是最好的修行，帝王之德业便是天下苍生，不顺天命，不安本位，罪莫大焉，再多的神鬼之术只怕也无济于事。

只有诗歌保存了大唐的全貌

宋代流行的西昆体和花间派,源头都在晚唐。西昆体以李商隐为宗,花间派以温庭筠为宗。有趣的是,这二人学杜甫都学得好,他们的笔下都有两种截然不同的文风。"返魂无验青烟灭,埋血空成碧草愁"(《马嵬驿》),"天清杀气屯关右,夜半妖星照渭滨"(《经五丈原》),这是温庭筠学老杜,用词之热辣,设色之狂野,加上凛然之正气,如百无禁忌的姜太公统帅着各路妖兵,这是得了真传的。可见追求形式上的创新,必须要有深厚的现实主义功底,若绕开这条路,终究难成大家。

来看一首温庭筠的词，《望江南·梳洗罢》：

> 梳洗罢，独倚望江楼。
> 过尽千帆皆不是，斜晖脉脉水悠悠。
> 肠断白蘋洲。

《望江南》又名《忆江南》，原为唐代教坊曲名，相传是宰相李德裕为悼念爱妾谢秋娘所作，在中唐就已成为词牌名，白居易和刘禹锡都填过，均有名作传世。从演唱的角度来讲，从诗到词，说明文人的歌唱更趋向通俗化。打破了字数的规则，是为了更好地服务于旋律。"梳洗罢"像低语；"独倚望江楼"慢慢地拉长，直到无比的悠远，用饱满的气息唱出"过尽千帆皆不是，斜晖脉脉水悠悠"；再从远处收回来"肠断白蘋洲"。虽然不能诉诸听觉，从文字中也能感受到这极富表现力的旋律。再来看一首《菩萨蛮》：

> 小山重叠金明灭，鬓云欲度香腮雪。
> 懒起画蛾眉，弄妆梳洗迟。
> 照花前后镜，花面交相映。
> 新帖绣罗襦，双双金鹧鸪。

"小山"的解释有两种，一说小山眉，是晚唐五代盛行的眉妆；一说是屏风上的山水。若是画上的山，"金明灭"就不好理解了，又说这是照在上面的日光之明灭，扯远了就牵强了。从词中的情境来看，或可理解为新梳的发髻，重重叠叠如小山一般，有钗环隐现其间，便见金光闪烁。虽是刚梳好的头，却偏有一缕如云的鬓发侵入了如雪的香腮。发如山，腮如雪，鬓如云，看迷离了，恍恍惚惚有山水之妙。这大概就是文人词吧，好像有点色迷迷的，却又有深藏不露的高雅。

"照花前后镜，花面交相映"，簪花时一面前镜，一面后镜，前后对照着看。真是会写美人，单想这仪态，略偏着身子，将靶镜往头后那么一举，又将脸微微正过来，这是何等的风情。后镜或置于案上，或由婢女举着，也是一幅极好的美人梳妆图。真正的美人，容貌只占一半，另一半是仪态，此句写仪态可谓独具慧眼，所以独绝。以"双双金鹧鸪"作结便有了相思之意。

如果说"过尽千帆"还有唐诗的高远和疏朗，这一首就纯为宋词之婉约了。这首词流传极广，可见世人爱看的还是风月排场，这也是俗世对宋词的喜爱高过唐诗的原因。

如果说盛唐诗多与天地万物相通，晚唐诗则多与人心相连，常有风流哀戚之情调。"一种风流吾最爱，六朝人物晚唐诗"，这是日本作家大沼枕山的诗句，他们所崇尚的物哀和侘寂的美学在晚唐诗里不难找到。

> 江雨霏霏江草齐，六朝如梦鸟空啼。
> 无情最是台城柳，依旧烟笼十里堤。

这是韦庄的《台城》。台城是六朝的皇家宫苑所在地，如今已杂草丛生，一片衰败。"江草齐"，荒堤乱草如何能整齐？或是与江面齐？也说不过去，江面应该低于堤岸。回到诗人眼中：霏霏烟雨之中，天地一片迷蒙，万物皆"齐"，岂独江草。此"齐"字一出，已有转头皆空的意味，再言"六朝如梦"，便说尽了前朝。

先是由眼入心，"鸟空啼"的"空"字则是由耳入心。晚唐诗人的感官无比发达，极善于在细微的事物当中捕捉诗意。写了江边的草，又写江边的柳树，"烟笼十里堤"是景，"依旧"二字才是诗。古今兴废，人事代谢，柳却不知，依然含烟弄态于长堤之上，所以是"无情"，读来又觉狐疑，人已去尽，柳却依旧，难道不是有情？这是很能代表晚唐美学的一首诗，所谓晚唐之风流，真是雨打风吹去。

晚唐人好追忆"六朝"，心里头想的还是那个烟云尚未散尽的盛唐。唐代国运强盛时，士子多穿白色圆领襕衫，那些进士及第而未授官职的士子，被尊称为"白衣公卿"和"一品白衫"。

台城

韦庄

江雨霏霏江草齐,
六朝如梦鸟空啼。
无情最是台城柳,
依旧烟笼十里堤。

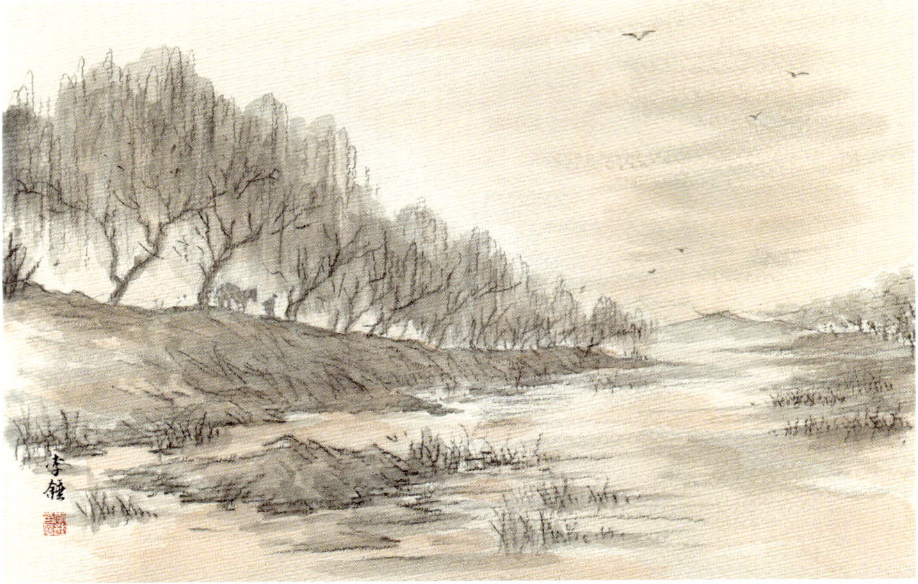

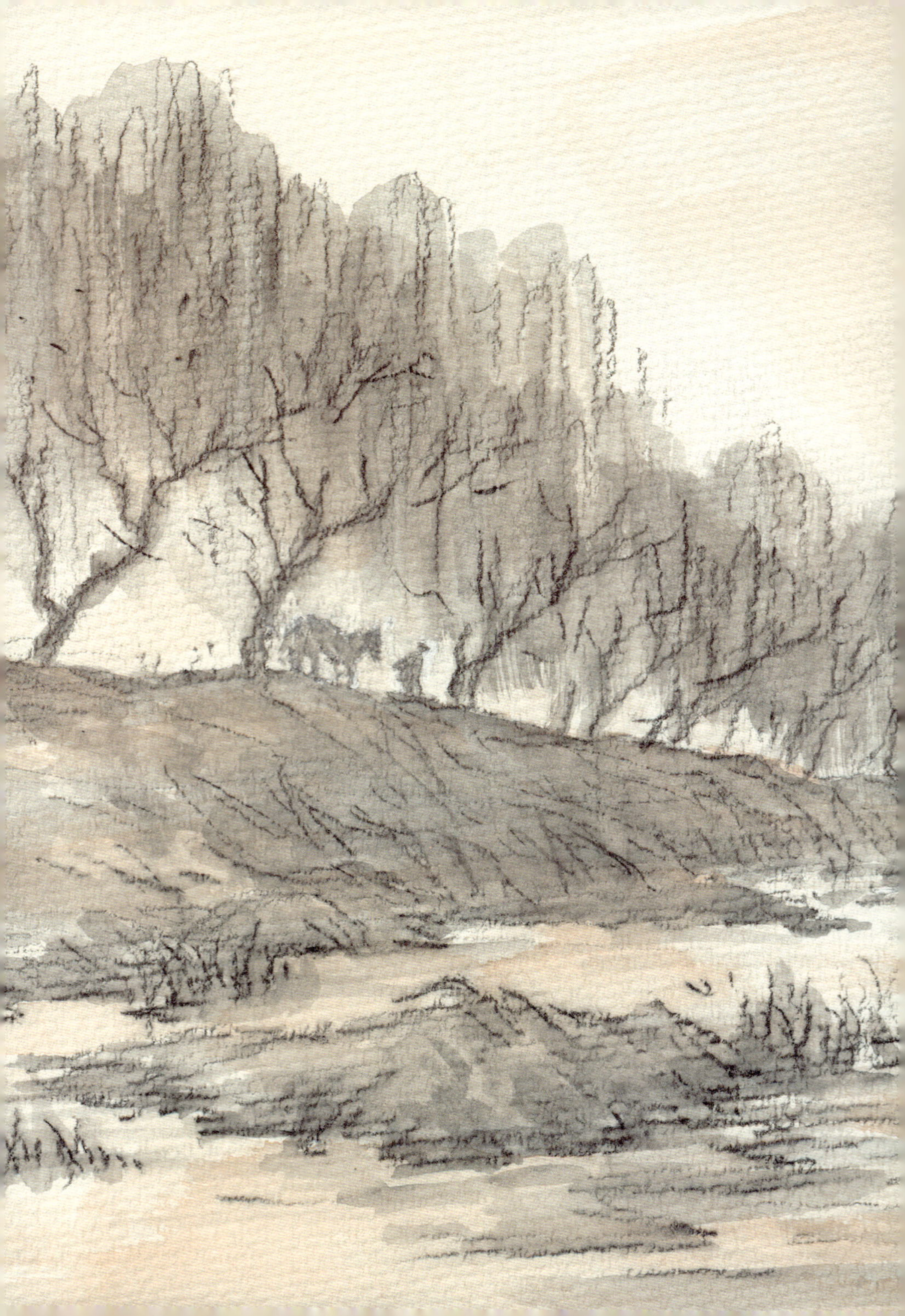

那是一个白衣飘飘的时代。到了晚唐末世，无论士庶都穿黑（皂）色衣服。黄巢诗中说"满城尽带黄金甲"，金甲勇士的屠刀下隐隐可见的是一群黑衣人。

韦庄在长篇叙事诗《秦妇吟》中云：

> 昔日繁盛皆埋没，举目凄凉无故物。
> 内库烧为锦绣灰，天街踏尽公卿骨。

内库的财宝和锦缎烧为了灰烬，公卿们暴尸于道路，任由马蹄践踏，这是唐末黄巢之乱的情形。《资治通鉴》记载："各出大掠，焚市肆，杀人满街，巢不能禁。尤憎官吏，得者皆杀之。……杀唐宗室在长安者无遗类。"纵火和杀戮是宣示胜利的仪式，乱军进入长安，狂欢过后，很快没有了粮食的补给，竟然以人为食，"朝餐一味人肝脏"，"黄巢机上刲人肉"。

黄巢战死后，权臣朱温叛乱，他再次屠杀王公贵胄，并投尸于黄河，"此辈自谓清流，宜投于黄河，永为浊流"。这就从肉体上彻底消灭了从六朝绵延至唐末的门阀士族。

当大唐盛世走到终点的时候，街上流行的不再是羯鼓和胡旋舞，竟流行唱丧礼上的挽歌。庄子云："通天下一气耳。"天地万物原为一体，音声亦是如此。天祐元年正月，朱温驱赶长安士民拆毁了皇宫和衙署,"取其材,浮渭沿河而下,长安自此遂丘墟矣。"他要用这些材料在汴梁营造新的宫殿。

冰冷的渭水里漂浮着长安城的残骸,这座繁华了三百年的都城消失了。世间还能见到的只是一些零星的印记,只有诗歌留下了全貌,将那个伟大的时代化为无形的频率,永留在天地间,就像韦应物在《咏声》里说的那样:

万物自生听,太空恒寂寥。
还从静中起,却向静中消。

后 记

    2020年的秋天，一念书院成立，"以文化人"传统文化公益讲堂开讲。一个城市是需要文化景观的，就像图书馆和纪念堂，哪怕门可罗雀，却不可或缺。老庄孔孟，李白杜甫，至少要有一个地方在纪念他们，是鲜活的纪念，不只是冷冰冰的文物。让大家真实地接通古往今来那些通透的生命，觉悟的灵魂，是我们还在坚持一个现场讲堂的原因。能成为往圣先贤和当下的桥梁，是人生之幸事。

    用公益的方式打造一个文化景观，布景、音乐、灯光，艺术家们的付出，我们所呈现的规格事实上接近于一个剧场。重复地讲，大家也重复地听，感谢有这么多热爱诗词的人。

　　唐诗之大，浩如烟海，现场能讲到的诗毕竟有限，这本书是对整个唐诗的精选，是全景的描绘。阅读虽已不是主流的传播的方式，文字毕竟有着图像所不能替代的魅力，所以一字一句不敢懈怠，万事放下，历时一年多，方成此书。

刘希彦
壬寅初冬于上海

图书在版编目（CIP）数据

天才成群而来 / 刘希彦著 . -- 长沙：岳麓书社 , 2023.6
ISBN 978-7-5538-1747-7

Ⅰ.①天… Ⅱ.①刘… Ⅲ.①唐诗 – 诗歌评论 Ⅳ.① I207.227.42

中国国家版本馆 CIP 数据核字 (2023) 第 000633 号

天才成群而来

著　　者	刘希彦
出 版 人	崔　灿
出版统筹	马美著
产品策划	刘　闵
责任编辑	陈文韬　陶嶒玲
责任校对	舒　舍
书籍设计	格局创界 Gervision
插　　图	李　锤
营销编辑	谢一帆　唐　睿　向媛媛

岳麓书社出版发行

地址｜长沙市岳麓区爱民路47号	承印｜湖南省众鑫印务有限公司
开本｜890mm×1240mm 1/32	印张｜11.25　　字数｜200千字
版次｜2023年6月第1版	印次｜2023年6月第1次印刷
书号｜ISBN 978-7-5538-1747-7	定价｜98.00元

如有印装质量问题，请与本社印务部联系
电话｜0731-88884129